KB179358

표적

표적

돈 펜들턴 지음
한국첩보문학협회 옮김

6

뉴욕의 악몽

부자나라

표적
❻ 뉴욕의 악몽

초판1쇄 인쇄 2016년 10월 20일
초판1쇄 발행 2016년 10월 21일

지은이 돈 펜들턴
옮긴이 한국첩보문학협회
펴낸이 박대용
펴낸곳 도서출판 부자나라

디자인 디자인 상상(kkt9512@hanmail.net)

주소 10882 경기도 파주시 교하읍 산남리 292-8
전화 031)957-3890, 3891, **팩스** 031)957-3889
이메일주소 zinggumdari@hanmail.net

출판등록 제406-2104-000069호
등록일자 2014년 7월 23일
ISBN 979-11-87475-04-0   04840
          979-11-953288-8-8   04840 (세트)

차 례

뉴욕의 악몽

1
얼 굴

케네디 국제 공항의 메인 터미널에 보란이 첫발을 들여놓았을
땐 죽음의 얼굴 넷이 그를 기다리고 있었다. 보란은 모르는 체하
고 걸음을 재촉했지만 머리 속의 카메라는 재빨리 작동을 시작,
맨해튼 일대를 주름잡고 있는 갬버러 가문의 살인 청부업자 키
앤티의 얼굴을 포착해 냈다. 폭탄의 사나이라는 별명을 가진 그
와 동행한 나머지 세 놈도 마피아의 부하들임에 틀림이 없을 듯
싶었다.

보란은 태연하게 코트를 오른쪽 팔로 옮겨 손끝을 가렸다. 그
는 선글라스 너머로 그들 네 명의 움직임을 살피며 빠른 걸음으
로 그들의 앞을 지나쳐 에어웨이의 헬리콥터 발착장으로 향하는
승객의 대열에 끼여 들었다. 놈들은 서로 눈짓을 교환하며 흩어
져서 보란의 뒤를 따랐다.

키앤티가 오른쪽을 지키고 있었으며 다른 세 놈은 너무 붙지

도 떨어지지도 않은 적당한 간격을 유지하고 있었다. 보란이 빠
져 나갈 구멍이란 전혀 없는 것 같았다.

보란의 바로 앞에 가는 남자는 프랑크푸르트에서는 유흥비가
엄청나게 많이 들었다고 동행한 여자한테 큰 소리로 투덜거렸
다. 보란은 무기를 휴대하지 않고 귀국한 자신의 불운을 안타깝
게 생각했다. 런던 공항을 출발할 때 비행기 납치에 대비한 공항
경비원에게 몸 수색을 당하는 경우를 예상해 무기를 휴대하지
않았던 것이 무엇보다도 커다란 잘못이었다. 아무도 모르게 미
국으로 잠입하는 것이 보란의 목적이었지만 그것은 너무나 요행
을 바란 오판이었다고 할 수밖에 없었다. 왜냐하면 그가 가는 곳
에는 항상 그를 죽일 준비를 해놓은 마피아들이 그림자처럼 따
라붙었기 때문이었다.

그러나 위험이 눈앞에 닥칠수록 직업 군인 특유의 생존 본능
이 머리를 쳐들기 시작해서 보란에게 적절한 지시를 내리기 시
작했다. 키앤티는 사람들 사이를 헤치고 그와의 거리를 좁히면
서 다가오고 있었다.

보란은 뒤돌아보지 않고 그대로 걸음을 옮기며 냉랭하게 말했
다.

「죽을 준비는 다 됐나, 키앤티?」

「뭐라고?」

보란의 갑작스런 말에 키앤티는 기겁을 하며 숨막히는 소리로
간신히 대꾸했다. 그러나 순간적으로 당황하면서도 그는 손을
재빨리 재킷 속으로 뻗쳤다.

놀란 표정이 되어 자신의 뒤를 따라오는 살인 청부업자를 흘
낏 뒤돌아보며 보란은 재차 말했다.

「포위된 걸 모르나? FBI가 나를 포위하고 있다. 너도 한 그물에 잡히고 싶나?」

「엉터리 수작하지 마라!」

키앤티는 대뜸 큰소리를 쳤지만 혹시나 하는 생각이 들었는지 재빨리 주위를 살펴보았다.

「엉터리 소리를 늘어놓으며 죽기를 기다리는 건 내가 아니라 바로 너다. 각오해라, 키앤티. 앞으로 다시는 사람 백정 노릇을 못할 테니까.」

이렇게 으름장을 놓으며 보란이 헬리콥터 발착장으로 통하는 통로의 모퉁이를 돌아가려 하자 키앤티는 당황한 나머지 한 발짝 먼저 모퉁이로 발을 내딛었다. 순간 기다리고 있었다는 듯이 보란은 번개처럼 날쌘 동작으로 그의 얼굴에 주먹을 날렸다. 이어 잠시의 여유도 없이 무쇠와 같은 보란의 팔꿈치가 이번에는 옆구리를 강타했다.

윽! 하는 신음소리가 그의 입에서 삐져 나왔다. 그의 손에 쥐여 있던 38구경 리볼버는 눈 깜짝할 사이에 보란의 재킷 안주머니 속으로 들어가 버렸다. 그의 날쌘 동작은 수없는 연습을 거듭한 뒤에 무대에서 공연하는 마술사의 그것처럼 한치도 빈틈이 없었다. 숨 돌릴 겨를도 주지 않고 보란의 주먹이 키앤티의 목을 한방 더 갈기자 그는 잠시 기우뚱거리더니 지나가는 사람들 틈에 쑤셔 박히면서 바닥에 고꾸라져 버렸다.

갑자기 벌어진 혼란에 사람들이 몰려드는 것을 보며 보란은 급히 그 자리를 빠져 나와 빠른 걸음으로 입구로 쏟아져 들어가는 사람들 사이에 끼여 들었다. 그들 속에 섞여 헬리콥터에 오르며 뒤를 돌아보자 입구의 인파를 헤집으며 눈에 핏발을 세우고 두리번두리번 그를 찾고 있는 두 사내의 얼굴이 보였다.

헬리콥터의 문이 등 뒤에서 닫혔다. 보란이 자리에 앉자 이내 대형 헬리콥터는 하늘로 날아올랐다. 그는 창을 통해 아래를 내려다보았다. 잔뜩 얼굴이 일그러진 키앤티가 허둥지둥 전화 부스로 들어가는 것이 멀리 보였다.

보란은 한숨을 내쉬고는 키앤티에게서 빼앗은 38구경 리볼버를 재킷 위로 확인해 보았다. 이제 남은 일은 시간과의 경쟁뿐이었다.

그가 타고 있는 헬리콥터는 시시각각 맨해튼에 가까워졌다. 도착할 때까지 남은 시간은 불과 수분. 지금쯤은 아마 키앤티의 연락을 받은 다른 살인 청부업자들이 앞을 다투어 착륙 지점으로 달려오고 있으리라.

보란은 무리인 줄 알면서도 되도록 마음을 편히 가지려고 애쓰며 창에 비친 자기 얼굴을 향해 웃어 보려 했으나 곧 그것은 일그러진 얼굴이 되어 버렸다. 죽음의 땅에 태연스럽게 발을 들여놓고 애써 편안한 마음을 가지려는 사람은 그렇게 흔하지 않을 것이다. 그러나 보란은 적어도 그렇게 상식 속에서만 사는 사나이가 아니었다. 마지막으로 내쉬는 숨이 설령 단말마적인 짐승의 울부짖음이 될지라도……

미드타운 헬리콥터 정류장은 그랜드 센트럴 역에서 가까운 고층 빌딩의 옥상에 있었다. 헬리콥터가 옥상에 내려앉자 보란은 재빨리 문 쪽으로 다가가서 승무원에게 권총을 들이대며 명령했다.

「자, 빨리 문을 여시오. 그러나 앞으로 1분 동안은 다른 승객

들을 밖으로 내보내서는 안 되오. 내가 밖으로 나가는 순간 총격
전이 벌어질지도 모르니까. 알겠소?」

승무원은 하얗게 얼굴이 질리면서 두 눈으로 간신히 알겠다는
뜻을 전했다.

「비상 탈출구는 어디 있소? 군용 헬리콥터처럼 앞쪽이오?」

승무원은 고개를 조금 끄덕거리며 바들바들 떨었다.

「알았소. 그러나 절대 내 말을 잊지 마시오. 1분 동안은 다른
승객들을 밖으로 나가지 못하게 하시오.」

보란은 곧 비상 탈출구를 열어 젖히고 옥상으로 뛰어내렸다.
머리 위에서는 아직 로터가 천천히 돌고 있었다. 그는 엘리베이
터로 향하는 층계를 향해 쏜살같이 달려갔다.

뛰어가면서 그는 맞은편 벽돌담 뒤에 숨어 있던 덩치가 커다
란 놈이 얼굴을 내미는 것을 발견했다. 순간 놈이 들고 있던 권
총이 불을 토하기 시작했다. 휘파람소리를 내며 날아온 탄환은
보란이 뛰어가는 앞쪽의 콘크리트 벽을 무섭게 파헤쳤다. 놈은
총을 쥔 손을 다른 한 손으로 받쳐서 허리춤에 붙이고 보란을 향
해 계속 방아쇠를 당겨댔다.

보란은 돌진해 가면서 그를 향해 두 발을 쏘았다. 그러나 총알
은 큰 덩치놈을 살짝 스쳐 지나갔다. 놈이 바닥에 납작 엎드렸
다. 그 틈을 타 보란은 바싹 뒤따라붙은 발걸음 소리와 뭔가를
명령하는 고함소리가 들려오는 것을 뒤로 하고 층계를 향해 돌
진했다.

층계는 좀더 높은 곳으로 이어져 있었다. 보란이 막 층계를 오
르기 시작했을 때 커다란 총을 든 작달막한 사내가 층계 위에서
불쑥 나타났다. 그 작달막한 사내는 보란을 본 순간 몸을 피하려

했지만 이미 때가 늦었다. 보란이 쏜 단 한 발의 총알이 퀭하니 꺼진 두 눈 사이에 구멍을 뚫어 버렸다. 층계 위로 굴러 떨어지는 사내의 손에서 커다란 총이 난간 너머로 떨어졌다. 굴러 오는 시체를 한 발짝 옆으로 비켜 피하기가 무섭게 보란은 맹렬히 층계 위로 치달렸다. 순간 뒤에서 텁텁한 목소리가 울려 왔다.

「이젠 단념하시지, 보란! 너는 지금 완전히 포위됐다!」

보란은 그 말을 의심하지는 않았다. 그러나 그는 결코 포기하지도 않았다. 손에 들고 있는 리볼버에는 아직도 탄환이 세 발이나 남아 있었다. 세 발의 탄환으로 어떻게 해서든지 이 포위망을 뚫고 나가야 한다고 보란은 생각했다. 단숨에 층계 맨 위까지 뛰어올라갔을 때 엘리베이터 부근에서 콩 볶는 소리 같은 총성이 쏟아졌다. 보란은 몸을 웅크리고 바닥 위로 굴렀다. 그때 왼쪽 어깻죽지를 사정없이 파고드는 통증! 뒤어 또 한 방의 총알이 엉덩이를 스치고 지나갔다. 보란은 엎드린 자세로 엘리베이터 부근에 잠복해 있는 사람의 그림자를 향해서 세 발을 갈겼다.

적이 사격장의 표지판처럼 앞으로 고꾸라지는 것을 확인한 보란은 어깨의 통증을 무시하며 벌떡 일어나 엘리베이터를 향해 달려갔다. 엘리베이터 앞에서 안경 쓴 한 사내가 엉거주춤한 자세로 대형 자동 권총의 방아쇠를 미친 듯이 잡아당기고 있었다. 그러나 탄환이 다 떨어졌는지 아니면 탄창이 잘못 꽂혔는지 총구에서는 불길이 뿜어 나오지 않았다. 사내는 그것을 알고 당황해서 엘리베이터 안으로 비칠비칠 뒷걸음질치기 시작했다.

이때라고 생각한 보란은 이제는 아무 소용도 없게 되어 버린 38구경 리볼버를 상처 입은 왼팔로 바꾸어 들었다. 정신 차려, 보란! 조금만 참으면 된다. 그는 급속히 뚫리고 있는 포위망을 향해 돌진해 갔다. 망연히 바라보던 적의 손에서 대형 자동 권총이 둔탁한 소리를 내며 바닥으로 굴러 떨어졌다. 사내는 겁에 질려 두 눈을 부릅뜬 채 양 손을 들고 부들부들 떨면서 겨우 목구멍 속에서 짜낸 목소리로 말했다.

「제발, 보란. 나는……!」

보란은 성한 오른손을 뻗쳐 사내의 멱살을 잡고는 그를 엘리베이터 밖으로 밀쳐 냈다. 헬리콥터 발착장 쪽에서 우루루 한 무리의 사내들이 몰려오는 것이 보였다. 보란은 얼른 엘리베이터의 단추를 눌렀다. 문이 서서히 닫히기 시작했다. 돌연 층계 쪽에서 일제히 총성이 울렸다. 다음 순간 보란을 피해 달아나던 안경 쓴 사내는 발작한 광인처럼 온몸을 뒤틀며 춤을 추기 시작했다. 보란을 향해 발사된 탄환들이 고스란히 그의 몸뚱이에 박혔던 것이다.

낮은 신음소리를 내며 날아오던 탄환 중 몇 개는 막 닫히려는 문으로 날아 들어와 맞은편 벽에 박혔다. 마침내 엘리베이터가 내려가기 시작했다. 그는 탄환이 들어 있지 않은 리볼버를 손에 들고 점점 더해 가는 어깨의 통증과 싸우고 있었다. 마비된 손가락 끝에서 권총이 미끄러져 바닥으로 떨어졌다. 총탄을 맞은 어깨에서는 계속 피가 흘러내리고 있었다. 엘리베이터 바닥은 그가 흘린 피로 흥건히 젖어들었다. 손수건을 둘둘 뭉쳐 아무렇게나 셔츠 밑으로 쑤셔 넣은 보란은 참을 수 없는 고통으로 얼굴을 찌푸리며 이를 악물었다.

옥상에서의 총격전은 매우 오랜 시간 동안 계속된 것처럼 생각되었다. 그러나 사실은 헬리콥터에서 뛰어내린 지 겨우 1분 정도밖에는 지나지 않았을 것이다. 순식간에 많은 사람들이 죽어 가는 그러한 살육전 속에서는 시간이란 마치 정지되어 있는 것처럼 느껴지는 법이다. 그러나 지금 시간은 정지되어 있지 않았다. 보란의 어깨에서는 계속 피가 흘러내리고 있었고 그의 정신은 아득해져 가고 있었다. 보란은 자신이 탈출에 성공한 것이라고는 생각지 않았다. 다만 죽음에 도달하는 시간이 약간 연기됐을 뿐…….

보란이 탄 엘리베이터는 옥상에서 38층까지를 왕래하는 직행편이었다. 그는 38층에서 일단 내렸다가 다른 엘리베이터로 16층까지 내려갔다. 그리고 다시 다른 엘리베이터를 타고 20층까지 올라왔다. 보란은 자꾸만 흐려지려는 의식을 바로잡으려 애쓰는 한편 피가 바닥으로 흘러내리지 않도록 조심하면서 층계를 찾았다.

팔은 벌써 뻣뻣하게 굳어지기 시작했고 어깨의 상처에서 끊임없이 흘러내린 피가 왼쪽 소맷자락을 붉게 물들이고 있었다. 탄환이 살짝 스치고 지나간 엉덩이는 불로 지져 놓은 듯 후끈거릴 뿐 출혈은 없는 것 같았다. 그나마 다행이군. 그러나 과연 언제까지 버틸 수 있을는지? 필경 놈들은 그렇게 쉽게 물러나지 않을 것이다. 그놈들은 보란을 잡는 데 모든 것을 걸어 놓은 놈들이니까.

지금 이 순간에도 그들은 이 빌딩의 모든 출구를 지키고 서서 보란이 제 발로 걸어 나오기를 기다리고 있을 것이다. 그리고 앞으로 1~2분 후면 마피아들과의 총격전 후에는 항상 그랬듯이 경찰이 나타날 것이다. 보란은 이곳을 빠져 나갈 가능성은 전혀 없다고 생각했다. 어깨의 통증이 조금 가라앉는 것 같았다. 그것은 나쁜 징후였다. 자꾸 눈앞이 가물가물해지고 다리에서 힘이 빠져 서 있는 것조차도 힘이 들었다. 몽롱한 의식 속에서 그는 끝내 층계를 찾지 못할지도 모른다고 생각했다. 만약 찾는다 해도 정세는 크게 달라지지 않을 것이다. 의식은 점차 흐려져 갔다. 다리가 꼬여 자꾸 넘어질 것만 같았다.

보란은 비틀거리는 몸을 가누려고 순간적으로 성한 쪽 팔을 벽으로 뻗쳤다. 그러나 그가 벽이라고 생각했던 곳은 벽이 아니라 유리창문이었다. 그는 몸까지 그 유리창에 기대 문의 손잡이를 잡았다. 문에는 장식 문자로 '폴라의 뷰티 살롱'이라고 쓰여 있었다.

쓰러지려는 몸을 문에 기댄 채 간신히 손잡이를 돌린 순간 그의 몸은 문 안으로 쓰러져 버렸다. 그와 동시에 겁에 질린 듯한 여자의 비명에 뒤이어 생전 처음 보는 듯한 날씬한 다리가 그의 앞에 와 섰다. 아름다운 얼굴이 보란을 내려다보고는 놀라 소리쳤다.

「어머나! 이 사람은…….」

보란은 얼굴을 가리기 위해 쓰고 있었던 선글라스를 아까 놈들과의 난투에서 잃어버리고 말았다. 아무 변장도 하지 않은 그의 얼굴을 모르는 사람은 없으리라. 그의 얼굴은 이미 수십 차례에 걸쳐 신문, 잡지, 텔리비전을 통하여 미국 전역에 알려져 있었으므로 미국 국민에게는 존 웨인이나 폴 뉴먼과 다를 바 없는 낯익은 얼굴이었다.

「경찰을 부르고 어서 나가요.」

보란은 있는 힘을 다해 목소리를 짜내 말했다. 그 소리는 마치 다른 사람의 목소리처럼 들렸다. 마피아들은 결코 증인을 살려 두지 않는다. 보란은 그로 인해 어느 누구도 희생당하는 것을 원치 않았다. 그러므로 이 여자에게 그 위험을 경고해야만 했다. 희미해지는 의식 속에서도 그것이 그의 마지막 남은 의무라고 생각되었다.

「어서, 여기서 없어져······.」

그러나 그 이상은 혀가 굳어 말이 되어 나오지 않았다.

「이 사람은 맥 보란이야.」

「정말 그렇군.」

비교적 냉정한 음성의 여자가 고개를 끄덕이며 대답했다.

「형 집행을 너무 서두르다 이렇게 된 게 아닐까?」

자꾸만 가물가물해지는 의식을 채찍질하며 보란은 마지막 힘을 다해 소리쳤다.

「여기 있다간 나와 같이 붙들릴 거요. 어서 여기서 피해요, 어서!」

그러나 아름다운 얼굴은 그의 눈앞으로 다가와 매혹적인 웃음을 담고 그를 들여다보았다. 보란은 그 얼굴을 기억에 새기면서 소용돌이치는 암흑 속으로 몸을 내맡겼다. 그러면서 그는 생각했다.

나는 짐승 같은 신음소리를 내며 죽지는 않을 것이다. 만약 지금 내가 죽어 가고 있는 것이라면 최후의 순간에 내 입에서 나오는 것은 깊은 후회의 절규일지도 모른다······.

2
보디 요법

꿈결 속에서 보란은 초록빛으로 뒤덮인 극락정토에서 황홀한 순간들을 보내고 있었다. 다리가 날씬한 아름다운 벌거숭이 요정과 즐겁게 춤을 추고 햇빛을 받아 반짝거리는 호수에서 수영을 했다. 그곳은 또한 옆구리에 마피아의 머리가 돋아나 있는 요정들의 집이기도 했다. 꿈은 도중마다 끊어지면서 두서없이 이어져서 잠에서 깼을 때도 꿈인지 생시인지를 분간하지 못할 정도였다.

오랜 잠에서 깨어났을 때 보란은 알몸으로 담요에 싸여 아름답게 장식된 방의 넓고 호화스러운 침대 위에 누워 있는 자신을 발견했다. 어깨에는 붕대가 감겨 있었고 팔은 테이프로 옆구리에 고정되어 있었다.

그의 바로 옆에는 그보다 더 작은 팬티는 없을 것 같은 손바닥만한 팬티와 속이 환히 비치는 얇은, 자줏빛 란제리를 걸친 여자가 커다란 베개에 머리를 묻고 누워 있었다. 저쪽으로 돌린 그녀의 얼굴은 책갈피 사이에 묻혀 있었다. 그러나 틀림없었다. 그의 몸에 딱 달라붙어 있는 이 긴 다리는 그가 정신을 잃기 직전에 피투성이가 된 그의 눈앞에 서 있던 바로 그 다리였다.

침대에서 조금 떨어진 곳에 놓인 테이블 위에는 한 여자가 오똑 올라앉아 있었다. 그녀는 몸에 실오라기 하나 걸치지 않은 채 야릇한 자세로 열려진 창을 향해 앉아 있었다. 머리를 약간 숙이고는 책상다리를 하고 앉아 하얀 살결을 밝은 햇살에 쬐면서 꼼짝 않고 있는 그 자태는 남자라면 누구나 침을 삼킬 만큼 아름다웠다.

명상을 하고 있는 듯한 그 여자를 넋을 잃고 쳐다보고 있을 때 또 다른 한 여자가 방으로 들어왔다. 그녀는 보란이 누워 있는 침대 옆에 서더니 눈 하나 까딱하지 않고 보란을 내려다보았다. 그녀는 화려한 네글리제 위에 매우 부드럽고 푹신해 보이는 가운을 걸치고 있었다. 나이는 스물대여섯 정도 되어 보였으며 윤기가 흐르는 까만 머리칼이 부드러운 곡선을 그리며 어깨 위로 흘러내리고 있었다. 관능적인 입술, 아이라인으로 섬세하게 윤곽이 그려진 눈매, 그러나 그 속에 담긴 두 눈은 어딘지 모르게 우수에 가라앉은 듯했다. 보란이 말없이 쳐다보고 있으려니 그녀가 먼저 입을 열었다.

「빛과 미의 세계로 오신 것을 환영합니다.」

「그럼 이건 꿈이 아니오?」

여자는 정색을 하면서 고개를 끄덕이고는 무엇인가를 말하려 했으나 보란의 옆에 누워 있던 여자가 고개를 들어 그들 쪽으로 향하는 바람에 입을 다물었다. 잠에서 깨어난 여자는 흥분으로 인해 상기된 음성으로 조그맣게 소리쳤다.

「어머나, 이제 정신이 드셨군요!」

그녀의 음성은 분명히 귀에 익은 것이었다. 그가 정신을 잃기 바로 직전에 들었던 음성 가운데 하나였다. 보란은 시선을 그녀 쪽으로 돌리며 힘없이 물었다.

「도대체 여기는 어디요?」

「우리들은 당신 편이니 조금도 걱정하지 마세요. 당신은 거의 24시간 동안이나 완전히 의식을 잃고 있었어요. 그렇지, 폴라?」

그녀는 침대 옆에 서 있는 키 큰 여자를 쳐다보며 말했다.

「가벼운 식사라도 갖고 올게요.」

키 큰 여자는 조용한 발걸음으로 방을 나갔다.

「지금 그 여자는 폴라 린들리예요. 폴라는 전에 간호원 훈련 과정을 거의 끝까지 받았어요. 당신의 그 상처는 폴라가 치료해준 것이니까 그녀에게 고맙다는 인사나 하세요.」

「그래야겠소.」

보란은 정말 감사하다는 듯한 얼굴로 고개를 끄덕이며 말했다. 그는 그의 옆에 누워 조잘거리고 있는 여자를 자세히 살펴보았다. 나이는 이제 겨우 열아홉 아니면 스물 정도 되어 보였고 반짝이는 눈동자에 호기심이 출렁이고 있는 귀여운 아가씨였다. 풍부한 표정이 담긴 얼굴은 파이처럼 둥글었고 손으로 빚은 듯이 동그스름한 양쪽 어깨에는 윤기 흐르는 금발이 탐스럽게 물결치고 있었다.

「우리들은 의사를 불러서는 안 되겠다고 생각했어요.」

맛있는 파이를 연상시키는 그 여자는 사뭇 들뜬 음성으로 말하고 나서 쿡쿡 웃었다.

「우리는 당신을 본 순간 당신의 정체를 알아 버렸거든요. 하지만 당신은 우리를 모를 거예요. 저는 에비 클리포트예요.」

그녀는 창가에서 조각처럼 앉아 있는 아가씨를 가리키며 말했다.

「저기 있는 아가씨는 레이첼 실버라고 해요. 몸매가 너무너무 근사하지 않아요? 하지만 신경 쓰실 것 없어요. 레이첼은 가정에서만 즐기는 자연주의자이니까요.」

「자연주의자?」

머리에 걸린 거미줄이라도 뿌리치듯이 보란이 고개를 뒤틀며 말하자 에비는 생글생글 웃으며 대답했다.

「모르세요, 홈 누디스트가 뭔지? 후후……레이첼은 지금 요가를 하느라 정신이 없어요. 저렇게 꼼짝 않고 앉아서 명상에 잠겨 있는 중이에요. 어떤 때는 저렇게 하루 종일 앉아 있을 때도 있어요. 그럴 땐 옆에서 무슨 소릴 해도 소용 없어요. 좀 이상하게 생각되죠, 보란?」

「저쪽 창 너머에 사는 사람들한테 큰 선심을 쓰는 셈이 되겠군.」

보란의 말에 에비 클리포트는 커다랗게 웃음을 터뜨렸다.

「정말 그렇겠네요. 모두 눈에 불을 켜고 바라볼 거예요, 틀림없이. 그러나 당신을 이리로 데리고 왔을 땐 아무도 보지 않았으니까 걱정 마세요. 우리는 당신을 드레스 커트로 실어 왔으니까요.」

「드레스 커트라니?」

「양복을 운반하는 손수레예요. 우리는 그 속에다 당신을 누이고 위에 옷들을 죽 늘어놓았었어요. 그런 다음 경찰과 사람들로

혼란한 속을 태연히 밀고 지나왔답니다.」

그때의 상황은 생각할수록 새롭게 흥분을 불러일으키는 듯 에비의 눈은 반짝반짝 빛을 발하고 있었다.

「하지만 당신의 몸에서 흐르는 피가 드레스 커트 밖으로 새어 나왔을 때는 정말 아찔했어요.」

「정말 그랬겠군.」

보란은 신음하듯이 낮게 말했다. 그는 몸을 일으켜 보려 했으나 총에 맞은 왼쪽 어깨가 칼로 도려내듯 아파서 포기하고 말았다. 그는 편안히 다리를 뻗으면서 낮은 소리로 물었다.

「내가 얼마간이나 정신을 잃고 있었소?」

「어제 오후 2시경부터였어요. 지금 거의 12시가 다 되었으니까 당신은 꼬박 하루 동안 정신을 잃고 있었어요. 폴라가 무척 걱정했지요. 조금 더 기다려 봤다가 의식이 회복되지 않으면 IV 용구를 빌려 와야겠다고까지 했으니까요.」

「IV 용구라고?」

보란은 눈앞이 어질어질해지는 것을 느끼면서 물었다.

「당신도 아실 거예요. 거꾸로 매다는 병이나 주사 바늘 튜브 같은, 즉 수혈(輸血)에 쓰는 도구예요.」

「아, 나도 알고 있소.」

「그러니 주사를 맞기 싫으시면 폴라가 가져다주는 음식을 모두 잡수시는 게 좋아요.」

보란은 눈을 감고 기억의 단편들을 끼워 맞춰 보려고 애썼다. 에비라고 하는 아가씨는 계속해서 지껄여대고 있었다.

「그것은 마치 무슨 영화 속에서 벌어지는 일만 같았어요. 나는 부모님한테 이 일을 편지로 써보낼 거예요. 믿지는 않으시겠지

만……아, 정말 지하실에서 경찰관들 얼굴을 봤을 땐 가슴이 그
만 덜컥 내려앉는 것 같았어요. 그때 옆에 서 있던 레이첼이 낮
은 소리로 말했어요. '밀어, 에비. 시치미 딱 떼고 밀란 말이야.'
그래 나도 가까스로 정신을 가다듬고 '알았어' 라고 대답했어요.
그런 뒤에 재빨리 당신을 실어 내다가 엘리베이터에 태웠던 거
예요.」

그녀는 여기서 음성을 낮추더니 거의 속삭이는 듯이 덧붙였
다.

「이봐요, 당신은 밤새껏 이 침대에서 나와 함께 잤어요. 알고
있었나요?」

보란은 감았던 눈을 뜨고 그녀를 바라보았다. 그러고는 히죽
웃으면서 말했다.

「물론, 그야 다 알고 있었지.」

애띤 그녀의 얼굴에 순간적으로 당황하는 빛이 스쳐 지나갔
다. 그녀는 잠시 무언가를 생각하는 듯하더니 뾰루퉁해져서 입
을 열었다.

「거짓말하지 마세요. 당신은 계속 의식을 잃고 있었다고요.」

「하지만 아가씨의 그 늘씬한 다리에 그렇게 오래 감겨 있었는
데 마냥 까무라쳐 있을 수만도 없지 않았겠소?」

보란이 그녀의 긴 다리를 가리키며 웃으면서 말하자 에비는
얼굴이 새빨개지며 변명하듯이 말했다.

「어머나, 틀림없이 잠결에 그랬을 거예요. 밤새 한숨도 안 잘
수야 없는 노릇이잖아요. 아무튼 이건 내 침대고, 폴라가 나더러
지금 당신에게 가장 필요한 건 보디 요법이라고 말했기 때문에
같이 자드린 거예요. 하지만 걱정 마세요. 아무려면 내가 부상당

해 의식을 잃고 있는 남자를 덮치기야 했겠어요.」

　바로 그때 방의 저쪽에서 침착하면서도 쌀쌀맞은 음성이 들려
왔다.

「하지만 에비, 너는 기분만 나면 부상당한 코뿔소한테라도 덤
벼들 애가 아니니?」

　에비는 피식 웃으면서 소리 난 쪽으로 얼굴을 돌려 큰 소리로
대꾸했다.

「어머 레이첼, 명상에 잠겼던 게 아니었어?」

「지금 막 절대자와의 대면을 끝냈지.」

　그렇게 말하고는 쌀쌀한 목소리의 여자는 보란 쪽으로 몸을
약간 틀더니 보란의 마음을 맨 밑바닥까지 샅샅이 꿰뚫어 보기
라도 하려는 듯한 시선으로 그의 얼굴을 쳐다보았다. 보란은 자
신도 모르게 기운이 용솟음치는 것을 느꼈다. 그를 뚫어지게 쳐
다보고 있는 얼굴은 의식의 마지막 순간 그가 가슴에 새기며 낙
원으로 들어갔던 그 얼굴임에 틀림없었다.

「난 절대자에게 제발 당신을 살려 달라고 부탁드렸어요.」

　그녀의 음성에서는 도무지 감정이라고는 찾아볼 수 없었다.
보란은 자신이 아직도 꿈을 꾸고 있는 것이 아닌가 하고 생각했
다. 그는 정신을 가다듬고는 냉정한 음성의 여자에게 물었다.

「그래, 그 절대자의 반응은 어땠소?」

　그녀는 완전히 몸을 틀어 그와 마주보고는 앉아 있던 테이블
밑으로 발을 내려뜨렸다. 그러고 공중으로 내려뜨린 다리를 복
사뼈 부분에서 꼰 채 두 손바닥을 어깨 높이로 펴올리고 미소 지
으며 말했다.

「당신은 지금 살아 있어요, 안 그런가요?」

「물론, 그렇소.」

보란은 별로 확신을 갖지 못했지만 내색하지 않고 대답했다. 여자는 그가 침대 위에서 지켜보고 있는 것도 아랑곳 않고 바닥으로 내려왔다.

훌륭하게 발달된 탄력 있는 근육을 놀려 부드럽고도 아름답게 움직이는 모습은 흡사 날렵한 암표범을 연상시켰다. 미의 극치라고도 할 수 있는 그녀의 육체는 어느 한 군데도 나무랄 데 없이 완벽했다. 물결치는 듯한 검은 머리칼은 하얀 목줄기를 감아 내려오고 있었으며 허리 아래의 팽팽한 둔부는 그녀가 걸음을 옮길 때마다 탄력 있게 반응을 보였다. 아름답게 움직이는 몸의 곡선은 마치 그녀가 구름 위를 걸어오는 요정인 듯한 환상을 갖게 했다. 보란은 그녀에게서 눈을 뗄 수가 없었다.

이윽고 그녀는 샴 고양이처럼 새초롬한 몸매로 침대 옆에 서더니 입가에 미소를 머금고 그의 얼굴을 빤히 들여다보았다. 그러나 보란은 그녀를 향해 웃어 줄 수가 없었다. 왠지 추잡한 말을 마구 퍼부어 주고 싶은 충동이 가슴 밑바닥에서부터 거세게 일었기 때문이다.

상아처럼 희고 매끈한 복부의 아래 기슭에 무성한 덤불이 그의 눈앞에서 아른거렸다. 자신도 알 수 없는 어떤 충동에 사로잡힌 보란은 그 덤불을 향해 불쑥 내뱉었다.

「반갑군, 절대자 양반. 이 세상은 자네 거라면서?」

보란의 말에 에비 클리포트는 웃음을 터뜨리다가 그만 사래가 들려 침대 밑으로 굴러 떨어졌다. 눈만 깜박거리고 있던 벌거숭이 아가씨는 차가운 눈길로 보란을 한번 쏘아본 후 발길을 돌려 나가려고 했다. 순간 보란은 덥석 그녀의 손목을 잡고 힘을 짜

모아서 꼭 움켜쥐었다. 그러고는 변명하듯 낮은 소리로 중얼거
렸다.

「내가 왜 그런 쓸데없는 소리를 했을까?」

「괜찮아요.」

여자가 쌀쌀맞게 말했다.

「에비한테 들으니 당신도 나를 죽음의 문턱에서 끌어내는 데
한몫 하셨다고요? 고맙다는 인사를 하고 싶소. 그리고 공연한
소리를 해서 정말 미안하오.」

「좋아요. 당신의 기분은 다 알고 있어요. 오히려 용서를 빌어
야 할 사람은 이쪽인지도 모르죠. 당신의 점잖으신 마음을 깜박
잊게 만들었으니까요.」

그녀는 가볍게 달래듯이 말하고는 그의 손을 뿌리치더니 미끄
러지는 듯한 걸음으로 방을 나갔다. 그러자 에비 클리포트가 침
대 끝으로 눈을 빠끔히 내놓으며 조용히 말했다.

「걱정하지 마세요. 괜찮을 거예요. 저게 바로 레이첼의 본바탕
이니까요. 육체는 신성하다느니 어쩌니, 밤낮 그런 타령만 해요.
이제 그만하면 누군가가 이런 충고를 해줄 때도 되었어요. 당신
의 그 두 무릎 사이의 북실북실한 원숭이는 별로 신성하게 보이
지 않는다고 말이에요.」

「난 그런 뜻으로 말한 게 아니오.」

보란이 힘없이 중얼거렸다.

「하지만 효과는 결과적으로 같았을 거예요.」

에비는 침대 위로 기어 올라와 무릎을 꿇더니 호기심을 나타
내보이며 보란을 내려다보았다.

「당신은 수백 명이나 죽였다던데, 그게 사실인가요?」

보란은 그녀의 눈을 한번 쳐다본 다음 얇은 란제리 속으로 환히 비쳐 보이는 터질 듯이 부풀어 오른 유방으로 시선을 돌렸다. 그는 그녀를 안고 싶다는 충동을 가까스로 눌렀다. 보란은 자신이 연옥 아니면 지옥의 입구에서 잠들어 있거나 죽어 있는 모양이라고 생각했다. 갑작스런 욕망으로 인하여 잊고 있었던 어깨의 통증이 되살아나며 후끈거리기 시작했고 구멍 뚫린 튜브에서 바람이 빠지듯 순식간에 온몸의 기운이 빠져 나가는 것을 느꼈다. 그러나 한번 끓어 오른 욕망은 쉽게 사그라지지 않았다. 욕망과 통증의 와중 속에서 지옥이란 바로 이런 것이려니 싶기조차도 했다.

에비는 그의 마음을 아는지 모르는지 생글거리며 그를 바라보고 있었다.

「이 세상에는 사람을 죽이는 일보다 더 어렵고 고약한 일이 있소.」

보란은 밀어닥친 어깨의 통증으로 얼굴을 찡그리며 말했다.

「그러니까 죽여야 할 상대방에 따라 다르다는 말씀이겠죠?」

에비가 정색을 하며 말했다.

보란은 마치 천국의 입구를 지키고 있는 문지기한테 자신의 결백을 호소하는 듯이 힘차게 고개를 내저었다.

「죽여야 할 상대에 관계없이 보다 골치 아픈 일이 있다오, 에비.」

「예를 들면?」

「죽이지 않는 일 말이지.」

에비는 천진스럽게 웃음을 터뜨렸다.

「저는 무슨 말인지 못 알아듣겠네요. 그런 얘기는 레이첼하고 하는 게 좋아요. 레이첼은 저보다 생각이 깊으니까요.」

그녀는 말을 끊었다가 피식 웃으면서 덧붙였다.

「물론 정신적이란 뜻이에요. 글쎄, 육체적으로는 어떨지 모르겠지만 말이에요. 난 레이첼을 보고 있으면 이따금씩 이런 생각이 들어요. 그녀의 '원숭이' 입 안에는 중요한 기능이 없는 게 아닐까 하는 생각 말이에요. 제 말을 알아들으시겠어요?」

보란은 자신이 그녀가 하는 말을 전혀 이해하지 못하였으면 좋겠다고 마음 속으로 빌었다. 만약에라도 그러한 것을 이해할 수 있게 된다면 이곳은 지옥이나 마찬가지다. 벌레 한 마리조차 못 죽일 것 같은 아가씨들 입에서 이런 말이 서슴없이 튀어나온 것 자체가 부조리한 악몽의 한 장면이 아니고 무엇이겠는가? 만약 이것이 꿈이 아니라면 그는 광기로 가득 찬 세계 가운데 떨어졌음이 틀림없다고 생각했다.

바로 그때 폴라라고 불리던 키 큰 아가씨가 손에 쟁반을 들고 들어왔다. 그녀는 쟁반을 침대 위에 놓고 계란과 토스트를 보란에게 보여 준 다음 홍차의 향긋한 냄새를 맡게 하면서 물었다.

「어떠세요? 먹을 수 있겠어요?」

먹을 수 있겠느냐고? 광기와 먼 일이라면 뭐든지 다 해보고 싶은 게 보란의 심정이었다. 그는 눈으로 그녀에게 감사의 뜻을 전했다.

「물론이오. 무엇이든지 다 먹을 수 있을 것 같소.」

폴라는 보란을 부축해 일으킨 다음 그의 등 뒤에 베개를 괴어 주었다. 그러고는 그가 손을 움직이기 쉬운 위치로 쟁반을 끌어 당겼다.

보란이 어설픈 손놀림으로 음식을 입으로 가져가는 모습을 한

동안 쳐다보다가 그녀는 입을 열었다.

「상처가 걱정되시겠지만 이젠 괜찮아요. 허리 아랫부분에도 약간의 찰과상이 있긴 했지만 그건 걱정 없어요. 세균에 감염되지 않도록 설파제 연고를 발라 두었으니까요. 문제는 어깨 쪽인데⋯⋯. 약 2온스 가량의 살점이 떨어져 나갔더군요. 하지만 위험은 없을 거예요. 당신은 운이 참 좋았어요. 만약에 탄환 덕분으로 대동맥이 입을 벌리지 않았다면 당신은 지금쯤 틀림없이 머리가 돌아서 한길에서 이리 뛰고 저리 뛰고 있을 거예요. 피를 많이 흘린 것 같아 그게 좀 걱정이지만⋯⋯. 하지만 이 정도로 주저앉을 분은 아니시겠죠? 저는 당신이 어떤 어려움이 있어도 끝까지 싸우실 분이라고 생각해요. 그렇지 않은가요?」

보란은 그저 말없이 입가에 미소를 머금었다. 그는 지금 자꾸 미끄러져서 잘 집히지 않는 달걀과 격투를 하고 있는 중이었다. 폴라가 다시 입을 열었다.

「내가 보기에 당신은 제대로 수면을 취하지 못한 것 같아요. 총에 맞지 않았더라도 체력이 떨어져 쓰러졌을 거예요. 한 이틀쯤은 안정을 하며 누워 있는 게 좋을 거예요.」

「당신은 내가 사는 세계를 이해하지 못할 거요. 내가 상대하는 적들은 악랄하기 그지없는 놈들이란 말이오. 그들이 날 편안하게 내버려두지는 않을 거요. 언제 이곳으로 들이닥칠지 모르는 일이오.」

「그들은 어젯밤에 이미 여길 다녀갔어요.」

폴라는 걱정할 것 없다는 듯 미소를 지었다. 그러나 보란은 의아한 눈길로 그녀를 쳐다보았다.

「우린 당신을 욕조 속에 숨겨 놓았어요. 욕실에서는 레이첼이 샤워를 세게 틀어 놓고 노래를 불렀고요.」

폴라와 에비는 마주 보고 키득거렸다.

「아가씨들에게 너무 신세를 진 것 같군.」

보란은 신음처럼 대답했다.

「당신이 우리를 위해 뭔가 할 수 있는 기회를 줄 생각이니까 염려 마세요.」

에비가 장난스럽게 말했다. 그러나 폴라는 진지한 얼굴로 그녀의 말에 동의한다는 듯 고개를 끄덕였다. 폴라의 얼굴에 떠오른 표정을 본 보란은 그녀들이 이미 그에게 요구할 것을 결정해 놓은 것 같다는 생각을 했다.

그는 음식 쟁반을 옆으로 밀치고 다시 침대 위에 드러누웠다. 두 눈을 감자 나른한 기운이 온몸을 엄습해 오고 몸은 둥둥 허공을 떠다니는 것 같은 혼돈에 빠져 들었다.

「이 양반이 또 혼수 상태가 되려나 봐.」

몽롱해지는 의식 속으로 에비의 목소리가 파고들었다.

「잠을 자두는 게 좋아.」

폴라가 조용히 말했다.

「하지만 난 싫어. 이 사람에게 보디 요법을 시술하고 있는 동안 내 몸이 어떻게 됐는지 알아? 난 지금 너무 피곤하단 말야.」

「좋으면서 괜히 투정 부리지 마, 에비. 난 가게에 나가 봐야겠으니까 그 사람에게 계속 보디 요법을 쓰라고. 그리고 4시가 되면 교대하자고 레이첼에게 전해 줘. 그럼 수고해, 에비.」

에비가 한숨을 쉬며 그에게 가까이 다가오는 기척을 느꼈다. 보란이 덮고 있던 담요가 벗겨지더니 부드럽고 따뜻한 살결이 그를 덮었다. 에비는 그를 다정하게 끌어안더니 매끄러운 두 다리로 보란의 다리를 휘어감았다.

「나의 힘을 당신께 드리겠어요.」

보란의 귓속으로 뜨거운 입김을 불어넣으며 에비가 들뜬 목소리로 속삭였다.

향기를 내뿜는 부드러운 육체가 점점 밀착해 오는 걸 느끼며 보란은 하염없는 나락 속으로 빠져 들었다.

3
세 미녀

　아름다운 여자들에게 간호를 받은 덕분인지 보란의 회복 속도
는 놀랄 만큼 빨랐다.

　보란은 어깨의 상처를 쓰다듬으며 아파트 내부를 둘러보았다.
그 아파트 단지는 모든 유행의 첨단을 걷는다 해도 과언이 아닌
맨해튼의 이스트사이드 고지대에 자리잡고 있었다. 그곳은 구역
마다 가든 테라스가 있었고 내부 구조는 초현대식으로 되어 있
었기 때문에 어지간한 부자가 아니곤 살 엄두를 내지 못하는 곳
이었다. 그러나 그 세 여자는 돈 걱정 따위는 한번도 해보지도
않았고, 할 필요도 없는 듯이 보였다.

　그 여자들이 살고 있는 아파트에는 침실이 두 개밖에 없었다.
그 중 하나는 에비와 레이첼이 같이 썼고 다른 하나는 폴라 혼자
서 쓰고 있었다.

　그러나 실내 장식은 매우 호화롭게 되어 있으며 생활의 여유

를 즐기기에 조금도 부족함이 없게 설계되어 있었다. 심지어는 무대까지 갖춘 아담한 홈 바까지 있었다. 주방은 조금 좁은 듯싶었지만 필요한 세간들은 모두 갖추어져 있었다. 사실 그 세 여자들이 먹는 것이라곤 샐러드와 블랙 커피 정도가 고작이었으므로 주방의 넓이 따위는 크게 신경 쓰지 않아도 좋을 것 같았다.

끊임없이 조잘거리는 에비 클리포트 덕분에 보란은 그 세 여자들의 나이와 직업을 알게 되었다. 폴라 린들리는 26세로 그들 중 제일 나이가 많았기 때문에 그들의 리더역을 맡고 있다는 것을 알았다. 레이첼은 스물두 살, 에비는 스무 살이라고 했다.

「'폴라의 뷰티 살롱'은 우리 세 사람이 공동 출자해서 만들었어요. 폴라는 패션 디자인에 일가견이 있지요. 이번에 폴라가 낸 아이디어는 정말 멋졌다고요. 그게 히트하는 바람에 제법 짭짤하게 재미를 보았어요. 그리고 레이첼은 누구나 다 탐내는 모델이고요.」

「그럼 당신은?」

「회계 담당이에요.」

월요일 아침 폴라가 에비에게 보디 요법을 그만해도 좋다는 얘기를 하자 보란은 그 요법의 원리를 설명해 달라고 폴라에게 요구했다.

「보디 요법은 동양식 밀교 의식에서 착상한 거예요. 쉽게 얘기해 인간의 생명력은 육체를 통해 서로 넘나들 수 있다는 거죠.」

「별로 쉬운 얘기로 들리진 않는군.」

폴라는 미소를 짓곤 보충 설명을 했다.

「우주 속을 떠다니는 무수한 별들 사이에 평형의 원리가 작용하고 있다는 걸 아세요? 인간들 사이에도 그 원리가 적용돼요. 생명력이 줄어들고 있는 육체는 건강한 육체에서 뿜어져 나오는 활기를 흡수하려고 해요. 그렇게 함으로써 회복 속도가 빨라지거든요. 환자와 건강한 사람을 격리시켜 놓는 치료 방법은 한마디로 우스운 거예요. 그럼으로써 환자는 더욱 쇠약해질 뿐이에요. 힘이 떨어지는 사람일수록 강인한 체력을 가진 사람과 같이 자야 한다는 게 내 생각이에요.」

보란은 그 말을 듣자 폴라가 간호원이 되려다 도중에 그만둔 이유를 짐작할 수 있을 것 같았다.

「그런데 왜 나에게 하던 보디 요법을 중단시켰소?」

「당신의 몸이 그것을 필요로 하지 않을 만큼 회복되었다는 판단이 섰기 때문이에요. 성욕을 느낀다는 건 일을 해낼 만큼의 에너지가 몸에 축적되었다는 걸 의미해요.」

그런 낮도깨비 같은 얘기는 보란으로선 처음 듣는 것이었다. 그러나 보란은 그 괴상한 요법이 어떤 형태로건 그의 회복에 나쁜 영향을 주지 않은 이상 그녀의 말이 사실이든 아니든 별로 문제시될 것은 없다고 생각했다.

폴라와 에비는 가게로 나갔고 레이첼은 보란과 함께 집에 남았다. 처음 그녀와 얘기를 나눈 순간 그녀의 기분을 상하게 했었기 때문에 그 이후부터는 발가벗은 모습을 볼 수가 없었다. 보란은 그 아름다운 여자의 쌀쌀맞은 태도를 누그러뜨리려 그동안 누차 노력했으나 뜻대로 잘 되지 않았다.

지금도 레이첼은 예의 냉정한 얼굴로 안락 의자에 앉아 의자를 앞뒤로 천천히 흔들고 있었다. 그녀는 핫팬티와 너덜너덜한 주름 장식이 달린 소매 없는 티셔츠를 입고 있었는데 다리를 꼬

자 손바닥만한 핫팬티는 거의 보이지 않고 탄력 있는 넓적다리
만 눈에 가득 들어왔다. 풍만한 가슴의 굴곡을 여지없이 드러내
주는 티셔츠 위로 가슴의 돌기가 앙증맞게 보였다. 그녀의 윤기
가 흐르는 검은 머리칼에는 오리엔트 풍의 문양이 그려진 가죽
머리띠가 질끈 매여 있었다.

「그 머리띠도 폴라가 디자인했소?」

「아니에요. 내가 만든 거예요.」

레이첼은 냉담한 얼굴로 대꾸했다.

「아직도 화가 났소?」

「난 화낸 적 없어요. 인간의 육체는 신성한 거예요. 불결한 것
은 정신적인 문제라고요. 당신에게 그걸 깨우쳐 주고 싶을 뿐이
에요.」

「그건 '절대자'가 가르쳐 준 거요?」

「하나님을 일컫는 단어가 하나뿐이란 법은 없잖아요?」

「당신이 그렇게 정색을 하고 있으니 몹시 조심스러워지는군.」

「난 지금 진지하게 얘기하고 있을 따름이에요.」

「당신은 왜 하나님을 절대자라고 일컫는 거요?」

「말이라는 건 함부로 할 수 없는 거예요. 자칫하면 말한 사람
의 의도와는 전혀 다른 뜻으로 해석되거든요. 난 말이란 정신 세
계의 구체적 표현이라고 생각해요. 그렇지 않아요?」

「그럴지도 모르겠군. 그럼 내가 섹스란 의미를 전하고 싶다면
다른 어떤 말로 표현해야 하는지 가르쳐 주겠소?」

「당신 경우는 잘 모르겠지만 난 그걸 '거짓이 없는 상태'라고
하겠어요.」

레이첼의 눈이 반짝거렸다.

「거짓이 없는 상태? 미안한 얘기지만 납득이 안 가는데?」

「당연한 일일 거예요. 당신의 머리 속은 추잡한 생각들로 가득할 테니까 그걸 이해할 리 없죠. 당신은 살인이나 일삼고 다니잖아요? 살인 후의 감정은 어때요? 오르가즘하고 비슷해요?」

레이첼은 신랄하게 쏘아붙였다.

「내 말 똑똑히 들어 두시오. 난 살인과 섹스를 동일시하는 사람이 아니오.」

보란이 웃음을 거두고 분노 어린 목소리로 말하자 그녀는 깜짝 놀란 듯 눈을 동그랗게 떴다.

「당신이 그렇게 민감한 반응을 보일 줄은 몰랐어요. 미안해요.」

레이첼은 한풀 꺾인 것 같았다.

「당신과 입씨름을 할 생각은 없소. 그러나 한 가지 물어 보고 싶군. 만일 당신이 섹스를 한다면 어떤 감정을 갖고 하는 거요?」

「난 그런 것 하지 않아요.」

레이첼은 다시 쌀쌀한 표정을 짓고 팔짱을 꼈다.

「그렇소? 뜻밖의 대답이군.」

보란은 비꼬듯이 말했다.

「만일 그것이 필요하다면 내가 가만 있더라도 섹스가 나를 이끌어 줄 거예요. 한번 생각해 보세요. 한 남자와 한 여자가 만나 뭔가가 통한다는 걸 느낀 순간 그들이 정상적인 사람이라면 섹스는 그들을 더욱 단단히 맺어 주는 거예요.」

레이첼은 의자에서 일어서더니 바닥에 책상다리를 하고 앉아 소파에 비스듬히 드러누워 있는 보란을 올려다보았다.

「그건 이런 뜻이오? 가령 센트럴 파크를 거닐다가 또는 브루

클린에서 지하철을 타려다가 문득 남자와 여자가 뭔가 통한다고
느끼기만 한다면 그 자리에서 사랑을 나눌 수 있다는 말이오?」

「당신은 극단주의자인가요? 마음이 통했다고 당장 그짓을 한
다는 말은 하지 않았어요. 만약 그들이 현명한 사람들이라면 그
들의 정신이 이끄는 대로만 하면 돼요. 그렇게 하면 그들은 사랑
을 나눌 수 있는 적당한 시간과 장소를 제공받을 수 있다고요.」

「그럼 현명하지 못한 사람들은 어떻게 되는 거요?」

「그들은 육욕의 노예가 되겠죠. 정신이 순수하지 못한 사람들
은 그렇게 될 수밖에 없어요. 그저 추잡스러운 망상이나 하면서
천해 빠진 행위를 일삼게 돼요.」

「이제 보니 당신은 운명론자였군.」

보란은 결론짓듯 말했다. 그 아파트에 사는 여자들은 모두 아
리송한 얘기들만 늘어놓는다고 생각했다.

「어제 당신과 나 사이에 정신적 교류를 알리는 불꽃이 일어났
는데도 당신은 그걸 알지 못했어요.」

그녀는 자리에서 일어났다.

「그때의 난 제정신이 아니었소.」

「그건 나도 알아요. 하지만 나의 마음을 상하게 한 당신의 행
동은 정당화될 수 없다고요.」

레이첼은 한마디 내뱉고는 완벽한 균형을 이루고 있는 탄력
있는 엉덩이를 흔들며 방으로 들어가 버렸다.

보란은 햇살이 부서지고 있는 창 밖을 내다보았다. 소파에 비
스듬히 기대 있는 그의 시야에 들어오는 것은 푸른 하늘뿐이었
다. 그는 레이첼이 한 말에 대해 깊이 생각해 보고 싶은 마음이
없었다. 지금 그의 앞에는 그것이 아니더라도 생각해야 할 문제

가 너무 많았다.

맥 보란을 찾기 위해 지금쯤 마피아들은 핏발 선 눈알을 굴리며 온 도시를 휘젓고 있다는 걸 누구보다 잘 알고 있는 그였다. 그를 노리고 있는 것은 마피아들뿐만 아니었다. 경찰에서도 야단법석을 피우며 미국으로 돌아온 사형 집행인을 찾고 있을 것이었다. 그리고 좀 알쏭달쏭하긴 하지만 그가 위기에 직면했을 때 그에게 도움의 손길을 보내 준 세 명의 미녀들에 대해서도 걱정하지 않을 수 없었다. 마피아와 경찰이 동시에 추적하고 있는 위험스런 인물을 도와 주었다는 것은 그녀들도 마피아와 경찰의 위협을 받아야 한다는 걸 의미하기 때문이었다.

불현듯 섹스와 순수를 연관시켜 생각하던 레이첼의 말이 떠올랐다. 그것은 보란에게 있어서는 전투와 순수를 간접적으로 연결시켜 표현한 말로 느껴졌다.

보란은 언제까지나 평온한 기분을 누리고 있을 수는 없다고 판단했다. 군인이 전선을 떠나면 군기가 해이해지는 법, 치열한 전투를 벌이고 있어야 마땅한 자신이 이런 안락함을 누린다는 것은 있을 수 없는 일이었다. 그의 주변에는 빨리 사형을 집행해야 할 악의 무리가 그 순간에도 악행을 서슴지 않고 있다는 생각이 들자 보란은 용수철이 퉁기듯 소파에서 일어났다.

그는 욕실로 들어가 어깨에 감긴 붕대를 풀고 상처가 어느 정도인지 살펴보았다. 폴라가 치료한 어깨의 상처는 꿰맨 자국이 일정치 못했고 끝마무리도 신통치 않았지만 이미 상처 주위에서 불그스름한 새살이 돋아나고 있었다.

보란은 거울을 들여다보았다. 이틀 동안 면도를 하지 못한 얼굴에는 수염이 무성하게 돋아나 있었고 수염 때문에 얼굴의 생김새가 조금 달라진 듯한 느낌이 들었다.

보란은 심호흡을 하고 거울 속의 사내를 똑바로 노려보았다. 앞으로 이틀 간만 더 이곳에서 머물러 있자. 보란은 거울 속의 사내에게 말했다. 그때쯤이면 그를 기다리고 있는 전선으로 되돌아갈 수 있을 만큼 원기가 회복될 것 같았다.

다음날 아침 보란은 일찍 잠에서 깨어났다. 아무런 악몽에도 시달리지 않고 가뿐한 마음으로 깨어날 수 있었다는 게 무엇보다 기뻤다.

그는 폴라가 아침 식탁에 내놓은 25온스 가량의 양지머리 스테이크를 깨끗이 먹어 치운 후 입을 닦으며 그녀에게 말을 건넸다.

「지금 같아선 당신들 셋이 한꺼번에 다 달려든다 하더라도 얼마든지 상대할 수 있을 것 같소.」

「더 이상 당신을 보살피지 않아도 되겠군요. 당신은 정말 강철 같은 사내예요, 보란. 낮 동안은 당신 혼자서 이 아파트를 사용하세요. 그렇잖아도 우린 무척 바쁜 사람들이니까요.」

세 여자들은 자잘한 소지품들을 장난감 같은 가방 속에 챙겨 넣더니 가게로 나갈 준비를 했다.

「우리에게 아무 말도 하지 않고 당신이 사라져 버린다면 난 슬퍼질 거예요. 집 잘 보세요, 보란.」

에비는 보란의 목에 매달려 쇠라도 녹일 듯이 달콤한 목소리로 속삭였다.

「알았소.」

언제까지나 그의 목에 매달려 있을 것 같은 에비의 팔을 풀어

낸 보란은 그녀의 등을 떠밀어 문 밖으로 내보냈다.

보란은 오랜만에 혼자의 시간을 즐겼다. 그는 먼저 샤워를 한 다음 거실로 나와 제자리뛰기를 했다. 처음엔 천천히 양 무릎을 번갈아 들어올리다가 점점 속도를 빨리했다. 다리를 어깨 높이까지 차올리는 동작도 해보았으나 별다른 통증이나 어려움은 느낄 수 없었다. 그는 푹신한 카펫이 깔린 바닥에서 앞뒤로 몸을 굴려 보았다. 어지러움이 없어진 게 무엇보다도 반가웠다.

뻘뻘 땀을 흘리며 그가 팔굽혀펴기를 하고 있는데 현관문이 조용히 열리더니 폴라가 들어왔다. 그녀는 이스트사이드 비행장에서 찾아온 보란의 가방을 탁자 위에 올려 놓고 팔짱을 끼고 서서 그를 잠시 바라보더니 아무런 말도 없이 종종걸음으로 밖으로 나갔다.

보란은 어깨가 제대로 움직여 준다는 걸 확인하고 나자 새로운 힘이 솟구치는 것 같았다. 그는 몸을 일으키고 심호흡을 했다.

그의 본능은 그를 재촉하고 있었다. 그것은 그가 피비린내 나는 전투의 현장으로 돌아가야 할 시간이 임박했음을 의미했다.

보란은 가방을 침실로 가져가 침대 위에 올려 놓고 뚜껑을 연 후 이중 구조로 된 바닥부터 세밀히 살펴보았다. 체크된 흔적은 보이지 않았다. 그는 그 속에 감추어 두었던 9구경의 베레타를 꺼내 들었다. 그것은 프랑스에서 직수입한 자동 권총으로 장난감처럼 예쁘장했지만 위력만큼은 실로 무시무시했다.

맥 보란은 검은 색 셔츠와 검은 색 바지를 입고 어깨에 권총 벨트를 맸다. 그는 베레타를 두 번 점검한 후 언제든지 발사할 수 있도록 한 발을 챔버로 보냈다. 그리고 총구 끝에 소음기를 부착시킨 다음 권총 벨트에 집어 넣었다.

그는 거실로 나와 재킷을 소파 등받이에 걸쳐 놓고 미녀들에게 메모를 남기기 위해 종이와 연필을 찾았다. 에비의 말이 떠올랐으나 그런 사소한 일로 그가 숙명적인 전투장으로 나가는 걸 연기할 수는 없었다.

L자 모양의 붙박이장에 놓인 유리로 만들어진 연필통을 발견하고 보란은 그쪽으로 발을 옮겼다. 바로 그 순간 현관문이 요란한 소리를 내며 벌컥 열렸다. 보란은 재빨리 베레타를 꺼내 들고 현관 쪽을 겨누었다.

짙은 갈색 양복을 입은 한 사내가 벌쭉 웃으며 문으로 들어서다가 보란과 눈이 마주친 순간 얼어붙은 듯 자리에 우뚝 섰다. 사내의 오른손이 천천히 가슴께로 올라가자 보란은 나지막한 목소리로 말했다.

「움직이지 마!」

「난 경찰이오.」

사내의 얼굴이 일그러졌다.

「증거를 댈 수 있겠나?」

보란이 침착하게 묻자 사내는 신음소리를 냈다.

「실은 경찰이 아니오.」

사내는 총구를 쳐다보며 억지 미소를 지었다.

「이곳에 온 목적은?」

보란은 비오듯 땀을 쏟고 있는 사내의 얼굴을 쏘아보며 냉담하게 말했다.

「보란, 이런 곳에서 당신을 만나게 될 줄이야!」

「묻는 말에 대답해!」

「우린 키앤티의 명령을 받고 공항 수하물실을 감시하고 있었소. 지난 토요일에 우린 공항에 도착한 수하물들을 체크해 보았는데 아무도 찾아가지 않은 가방이 하나 남았기에 그걸 찾아가는 사람이 나타나길 쭉 기다렸소. 오늘 웬 여자가 가방을 찾아가길래 미행을 했고⋯⋯그래서⋯⋯여기까지 오게 된 거요.」

사내는 혀로 입술을 축였다.

「넌 키앤티의 부하 같지 않은데?」

「그렇소. 난 샘 키앤티를 측면 지원하고 있는 잭 스카렐리의 부하요.」

「너도 살인 청부업자겠지?」

「아니오, 보란. 난 그런 일은 한 번도 해본 적이 없소. 난 브루클린의 콜걸 조직을 맡아 보고 있소.」

「어쨌든 네가 이곳으로 온 건 일생일대의 실수야.」

보란이 무표정한 얼굴로 권총을 단단히 움켜쥐자 사내의 얼굴은 죽음의 공포로 새파랗게 질렸다.

「난 가방을 쫓아왔을 뿐이오, 보란. 제발 목숨만⋯⋯.」

「혼자 온 게 아닌 것 같은데?」

「토니와 함께 왔소. 제발 살려 주시오.」

「그놈은 어디 있나?」

「복도에 있소. 엘리베이터 옆에⋯⋯.」

「공항에서는 어떻게 이곳으로 왔지?」

「시보레를 타고 왔소. 길에서 운전수가 대기중이오.」

「네 재킷 속에 든 총을 이리 내. 한 손만 사용해서 꺼내라고. 엄지와 검지로만, 옳지, 그렇게.」

사내는 부들부들 떨면서 총을 넘겨 주고는 다시 보란에게 애원했다.

「난 당신과는 아무 감정이 없소. 제발 죽이진 마시오.」

「생각해 보지. 그 두 녀석 외에 네가 이곳에 온 걸 아는 사람은?」

사내는 살아 남기 위해서라면 무슨 대답이든 다 해주겠다는 표정을 지으며 있는 말 없는 말들을 주절주절 늘어놓았다.

「없소. 우린 토요일부터 그 가방을 감시해 왔었는데 그건 몹시 지루한 일이었소. 돈이 생길 것 같지도 않아 불만스럽게도 생각했었소. 거짓말이 아니오. 당신이 원한다면 날 마음대로 두들겨 패도 좋소. 하지만 목숨만은……. 난 처자가 있는 몸이오.」

사내는 흙빛으로 변한 얼굴로 보란에게 애원했다. 보란은 지긋지긋하다는 생각을 하며 사내를 쏘아보았다.

아무도 죽기를 원하는 사람은 없을 것이다. 더구나 죽음의 순간이 바로 눈앞에 닥쳤는데도 손가락 하나 까딱해 보지 못하고 그 상황을 감수해야 한다는 건 너무 어처구니 없는 노릇이 아닌가!

그러나 만일 보란이 사경을 헤매고 있었을 때 놈이 이곳으로 들어왔었다면 그는 아무 거리낌 없이 보란의 목을 베어 들고 보스에게 달려가 자랑스러운 마음으로 그것을 바쳤을 것임에 틀림없었다.

그리고 지금의 상황이 그와 보란 자신에 국한된 문제라면 굳이 놈의 목숨을 빼앗지 않아도 별 문제가 되지 않겠지만, 그 사내를 살려 둠으로써 세 명의 미녀들이 커다란 위험에 부닥치게 될 것이므로 그녀들을 위해서라도 놈을 없애 버려야만 했다.

갑자기 섹스를 '거짓이 없는 상태'로 표현하던 레이첼의 말이

섬광처럼 떠올랐다. 그녀는 자신이 섹스를 원하는 게 아니라 섹스 쪽에서 필요하다고 판단될 때 자신을 그렇게 하도록 이끈다고 했었다. 보란에게 있어선 전투도 마찬가지였다. 자신이 전투를 원하는 것이 아니라 악의 무리들이 자신을 전투의 현장으로 끌어들이고 있었다.

「나도 네게 개인적인 감정이 있는 건 아냐.」

보란은 방아쇠를 당겼다.

예쁘장한 베레타에서 발사된 파라베람 탄은 사내의 코가 있던 자리에 커다란 구멍을 만들었다. 사내는 비명도 지르지 못하고 앞으로 고꾸라졌다.

보란은 값비싼 카펫이 피로 물들지 않게 하기 위해 사내의 얼굴에 쿠션을 쑤셔 넣고 타월로 그것을 고정시킨 후 소파에 걸쳐 놓았던 재킷을 입었다.

보란은 조용히 현관문을 열고 복도를 살펴보았다. 복도에는 붉은 머리칼의 사내가 엘리베이터 앞에 서 있을 뿐 다른 사람은 아무도 없었다. 보란은 복도로 뛰쳐나감과 동시에 사내에게 한 발을 발사했다. 그 사내는 상대방을 미처 확인하기도 전에 바닥에 나뒹굴었다. 보란은 엘리베이터 옆에 있는, 청소 도구들을 넣어 두는 방에 일단 그 사내를 구겨 넣고 걸레로 바닥의 피를 말끔히 닦아 낸 후 미녀들의 방으로 되돌아갔다.

그는 미녀들이 자신을 운반하는 데 사용했다던 드레스 커트 속에 갈색 양복의 사내를 싣고 복도로 나갔다. 그리고 토니의 시체를 그 위에 넣은 후 걸레와 선반 위에 있던 넝마로 시체가 보이지 않게 덮었다. 그는 드레스 커트를 엘리베이터 속에 밀어 넣고 하강 버튼을 눌렀다.

엘리베이터가 1층에 이르자 보란은 드레스 커트를 밀고 유유히 주차장으로 갔다. 유리로 칸막이가 된 주차장의 수위실 안에 얼굴이 넓적한 사내가 금테가 둘러진 모자를 쓰고 앉아 있었다.

「차를 갖고 오겠소.」

보란이 수위에게 말하자 그는 흥미없다는 표정으로 고개를 끄덕이고는 보고 있던 〈플레이보이〉지로 눈길을 돌렸다.

보란은 밖으로 나가 붉은 색 보도 블럭을 밟으며 천천히 건물 주위를 한 바퀴 돌면서 사내들이 타고 왔다던 시보레를 찾았다.

주차 금지 구역에 시동을 걸어 놓은 채 서 있는 푸른 색 시보레가 보이자 보란은 걸음을 멈추고 주위를 살펴보았다. 그런 다음 그는 자세를 최대한 낮추어 뒤쪽에서 시보레에 접근하여 권총을 꺼내 들고 슬며시 앞좌석으로 올라탔다.

운전석에 앉아 있던 사내는 펄쩍 뛰어오를 듯한 놀란 얼굴로 보란과 베레타를 번갈아 쳐다보았다.

「소리내지 마!」

보란은 앞좌석의 문을 닫으며 싸늘한 음성으로 명령했다.

「샘 키앤티의 주소를 알고 싶다. 순순히 얘기하는 게 좋을 거야.」

「거기……메모함을 열어 보십시오.」

사내는 떨리는 목소리로 간신히 대답하며 조그만 상자를 가리켰다.

메모함 안에는 명함이 수북이 들어 있었는데 키앤티의 명함은 따로 보관되어 있었다. 특이하게 디자인된 키앤티의 이름 위에는 '휴먼 엔지니어'라는 그럴듯한 명칭이 적혀 있었다. 보란은 그것을 재킷 주머니 속에 집어 넣은 후 운전수의 몸을 더듬어 허리춤에 꽂혀 있던 총을 빼내 뒷좌석으로 던져 버렸다.

「차고로 차를 몰아.」

보란이 사내에게 명령하자 사내는 두 손바닥을 마주 비비더니 결심한 듯 핸들을 잡았다.

차가 드레스 커트 앞에 멎자 보란은 사내를 바깥으로 내보내고 총을 권총 벨트 속에 넣은 후 자신도 따라 내렸다.

「트렁크를 열어.」

보란은 수위실 쪽을 흘끗 쳐다보며 나지막하게 명령했다. 수위는 책상 위에 엎드려 열심히 잡지를 들여다보고 있을 뿐 보란 쪽은 거들떠보지도 않는 눈치였다.

「저 손수레를 이리 끌고 와.」

운전수는 땀을 뻘뻘 흘리며 드레스 커트 쪽으로 가더니 고개를 갸우뚱하며 그것을 바라보았다.

「빨리 움직여.」

보란의 냉랭한 목소리에 사내는 흠칫 놀라며 허겁지겁 수레를 밀고 열려진 트렁크 쪽으로 왔다.

「속에 든 걸 옮기라고.」

사내는 넝마를 한 아름 들어올려 트렁크 속에 집어 넣었다. 다음 순간 사내의 얼굴에서 핏기가 싹 가시는 듯하더니 털썩 바닥에 주저앉고 말았다.

「이건……!」

「빨리빨리 옮기란 말이야.」

보란은 재킷 자락을 슬쩍 벌려 권총을 사내에게 보여 주면서 싸늘하게 말했다.

「이럴 수가 있나!」

사내는 연신 신음을 내뱉으며 떨리는 손으로 토니의 시체를 트렁크 속에 밀어 넣었다. 갈색 양복을 입은 사내를 옮길 때는 쩔쩔 매는 운전수를 보란이 거들었다.

「수레를 청소하라고.」

운전수는 구역질을 간신히 참는 듯한 표정으로 연신 보란을 흘낏거리며 드레스 커트에 흥건한 피를 닦아 냈다. 그러고는 피에 절은 걸레와 넝마를 트렁크 속에 쑤셔 넣었다.

「수고했다. 이젠 네 차례야. 어서 들어가.」

보란은 싸늘한 시선으로 운전수를 쏘아보았다.

「제발 살려 주시오, 보란. 제발……!」

와들와들 떨며 애원하는 사내를 잠시 쏘아보던 보란은 베레타를 꺼내 들고 신속하게 한 발을 쏜 후 다시 총을 집어 넣었다. 사내는 한 발 뒤로 물러서다가 자동차의 범퍼에 걸리며 나동그라졌다. 보란은 사내가 바닥에 닿기 전에 그를 잡아 트렁크 속에 구겨 넣고 트렁크를 잠갔다. 그는 수레를 미녀들의 방에 갖다 놓은 후 다시 차고로 내려와 운전석에 올랐다.

「난 사형 집행인이야. 섹스뿐 아니라 전쟁도 순수하다는 걸 레이첼이 알아줬음 좋겠군.」

보란은 쓴웃음을 지으며 차를 출발시켰다. 수위실 앞을 지날 때 그가 손을 흔들자 수위도 넓적한 얼굴을 끄덕여 보였다.

보란은 키앤티의 명함을 꺼내 주소를 다시 한 번 확인한 다음 차를 트리발라 브리지 쪽으로 몰았다. 브롱크스의 지리엔 어두운 편이었지만 차의 트렁크 속에서 급속도로 식어 가고 있는 선물을 전하기 위해선 샘 키앤티가 사는 곳으로 부지런히 가야만 했다.

'폭탄의 사나이' 샘 키앤티가 아무런 설명도 필요로 하지 않
고 이해할 수 있는 것은 바로 이 싱싱한 선물뿐일 거라고 보란은
생각하고 있었다.

4
폭탄의 사나이

　폭탄의 사나이 샘 키앤티가 암흑가에서 두각을 나타내기 시작한 것은 전쟁중인 미국이 생활 필수품 부족으로 고통을 겪던 1940년대 초였다. 사실 일용품이 좀 모자란다고 해서 당장 생명에 지장이 있는 것은 아니었지만 풍요한 생활에 익숙해져 있던 미국인들에게 그것은 큰 시련이었다. 그들은 일용품을 확보하기 위해 도난당한 일용품들의 구매 쿠폰을 암시장에서 닥치는 대로 사들여 약삭빠른 사람들의 배를 부르게 해주었다. 물자 부족에 허덕이던 전시에는 암시장이 성행했고 곳에 따라서는 업자들끼리의 암투가 흡사 갱들의 전쟁을 방불케 했다. 또한 돈벌이가 될 만한 곳에는 으레 그렇듯 마피아가 손을 뻗치게 마련이었다.

　그때까지 애송이에 지나지 않았던 샘 키앤티와 같은 건달들로서는 암시장의 이권 쟁탈전이야말로 마피아의 세계에 자신의 존재를 알릴 수 있는 절호의 기회였다.

키앤티가 마부나롤라 가문의 한 보스였던 프레디 갬버러의 눈에 들게 된 계기는 아돌프 브로만이라는 브롱크스의 젊은 실업가 소유의 자동차 정비 공장에 수류탄을 선물한 사건이었다. 아돌프 브로만은 프레디 갬버러가 제공한 암시장의 휘발유 구매 쿠폰으로는 거래를 할 수 없다고 버티던 사람이었는데 키앤티가 던진 수류탄에 맞아 손님 두 명과 함께 어쩔 수 없이 저승으로 떠나야만 했다. 마부나롤라 가문의 카포의 물망에 올라 있던 프레디 갬버러는 그 사건 이후부터 키앤티에게 폭탄의 사나이란 별명을 붙여 주면서 각별한 관심을 보였고 그것으로서 키앤티는 출세를 향한 탄탄대로를 걷게 되었다. 그때 키앤티의 나이가 16세였는데 그가 성년이 될 때까지 살인 사건에 가담한 횟수는 무려 56건에 달했다.

그는 지능 지수 미달이라는 이유로 군복무에 부적당하다는 선고를 두 차례나 받았다. 그러나 30년 동안이나 범법 행위를 저질러 왔으면서 단 한 번도 법망에 걸리지 않은 걸 보면 그의 지능 지수가 그렇게 낮지만은 않은 것 같았다. 게다가 그는 하루하루 판도가 달라지는 뉴욕의 암흑 세계에서 살아 남았을 뿐 아니라 막강한 실력자로 인정받고 있었다. 물론 그러한 키앤티의 뒤에는 언제나 갬버러가 버티고 있었다.

올해로 46세가 된 키앤티는 스스로를 인생에 있어 성공한 사람으로 여겼고 그 생각에 걸맞게 행동하고 있었다. 지금의 샘 키앤티는 조직의 최일선인 폭력 부분에서는 손을 뗀 상태였다.

샘 키앤티의 저택은 갈색 인조석으로 외부 장식을 한 2층 건물들이 죽 늘어서 있는 브롱크스 지역에 자리잡고 있었다. 그 저택과 좁은 길을 사이에 두고 그의 사무실이 있었는데 호화롭게 장식된 그 사무실에 앉아 버튼만 누르면 그가 직접 나서지 않더라도 마음먹은 대로 척척 일이 처리되어 나갔다. 그가 버튼을 누를 때마다 도시의 어느 구석에선가 살인, 방화, 협박 따위의 일들이 벌어지곤 했다.

샘 키앤티는 자신을 청부업자 중 청부업자라고 부르고 있었다. 그리고 살인 청부라고 하는 것은 일을 맡기는 사람과 해내는 사람 사이에 완벽과 신뢰라는 두 단어가 꼭 필요하다는 게 그의 지론이었다. 비록 그는 조직 내에서 공식적인 지위를 가지지는 못했지만 뉴욕의 암흑가를 주름잡고 있는 고리대금업자를 비롯한 다섯 가문이 그에게 특별한 관심을 보이고 있었으므로 마피아의 범죄 신디케이트에서 그를 만만하게 생각하는 사람은 아무도 없었다.

샘 키앤티가 결혼한 후로는 갬버러와 키앤티의 아내들끼리도 친형제처럼 다정하게 지내고 있었으며 갬버러는 그의 두 아이의 이름을 지어 주기도 했다. 그렇게까지 확고한 위치를 가지고 있는 키앤티였기 때문에 허울만 좋은 지위 따위는 바라지도 않았고 카포가 되려는 야망도 없었다.

그런데 그 천하에 둘도 없는 폭탄의 사나이 샘 키앤티는 호화로운 사무실의 거대한 의자에 앉아 잔뜩 골머리를 싸매고 있었다. 비록 일선에서 물러난 지 오래 되었다고는 하지만 자신이 직접 지휘하여 보란이란 놈을 잡으러 나갔다가 한순간에 코가 납작하게 되어 돌아온 그는 그 이유에 대해 곰곰이 생각해 보았다.

맥 보란은 분명 값으로 따지지 못할 엄청난 녀석이었다. 그의 목에 걸린 10만 달러는 그만두고라도 그놈을 잡는다면 청부업자로서의 주가는 엄청나게 뛰어오를 것이 분명했다. 그래서 그 명

성을 위하여 직접 부하들을 거느리고 보란을 잡으러 나섰던 키
앤티였다.

최근 수개월 동안 신디케이트 내부의 거물급 청부업자들은 맥
보란이라는 노다지를 수중에 넣기 위해 혈안이 되어 있었다. 텔
리페론 형제, 쌕쌕이 토니 레버니, 대노 질리아모, 니크 트리거
등 이루 헤아릴 수 없는 막강한 청부업자들이 보란을 노리고 달
려들었지만 결과는 언제나 보란의 일방적인 승리로 끝나 버렸
다. 그를 공격했던 대부분의 마피아 전투원들의 소득은 죽음뿐
이었다.

그런 모든 상황을 종합해 볼 때 어쩌면 샘 키앤티는 운이 좋은
편인지도 몰랐다. 적어도 그는 아직 살아 있었으니까.

도대체 총과 주먹이 판을 치는 암흑가에서 잔뼈가 굵어 온 키
앤티였지만 지난 토요일에 케네디 공항에서 만났던 놈과 같은
사내는 이전엔 한 번도 맞닥뜨려 본 적이 없었다. 보란은 자신을
향해 시커멓게 입을 벌리고 있는 총구를 한치의 흔들림도 없는
냉혹한 시선으로 쏘아보았었다.

그때를 생각하자 키앤티는 새삼 몸서리가 쳐졌다. 그러나 그
가 안락한 의자에 앉아 몸서리를 한 번 치는 것으로 끝날 일은
결코 아니었다.

그의 두 아이들은 동부의 일류 사립 학교에 다니고 있었고 아
내 테레사는 이제껏 손가락 끝에 물 한 방울 묻히지 않으며 살아
왔다. 누구나가 키앤티를 성공한 사람으로 여겼으며 지난 토요
일 이전까지는 자신도 그렇게 생각했었다. 그가 쌓아 온 명성은
맡은 일을 조그만 실수도 없이 처리했기 때문에 얻을 수 있었던
것이었다.

그는 공든 탑이 무너지려 한다는 걸 느꼈다. 토요일의 그 일이 일어난 1시간 뒤부터 샘 키앤티가 직접 지휘했던 일이 보기 좋게 실패해 버렸다는 소문이 좍 퍼졌다. 그것은 키앤티와 같은 사업을 하는 사람들에겐 치명적인 오점이 될 수 있었다.

샘 키앤티는 여지껏 맥 보란을 두려워하지 않았었다. 지금 생각해 보니 자신이 그에 대해 조그만 두려움도 갖지 않고 있었다는 사실이 오히려 이상했다.

키앤티는 언제나 자신만만했었다. 모자라는 놈들이나 보란에게 당한다고 생각했고, 자기보다 1인치나 작은 보란 같은 놈 정도는 해장거리도 되지 않는다고 여겼다. 그러나 지금 그는 보란을 생각하는 것만으로도 소름이 끼칠 지경으로 변해 버린 자신을 발견하고 놀랐다.

샘 키앤티는 반들반들하게 윤이 나는 갈색 마호가니 책상에 비친 자기의 얼굴을 들여다보고 있는 동안 가슴 속에서 점점 거세게 소용돌이치는 공포를 느꼈다. 빠른 시간 내에 그놈을 찾아내 처치해 버려야만 한다고 생각하며 그는 어금니를 깨물었다. 만약 그렇게 못 하면? 그건 생각해 보기도 싫은 문제였다.

키앤티는 문제의 인물을 찾아내 처리하는 데 천재적인 소질이 있었다. 그것은 30년 동안이나 암흑가에서 살아오면서 꾸준히 쌓아 온 경력과 함께 뉴욕의 구석구석에 쳐놓은 정보망 덕분이기도 했다. 그는 보란을 꼭 잡을 수 있을 것이라고 생각하며 마음을 가라앉히려 애썼다.

어쩌면 그놈이 벌써 죽어 나자빠졌는지도 모르는 일 아닌가. 그놈은 경찰의 시체 안치실에 들어앉아 있는데 구렁이 같은 경찰들이 마피아의 행동을 주시하기 위해 덮어 놓고 있는 것인지도……. 만일에 그렇기만 하다면…….

돌연 키앤티는 신경질적으로 책상을 소리 나게 내리쳤다.

「만일이라니? 그런 불확실한 소리가 언제 이 바닥에서 통하는 것을 본 적이 있냔 말이야!」

키앤티는 아무도 없는 사무실의 허공을 향해 버럭 소리를 질렀다.

그때 전화 벨이 요란하게 울렸다. 전화기를 뚫어져라 쳐다보고 있던 키앤티는 세 번째 벨이 울리자 송수화기를 집어 들고 다짜고짜 외쳤다.

「누구야!」

「나야. 프레디라고.」

전화기 속에서 당황한 듯한 사내의 목소리가 흘러나왔다.

「아, 미안하오.」

폭탄의 사나이는 비로소 목소리를 누그러뜨렸다.

「무슨 일이 있나, 샘?」

보스이자 친구이며 아이들의 이름까지 지어 준 프레디 갬버러가 염려스러운 어조로 물었다. '무슨 일이 있느냐'고 묻는 그의 말이 키앤티의 귀에는 '청부업자가 무슨 일을 그 따위로 하느냐'는 말로 들렸다.

「아니오. 마침 전화 잘 해주었소. 당신이 찾는 그놈 말이오. 한 사람으로 된 군대인지 뭔지 하는 그놈을 드디어 찾게 될 것 같소.」

「그게 사실인가?」

프레디 갬버러는 키앤티에게 전화를 하기 조금 전에 도청 장치가 되어 있는 줄 뻔히 아는 달갑잖은 통화를 하고 잔뜩 비위가

상해 있었다. 그는 키앤티의 전화에도 도청 장치가 돼 있지 않은
지 의심스럽기는 했지만 애써 부드러운 목소리로 대꾸했다.

「내가 데리고 있는 엔지니어가 보고를 해왔소. 이스트사이드
에 구미가 당길 만한 일이 생겼다고……. 아마 놈이 숨어 있는
곳을 알아낸 것 같소.」

「제발 그랬으면 좋겠군. 이번 일에 대해 우리 가문의 보스들이
초조해 하고 있는 것 같아. 내가 무슨 말을 하려는지 짐작하겠
지, 샘? 이렇다 할 시원한 보고도 없이 시간만 자꾸 흐른다면 내
가 그들의 마음을 수습하기가 점점 어려워진단 말일세.」

「보고서라면 곧바로 작성해 올리겠소. 이번 일에 난 나의 명예
를 걸 겁니다.」

「명예를 걸 거라니? 자넨 이미 명예를 걸어 놓고 일을 하고 있
는 거야.」

카포는 꾸짖듯이 말했다.

「그렇긴 합니다만…….」

「그건 그렇고 며칠 전에 구속된 자네의 엔지니어들은 걱정할
필요가 없겠어. 내일이면 석방될 테니까.」

갬버러는 슬쩍 화제를 돌렸다.

「다행이군요.」

키앤티는 겸손하게 대답을 하고 있었지만 지금 그깟 놈들까지
생각할 겨를이 어디 있느냐고 소리 치고 싶은 심정이었다.

「그럼, 자네의 보고를 기대하겠네. 우리에게 실망을 주진 않겠
지?」

「내가 어떤 놈인지는 잘 알잖소?」

「테레사에게 안부 전해 주게. 깜박 잊을 뻔했군. 오늘 밤에 하

기로 했던 카드놀이 말일세. 골치 아픈 일이 해결된 뒤로 미루는
게 어떻겠나?」

「좋도록 합시다. 그렇잖아도 해야 할 일이 너무 많이 밀렸으니
까요.」

「자네가 이해해 주니 고맙구먼. 그럼 내주 화요일로 미루기로
하세.」

「그때쯤이면 뭔가 변화가 있겠지요.」

「그게 자네한테 이로울 걸세. 수고하게, 샘.」

샘 키앤티는 조용히 수화기를 내려놓았다. 그의 얼굴 표정은
딱딱하게 굳어 있었다.

생각했던 것보다 더 급하게 일이 돌아가고 있는 것 같았다. 이
제까지 날짜를 정해 놓고 한 번도 어기지 않고 해온 카드놀이까
지 연기한 걸로 보아 사태의 심각성이 어느 정도인지 확실히 알
수 있었다.

샘 키앤티는 책상 위에 팔굽을 괴고 한동안 책상에 비친 자신
의 얼굴을 들여다보다가 향기가 좋은 시가를 하나 꺼내 물었다.
그는 자신의 인생이 이번 일에 달려 있다고 생각하며 시가 끝을
잘근잘근 씹다가 신경질을 내며 그것을 바닥에 집어 던졌다.

그때 문을 두드리는 소리가 나더니 키앤티의 경호원인 안젤로
토티가 들어왔다.

「뭐야?」

키앤티는 험상궂은 얼굴을 하고 토티를 노려보았다.

「웬 꼬마 녀석이 보스를 만나겠다고 합니다.」

덩치가 커다란 토티는 지레 겁을 먹고 보스의 눈치를 살피면
서 조심스럽게 말했다.

「네가 무슨 얘기를 하고 있는지 알기나 해, 토티?」

「네, 잘 압니다. 그 꼬마의 말로는 이 열쇠가 보스의 것이라고
⋯⋯.」

토티는 반들반들하게 닦인 책상 위에 열쇠를 올려 놓았다.

「그건 우리가 빌려 쓰는 차의 열쇠로군.」

키앤티는 열쇠의 냄새를 맡으려는 듯 코를 바짝 들이댔다. 그
가 말을 하자 마호가니 책상에 입김이 서렸다가 사라졌다.

「그 꼬마는 어디 있지, 토티?」

키앤티는 등받이에 몸을 기대며 물었다.

「옆방에서 기다리게 했습니다.」

「용건이 뭐라고 하던가?」

「보스에게 그 열쇠와 조그만 봉투 하나를 건네 주러 왔답니다.
봉투는 직접 전하겠다고 떼를 쓰고 있습니다. 참, 보스의 명함도
갖고 있더군요.」

키앤티는 의자에서 일어나 옆방으로 통하는 문 쪽으로 다가갔
다. 한 10대 소년이 정교하게 조각된 바이킹의 전함을 들여다보
며 휘파람을 불고 있는 모습이 보였다.

「이 열쇠가 어디서 났지?」

갑자기 키앤티가 소리를 지르자 소년은 깜짝 놀라 뒤를 돌아
보았다.

「어떤 아저씨가 준 거예요.」

「어떤 아저씬데?」

안젤로 토티가 물었다.

「푸른 색 시보레를 타고 온 아저씬데요, 내 앞에서 차를 세우
더니 그 열쇠를 이 명함의 주인에게 전해 달랬어요.」

　소년은 바지 주머니에서 키앤티의 명함을 꺼내 흔들며 말을 이었다.

「아저씨가 미스터 키앤티인가요?」

「그래.」

　키앤티는 창문 쪽으로 다가가 커튼을 반쯤 걷어 젖히고 밖을 내다보았다. 한길 저편에 푸른 색 시보레가 세워져 있는 것이 보였는데 운전석에는 아무도 없는 듯했다.

「그리고 이것도 전하라고 했어요.」

　소년은 자줏빛 봉투를 내밀었다. 그러나 키앤티가 그것을 받아들려고 손을 내밀자 소년은 얼른 봉투를 가슴에 끌어안았다.

「그 아저씨가 말하길 봉투를 주면 20달러를 받을 수 있을 거라고 했어요.」

　소년의 말에 샘 키앤티는 웃음을 터뜨렸다. 그는 그 맹랑한 꼬마가 어쩐지 마음에 들었다.

「좋아, 꼬마야. 내가 20달러짜리 지폐를 탁자 위에 올려 놓을 테니 너도 그 봉투를 올려 놔. 만일 네가 그 돈을 가져갈 수 있다면 20달러는 네 것이 되는 거야.」

　키앤티는 지갑에서 빳빳한 지폐 한 장을 꺼내 탁자 위에 올려 놓았다.

　소년은 눈을 빛내며 그의 동작을 지켜보고 있더니 봉투를 탁자 위에 던지듯이 올려 놓고 잽싸게 돈을 낚아챘다. 그러고는 문을 열고 비호처럼 사라져 버렸다.

「도로 뺏어 올까요, 보스?」

　토티는 소년의 번개 같은 몸놀림에 잠시 어안이 벙벙한 채 서 있다가 키앤티에게 물었다.

「아냐, 내버려둬.」

키앤티는 자줏빛 봉투를 뜯었다. 조그만 쇠붙이가 바닥으로 떨어졌다. 토티는 그 쇠붙이를 집어 들고는 신음했다.

「저격수의 메달입니다, 보스.」

키앤티의 얼굴에서 웃음기가 싹 걷혔다. 그는 토티로부터 쇠붙이를 받아들고 입술을 깨물었다.

「그건 보란이 명함 대신 쓰는 물건입니다, 보스.」

「나도 알아!」

키앤티는 토티를 잡아먹을 듯 노려보며 소리 질렀다.

토티가 어깨를 으쓱하곤 복도를 살피려는 듯 방문을 열자 키앤티가 다시 소리쳤다.

「문 닫지 못하겠어!」

청부업자 중의 청부업자는 자신의 사무실로 후다닥 뛰어들어 갔다. 토티는 문을 닫아 걸고 보스의 뒤를 따랐다.

「토티, 어서 아니와 네이트를 데리고 나가 저 차를 조사해. 아니야, 넌 나와 함께 있는 게 좋겠어. 차의 열쇠를 아니한테 주고 오라고.」

키앤티는 창문을 완전히 가린 블라인드의 틈서리로 바깥을 내다보며 쥐어짜는 듯한 소리로 말했다. 토티는 고개를 끄덕이고는 빠른 걸음으로 방을 나갔다.

드디어 그놈과 맞닥뜨려야 할 때가 온 것 같다고 샘 키앤티는 생각했다. 그놈이 스스로 모습을 나타냈다는 데 대해 키앤티는 놀라고 있었다. 그 두둑한 뱃심 하나만은 알아줘야겠다고 중얼거리는 그의 마음속에서는 스믈스믈 공포가 일고 있었다. 그런 경우를 당하고서도 두려움을 느끼지 않는 사람은 없을 것이다.

지금 마피아란 사냥개는 보란이란 여우를 쫓아가고 있는 중인데 그놈의 여우가 돌연 사냥개 쪽으로 휙 돌아서서 미소를 지었다. 그 광경을 상상하는 것만으로도 키앤티의 온몸에는 소름이 돋았다.

　같은 순간 보란은 키앤티의 사무실에서 20야드쯤 떨어진 지붕 위에 엎드려 있었다.

　그는 자신이 공격해야 할 사내에 대해 이미 여러 가지 정보를 수집해 놓고 있었다. 폭탄의 사나이 샘 키앤티는 바로 그 지역에서 성장했고 지금도 그가 살고 있는 집에서 반지름 50마일 밖으로 나가 본 일이 드물다는 것이었다. 그 사실만으로도 보란은 그에 대해 어느 정도 성격을 짐작할 수 있었다. 말하자면 그는 그 지역에서 자란 사람들 중 빼어나게 성공한 인물이었고 그 지역을 마음대로 주물럭거릴 수 있는 유지였던 것이다.

　한 손에 지폐를 움켜쥔 채 소년이 현관문에서 튀어나오는 것을 본 보란은 미소를 지었다. 그것은 보란이 이미 예상했던 일이었다. 오늘 밤만 지나면 그 소년의 부모는 차가운 강물 속에 처박혀 있거나 인신매매인의 손아귀에 들어가게 될지도 모르지만 당장은 키앤티가 소년의 손에 돈을 쥐어 주는 아량을 보일 것으로 생각했었다.

　보란은 지붕의 용마루에 윗몸을 걸치고 지붕의 경사를 따라 두 다리를 쭉 뻗은 채 거리로 나온 키앤티의 두 부하가 시보레를 조사하는 것을 지켜보았다.

　두 사내는 좌우를 두리번거리며 천천히 시보레에 다가가더니 차 주위를 한 바퀴 빙 돌았다. 그 중 작달막한 녀석이 계속 주위를 감시하는 동안 키가 크고 뚱뚱한 녀석은 차의 앞 덮개를 열고 안을 조사했다. 보란은 터져 나오려는 웃음을 간신히 참으며 폭탄 장치가 되어 있는지 살펴보는 사내들을 내려다보았다. 길을 감시하던 작달막한 사내가 차 밑으로 기어 들어가더니 잠시 후 다른 쪽으로 나왔다. 그 사내는 옷을 툭툭 털면서 키앤티의 사무실을 쳐다보며 신호를 보냈다. 아마 밖을 내다보고 있는 키앤티에게 보내는 것이리라고 보란은 생각했다.

뚱뚱한 사내가 차의 뒷문을 열고 안을 들여다보자마자 소스라치게 놀라며 다른 사내에게 마구 소리 치는 모습이 보였다. 보란이 뒷좌석에 던져 두었던 운전수의 권총을 발견한 모양이었다.

작달막한 사내가 뒷좌석에서 뭔가를 집어 들더니 건물 안으로 뛰어들어갔고 이어 어깨의 근육이 잘 발달된 덩치 큰 사내를 데리고 나왔다. 그 사내는 팔의 근육이 이상 발육됐는지 걸음을 옮길 때마다 두 팔의 근육이 출렁거렸다. 세 사내는 잠시 말을 주고받더니 흩어졌다. 방금 나타난 사내가 뒷좌석을 조사하고 나머지 두 사내는 차 뒤쪽의 트렁크로 가 열쇠를 꽂았다.

사내들은 보란에게 등을 돌리고 서 있었다. 그러므로 보란은 트렁크 뚜껑이 열렸을 때 그들이 경악하는 표정을 볼 수는 없었다. 단지 그는 트렁크 뚜껑을 열어 젖히자 이내 뒷걸음질하기 시작하는 모습만으로 그들이 얼마나 큰 충격을 받았는지 충분히 짐작할 수 있을 뿐이었다.

두 사내가 찢어지는 듯한 소리를 지르며 힘이 풀어진 다리로 주춤거리자 뒷좌석을 조사하고 있던 사내가 놀란 얼굴로 두 사내에게 다가갔다. 그러나 그도 트렁크 안을 들여다보곤 비명을 올렸다. 그는 뻣뻣한 동작으로 키앤티가 있는 건물을 쳐다보았다.

곧이어 현관문이 벌컥 열리더니 거친 목소리가 밖으로 쏟아져 나왔다.

「무슨 일이야?」

「브루클린의 엔지니어 세 명이 트렁크 속에 쑤셔 박혀 있습니다, 보스.」

현관문이 다시 닫혔다.

보란은 행동을 개시해야겠다고 판단했다. 그는 베레타를 뽑아 들고 지붕에 팔꿈치를 괸 후 조준을 했다. 20야드쯤 떨어진 목표물은 그가 지금 갖고 있는 베레타로 공격하기엔 안성마춤이었다.

그는 이곳으로 오기 전에 이미 사정거리 25야드에서 오차가 2인치를 넘지 않도록 연습을 해두었었다. 베레타와 같은 총으로 오차를 그 정도까지 줄일 수 있다는 건 웬만한 실력으론 해내기 힘든 일이었다. 게다가 보란은 총구에 부착된 소음기가 탄환의 속도와 진행 방향에 주는 영향력까지도 면밀히 계산에 넣고 있었다.

보란은 당장 키앤티를 없앨 필요는 없다고 생각했다. 오늘은 키앤티 자신의 사형 집행일이 멀지 않았음을 그에게 깨우쳐 주는 걸로 족했다. 소리 없이 다가드는 죽음의 그림자를 생각하는 것만으로도 마피아들의 심장이 졸아 들 테니까.

보란은 목표물에 신경을 모았다. 아직도 차 위에서 넋이 빠져 있는 세 녀석을 한꺼번에 처치하자면 재봉틀로 마구 누비듯 할 수밖에 없다고 생각했다.

보란은 조용히 방아쇠를 세 번 잡아당겼다. 세 개의 탄환은 각

기 조금씩 다른 방향으로 날아가 멍청하게 서 있는 세 사내에게
하나씩 들어박혔다. 그들은 날카로운 마찰음을 내며 총알이 날
아오는 소리를 듣는 순간 이미 숨이 끊어져서 세차게 차에 부딪
치거나 길바닥에 나동그라져 버렸다.

그것으로 모든 것이 끝난 건 아니었다. 사형 집행인의 손에 쥐
여 있던 베레타가 연신 내뱉은 총알들은 연이어 '휴먼 엔지니어
링'의 사무실 유리창을 향해 날아갔다. 소름 끼치는 소리를 내며
총알들이 유리를 강타해 거미줄과 흡사한 동심원을 만들었다.
이내 유리는 제 무게를 이기지 못하고 총알과 함께 와그르르 방
안으로 쏟아져 들어갔다.

보란은 총알이 떨어진 베레타에 새 탄창을 끼워 넣으며 오늘
은 이쯤 해둬야겠다고 생각했다.

「아직은 널 죽일 생각이 없다, 키앤티. 하지만 유감스럽게도
다음번 또한 그럴지는 보장할 수 없군.」

보란은 나지막하게 중얼거리며 창문이 몽땅 내려앉은 석조 건
물을 한번 쳐다보곤 총을 권총 벨트에 집어 넣은 후 용마루에서
몸을 일으켰다.

키앤티는 푹신한 카펫 위에 납작하게 엎드린 채 아무렇게나
욕설을 퍼부어대고 있었다. 그의 몸 위는 말할 것도 없고 방 안
은 쏟아져 내린 유리 파편들로 바늘 하나 세울 틈도 없었다.

키앤티는 자신이 총에 맞았는지 어쩐지조차 확인하지 못할 만
큼 얼이 빠져 있었다. 찢어 죽여도 시원치 않을 그놈이 어디서부
터 공격을 한 것인지 전혀 짐작할 수가 없었다. 총소리도 듣지
못했다. 그가 본 것이라곤 자동차를 조사하던 멍청이 같은 세 놈

이 쨱 소리 한 번 못 하고 썩은 나무토막처럼 길바닥에 나뒹군 것과 이어 음산한 금속성의 마찰음이 들리는가 싶더니 한꺼번에 유리 파편들이 방으로 쏟아져 들어온 것뿐이었다.

청부업자 중의 청부업자인 샘 키앤티가 쥐새끼처럼 여기던 보란에게 선수를 뺏긴 것은 물론이고 공격이 끝났을 때까지도 놈의 그림자조차 구경하지 못했다는 얘기가 삽시간에 퍼져 나갈 것은 너무나 뻔한 일이었다. 청부업자에게 그보다 더 심한 타격이 어디에 있겠는가? 키앤티는 그가 이제껏 피땀 흘려 쌓아 놓은 공든 탑이 송두리째 흔들리고 있음을 실감했다.

그러나 그는 이번 일을 프레디 갬버러에게 보고해야만 한다고 생각했다. 어찌 됐건 보란과 접촉은 한 셈이니까.

5
운 명

보란은 리녹스 가에서 지하철을 내린 후 곧장 110번 가까지 갔다. 거기서부터는 걸어서 동부 할렘으로 향했다.

빵집 뒤로 난 좁은 골목길을 따라가다 보면 허름한 가게가 하나 있는데 그곳에서는 돈만 주면 귀찮은 절차 없이 어떤 무기든 구입할 수 있었다. 그 가게 주인은 윌리엄 마이어라는 상이 군인이었다. 그를 만나 본 순간 보란은 그가 만만찮은 사내임을 알아차렸다.

그는 보란과 마찬가지로 GI 출신이었다. 군에서 병기 정비를 맡았었다는 마이어는 실전에 참가했던 보란보다도 더 많은 육체적 피해를 입고 있었다. 그는 잘려 나간 오른쪽 무릎과 왼쪽 허벅다리 아래에 착용한 합성 수지 의족을 보란에게 보여 주면서 미소를 지었다.

월남전에 참가했을 당시의 얘기를 잠깐 나눈 후 보란은 마이어가 직접 만들었다는 엘리베이터를 타고 지하실로 내려갔다. 지하실은 마이어의 병기 창고로서 그가 직접 조립한 총을 비롯해서 각종 화기들이 가득 들어차 있었다.

「좌익계 게릴라들과 파시스트들이 내 단골 손님이오. 가끔 경찰들도 찾아오긴 하지만 그건 별로 돈벌이가 안 되오.」

마이어는 이빨을 드러내며 싸늘하게 웃었다.

그 미소를 보자 보란은 기억 속에 잠시 가라앉아 있던 많은 얼굴들이 순간적으로 되살아나는 것을 느꼈다. 그것은 포탄이 작렬하는 치열한 전투를 치르다가 신체의 일부를 잃고 짐승처럼 울부짖던 동료들의 처참한 얼굴이었다. 그리고 마이어로서는 결코 이해할 수 없는 레이첼의 말도 생각났다. 보란은 마이어도 레이첼과 마찬가지로 순수한 마음을 가진 사람이라고 생각했다. 비록 그가 사람의 목숨을 빼앗는 음산한 물건들을 팔고는 있지만 수요가 있으니 공급도 있는 것이다. 보란은 자신도 그런 사람들 중 한 사람이라고 생각했다. 전투가 그를 부르므로 그는 그것에 뛰어들었다.

보란도 한때는 자신이 하고 있는 일에 대해 끝없는 회의에 빠진 적이 있었다. 그러나 결국 세상에서 벌어지고 있는 그릇된 일들을 바로잡는 데에는 선한 방법만으로는 통하지 않는다는 것을 깨닫게 되었다. 그는 자신의 방식대로 악의 무리들과 맞설 수밖에 없다고 생각했다.

보란은 마이어의 병기 창고에서 쓸 만한 물건을 고른 후 급속히 줄어 들어가는 군자금에서 그것의 대금을 치렀다.

그리고 50달러를 마이어에게 더 주면서 그 무기들을 시내에 있는 수화물 보관소로 부쳐 달라고 부탁했다.

「당신의 구미가 당길 만한 곳을 한 군데 일러 드릴까요?」

올라가는 엘리베이터 안에서 마이어가 빙그레 웃으며 보란에게 말했다.

「말해 보시오.」

「큰 길을 따라 걷다가 모퉁이를 돌면 각종 도박을 다 즐길 수 있는 비밀 유흥업소가 있소. 요금이 좀 비싼 편이긴 하지만 손님의 요구가 있을 때는 콜걸의 전화 번호까지 알려 주기도 하오. 그리고 그곳은 이제껏 경찰의 불심 검문 같은 건 단 한 번도 당해 보지 않았소.」

「굵직한 놈이 뒤에 버티고 있는 모양이군.」

「그렇소. 그곳은 프레디 갬버러의 세력권 내에 있기 때문에 경찰들도 함부로 얼씬거리지 못한다오. 나도 갬버러를 만나 본 적이 있는데 거물치고는 사람이 좋은 편이더군.」

「그 사람과도 거래를 하오?」

「아니오. 나 같은 군소업자는 그의 상대가 못 되오. 게다가 그는 무기 정도는 합법적으로 들여올 수 있는 루트가 있는 것 같았소.」

보란은 그 가게를 나서자마자 곧장 그 유흥업소로 향했다.

그곳은 겉으로 보기엔 선물용품을 파는 가게 같았다. 보란이 가게문을 밀치고 들어서자 가게 주인은 한동안 그를 뚫어져라 훑어보다가 '뒷방'으로 안내했다. 그러나 그곳은 이름만 뒷방이었지 넓이는 앞쪽 가게의 다섯 배는 될 것 같았다. 또한 허름한 가게와는 달리 호화롭게 꾸며져 있었고 마이어의 말대로 슬럿머신, 크랩스용 테이블, 암거래 복권, 경마 등 헤아릴 수도 없이 많은 도박 시설들이 골고루 갖추어져 있었다.

보란은 구경을 하는 체하며 사람들 사이를 누비고 다녔다. 그러나 그의 두 눈은 종업원들의 움직임을 감시하면서 도박장의 회계실이 어디쯤인지를 알아내기 위해 바삐 움직이고 있었다. 그곳은 상당히 큰 규모의 도박장이었으므로 회계실에는 엄청난 현찰이 있을 것이었다. 로스앤젤레스 전투 이후로 군자금 조달을 거의 못 한 형편이었기 때문에 수중에 현금이 얼마 남지 않은 보란으로서는 그대로 물러나기가 아쉬웠다.

드디어 회계실로 통함직한 닫혀진 문을 찾아냈을 때 보란은 빨리 마음을 정해야겠다고 생각했다. 보란은 문 앞에 손님과 구별되도록 단정한 제복을 입고 뒷짐을 지고 서 있는 두 사내를 쳐다보며 지금 당장 공격하는 것이 좋을지 아니면 보다 치밀한 계획을 세운 후 덮치는 게 좋을지 곰곰이 따져 보았다.

결국 보란은 지금 회계실로 쳐들어가는 게 좋겠다는 판단을 내렸다. 왜냐하면 브롱크스에서의 공격 사실은 곧 마피아 내부에 알려질 것이고 그렇게 되면 경비가 강화될 것임에 틀림없기 때문이었다. 적의 허를 찔러라! 이것은 보란이 즐겨 사용하는 전술 중 하나였다.

보란은 셔츠 속으로 손을 넣어 어깨의 상처를 만져 보았다. 통증은 없었다. 보란은 심호흡을 한 후 얼굴을 잔뜩 찌푸리고 회계실로 통하는 문 쪽으로 성큼성큼 다가갔다. 문 앞에 서 있던 경비원들은 뒷짐을 풀고 차렷 자세를 하더니 미심쩍은 얼굴로 보란을 쳐다보았다.

「비켜!」

보란은 목소리를 한껏 낮추고 위협조로 말했다.

한 경비원은 불안한 얼굴로 잠시 망설이다가 반 발자국쯤 옆으로 비켜섰다.

「저, 선생님.」

보란이 문의 손잡이를 붙잡자 다른 경비원이 당황한 듯한 목소리로 그를 불렀다.

「뭐야?」

보란은 얼굴을 더욱더 험상궂게 만들고는 그 사내를 노려보았다.

「선생님은 못 뵙던 분 같은데……, 실례지만 신분증을 좀 볼 수 있을까요?」

그 사내는 다른 사내와 눈길을 주고받으며 조심스럽게 말했다.

「네놈들이 멍청하다는 건 이미 알고 있었지만 그래도 눈치는 좀 있을 줄 알았더니, 형편없구먼! 정신들 똑바로 차려! 프레디에게 혼쭐나기 전에.」

보란은 잔뜩 목에 힘을 주며 사내들을 번갈아 쳐다보았다. 한 사내의 엉덩이 근처에 작은 버튼이 두 개 있는 것이 보였다. 아마 그 문의 개폐 장치인 것 같았다.

「빨리 문을 열지 못하겠어? 손잡이나 붙들고 하염없이 서 있을 시간이 없다고.」

보란의 표정이 점점 사나워졌다.

「죄송합니다만, 선생님 성함이…….」

사내는 쩔쩔 매며 간신히 말했다.

「램브레터야. 이젠 속이 시원해? 두 번 다시 내 이름을 묻지 않도록 해.」

사내는 결심한 듯 버튼을 눌렀다. 문에서 벨 소리가 조그맣게 들리자 보란은 손잡이를 돌렸다.

「미스터 램브레터, 너무 언짢게 생각진 마십시오.」

「아, 괜찮아. 일을 하다 보면 실수할 때도 있는 법이니까.」

보란은 터져 나오려는 웃음을 간신히 깨물며 당당하게 안으로 들어갔다.

그곳은 전형적인 도박장의 회계실이었다. 그러나 규모는 보통 도박장들에 비해 엄청나게 컸다. 허리 높이 정도의 돌로 만든 카운터 바로 위에서 천장까지 쇠그물이 쳐져 있었고 그 뒤에서 10여 명의 사람들이 돈을 세거나 코인을 롤러 머신에 넣고 있었다. 카운터 뒤쪽에 있는 몇 개의 책상 위에는 계산기가 놓여 있었다.

경비원은 두 명이었다. 한 명은 이제 막 보란이 들어온 문 앞에 서 있었고 다른 한 명은 밖으로 통하는 것 같은 문 앞에 기관총을 든 채 버티고 있었다.

아무리 봐도 그곳은 단순한 회계실이 아닌 것 같았다. 그곳은 뉴욕 신디케이트의 소규모 은행이 아닐까 하고 보란은 생각해 보았다. 만일 그렇다면 프레디 갬버러뿐 아니라 조직에서도 공동 관리를 하고 있겠지. 눈앞에 보이는 많은 현찰과 어음이 그 가정을 뒷받침하고 있었다.

보란은 총책임자로 보이는 사내를 찾아냈다. 그는 깨끗하게 면도를 하고 금테 안경을 낀 백발의 사내였는데 그의 얼굴에는 고생을 한 흔적이 역력하게 드러나 보였다.

보란은 쇠그물이 쳐진 카운터로 다가가 책임자 사내에게 아는 체를 하며 가까이 오라는 손짓을 했다. 사내는 어디서 봤더라 하는 표정을 지으며 카운터로 다가왔다.

「당황하지 마시오. 프레디도 곧 이곳으로 온다고 했소.」

보란은 백발의 사내에게 나지막한 음성으로 말했다.

「뭐라고 했소, 미스터?」

사내는 어리둥절한 얼굴로 보란을 쳐다보았다.

「내 이름은 램브레터요. 날 기억 못 하나보군.」

「아, 네. 그런데 왜 갬버러 씨가 이곳으로 오신다는 거요?」

사내는 손수건으로 이마의 땀을 훔쳤다.

「아직 연락 못 받았소?」

「무슨 연락……?」

보란은 쇠그물에 바짝 붙어 서서 한껏 목소리를 낮췄다.

「난 프레디가 당신에게 연락한 줄 알았소. 아무튼 좋소. 오늘 불심 검문이 있다오. FBI까지 합세해서 들이닥칠 거요. 당신은 중요한 것들을 빼돌리라는 명령을 못 받았단 말이오? 큰일이군.」

「예정 시각은?」

「오후 3시.」

「불과 얼마 남지 않았군요.」

사내는 하얗게 질린 얼굴로 시계를 들여다보더니 장부 정리하는 직원들 쪽으로 가서 뭐라고 얘기를 한 다음 돈을 세고 있는 사람들에게도 빠른 말로 지시를 내렸다. 사람들은 말없이, 그러나 민첩하게 움직였다. 원장과 비밀 테이프를 커다란 자루에 담는 동안 등이 구부정한 한 사내는 금고의 문을 열고 있었다. 한 여직원이 백발인 사내에게 '팰드맨 씨'라고 부르는 소리가 들렸다.

「이곳 일은 곧 끝날 거요. 갬버러 씨를 모신 지 꽤 오래 되었지만 검문을 당하는 건 이번이 처음이오.」

책임자 사내는 쇠그물 앞에 서 있는 보란에게 다가오더니 어두운 얼굴로 말했다.

「예측할 수 없는 게 인생이오. 이번 일은 좋은 교훈이 될 거요.」

보란이 의미심장하게 대꾸했다.

「하지만 이건 갬버러 가문으로 볼 때 무척 불명예스러운 일이오.」

팰드맨은 다시 몸을 돌려 금고실로 들어갔다.

사람들의 움직임이 한층 부산해졌다. 회계를 맡은 사람들은 온 방을 휘젓고 다니며 돈을 자루 속에 넣기도 하고 금고 속에 가득 찬 현찰을 끌어내기도 했다.

경비원들은 두 눈만 껌벅거리며 사람들이 야단법석을 떠는 걸 지켜보았다. 그들은 도대체 무슨 일 때문에 갑자기 사람들이 안절부절못하는지 의아해 하는 눈치였다. 보란은 뒷문을 지키고 있는 경비원에게 다가갔다.

「트럭은 언제 온다고 했지?」

「무슨 트럭 말입니까?」

사내는 총구를 천장 쪽으로 해서 움켜쥔 기관총을 든 팔에 더욱 힘을 주었다.

「아직 트럭을 부르지 않았단 말이야? 한심하군, 한심해.」

「무장한 호송 차량은 5시에 오도록 되어 있습니다.」

「누가 그걸 물어 보았어? 그 차가 오는 시간은 너보다 내가 더 잘 알아!」

보란은 벌컥 화를 냈다.

「그럼, 무슨……?」

「보면 모르나? 저것들을 운반해야 할 차가 있어야 할 것 아냐? 빨리 가서 트럭이든 뭐든 불러 와!」

보란은 험상궂은 얼굴로 부산하게 움직이는 사람들 쪽을 손가락질했다. 사내는 그물 앞으로 되돌아온 팰드맨에게 어떻게 해야 하느냐고 묻는 듯한 눈길을 보냈다.

「그분 말대로 해, 하리.」

「몇 분 안에 준비하면 됩니까?」

「10분 내로!」

보란이 말했다.

하리라고 불린 사내가 앞문을 지키고 선 사내에게 기관총을 건네 주곤 다시 뒷문으로 돌아가자 팰드맨이 뒷문의 개폐 장치를 눌렀다.

「난 경비원이지 수송 담당이 아니라고!」

하리는 툴툴거리며 벨 소리가 그치길 기다렸다가 문을 밀고 골목으로 나갔다.

앞문에 서 있는 경비원이 양손에 기관총을 들고 멍청한 얼굴로 보란을 바라보았다.

「하나는 내가 들고 있지. 자네는 뒷문 밖에서 안으로 침입하려는 놈이 있는지 감시하라고.」

보란은 위해 주는 체하며 기관총을 뺏어 들었다. 경비원 사내는 팰드맨을 쳐다보았고 팰드맨은 다시 문의 개폐 장치를 눌렀다. 사내는 연신 고개를 갸우뚱거리며 밖으로 나갔다.

그때 등이 구부정한 사내가 수레에 돈을 가득 싣고 금고실에서 나왔다.

「오늘 정오까지 입금된 겁니다, 팰드맨 씨. 5분이면 장부를 맞출 수 있습니다. 그걸 끝낸 후 자루에 넣으면 어떻겠습니까?」

「그렇게 하게.」

팰드맨은 고개를 끄덕였다.

보란은 카운터 위에 기관총을 올려 놓고 손수레에 가득 담긴 돈뭉치 중 하나를 집어 들어 대충 헤아려 보았다. 5000달러는 될 것 같았다. 역시 그가 처음 생각했던 대로 이곳은 신디케이트의 은행임에 틀림없었다. 사람들은 뉴욕에서 도박이 합법화하면 범죄 신디케이트가 커다란 타격을 입으리라 추측했었다. 그러나 지금까지도 마피아는 버젓이 행세하고 있다.

보란은 바닥에 뒹구는 자루를 집어 들더니 수레에 담긴 돈다발을 그 속에 집어 넣기 시작했다.

「그냥 두는 게 더 나을 텐데요? 차가 도착하면 수레째 싣는 게 좋지 않겠소?」

「만일 트럭이 제시간에 도착하지 못한다면 어떻게 할 생각이오? 사람들에게 돈 구경을 시키고 싶은 건 아니겠지?」

보란은 참견하지 말라는 듯 퉁명스럽게 쏘아붙였다. 그는 2만 5000달러를 쑤셔 넣은 자루의 지퍼를 채운 다음 다른 자루를 집어 들었다. 팰드맨은 잠시 엉거주춤하더니 보란을 도와 수레의 돈을 자루 속에 집어 넣기 시작했다. 그것도 다 채워지자 보란은 허리를 폈다.

「문을 여시오. 잠깐 밖에 나가 보고 오겠소.」

팰드맨은 보란을 따라 일어서며 쓴웃음을 지었다. 그는 램브레터의 얼굴은 더 이상 보고 싶지 않은 듯 문의 개폐 버튼을 누르곤 곧 사람들 쪽으로 돌아서서 그들의 부산한 움직임을 바라보았다.

보란은 돈 자루를 발로 차서 바깥으로 내보낸 다음 바닥 한쪽에 저격수의 메달을 내려놓았다. 등 뒤에서 문이 닫히자 보란은 다시 얼굴을 험하게 일그러뜨리고 경비원 쪽으로 갔다.

「저 자루를 잘 지키라고.」

보란은 골목이 큰 길로 이어지는 지점까지 빠른 걸음으로 걸어가서 사방을 살펴본 다음 다시 경비원에게 다가갔다.

「자, 난 시간이 없어 먼저 가야겠으니 두 눈 크게 뜨고 지키고 있어야 해!」

「네, 알았습니다.」

사내는 불안하게 눈알을 굴리며 고개를 끄덕였다. 보란은 자루를 등에 둘러메고 여유 있게 골목을 벗어났다. 큰 길로 나설 때까지 보란은 뒤돌아보지 않았다. 두렵기도 했고 우습기도 했기 때문에 뒤돌아볼 엄두가 나지 않았다.

보란은 터져 나오려는 웃음을 간신히 억누르고 있었다. 그러나 입가의 근육이 저절로 씰룩거리는 것은 어쩔 수 없었다.

마피아들에게서 돈을 강탈한 데 대해 보란은 털끝만큼의 미안함도 없었다. 그는 마피아들만큼 좋은 자금 조달원도 없다고 생각했다. 잠시 후면 그 어처구니없는 사건에 대해 누군가가──팰드맨일 가능성이 제일 크다──크게 책임 추궁을 당하고 심하면 목숨까지 잃을지도 모른다는 생각이 들었다. 그러나 보란은 그에 대해 염려나 동정 따위는 하지 않았다. 마피아의 그늘 밑에 있는 놈들은 동정을 받을 가치가 없었다. 마피아에 동조하고 있다는 것만으로도 돌이킬 수 없는 죄를 짓고 있다는 게 보란의 생각이었다. 그리고 이번 일로 갬버러가 타격을 받았다고도 생각하지 않았다. 진짜 타격이란 것이 어떤 것인지 보여 주리라. 기다려라, 갬버러!

보란은 버스에 올랐다. 비로소 긴장이 조금씩 풀리는 것 같았다. 애써 참고 있던 웃음이 입술을 비집고 새어 나왔다. 그는 나지막하게 소리내어 웃었다. 그러다 얼마 못 가 옆자리에 얹어 놓은 돈자루를 두들기며 웃음을 터뜨리고야 말았다. 그 웃음은 좀체 그치지 않을 듯 끝없이 이어졌다. 앞좌석에 앉아 있던 뚱뚱한 흑인 여자 둘이 이상하다는 듯이 보란을 쳐다보다가 그들끼리 어이없다는 듯이 마주 바라보았다. 그러다가 한 여자가 집게손가락을 머리 위에서 뱅글뱅글 돌리자 다른 여자가 고개를 끄덕였다.

보란은 그를 흘낏거리는 여자들은 아랑곳하지 않았다. 그녀들은 막 그가 처리한 통쾌한 사건에 대해서 알지 못했다. 자신은 전투가 필요한 사내라는 생각이 들자 다시 웃음이 쏟아져 나왔다. 일상인들의 상식적인 생각으로 판단할 때 보란과 같은 경우는 결코 바람직한 인생이 될 수 없었다. 그는 미래에 대한 계획도 세울 수 없었으며 다음 순간의 생명도 보장받을 수가 없었다. 다만 현재에만 매달려 살고 있을 뿐이었다. 어떤 결정적인, 기적과 같은 계기가 주어지지 않는 한 그렇게밖에 살아갈 수 없는 것이 바로 그의 운명이었다.

6
흐르는 모래

폭탄의 사나이는 몹시 불편한 마음으로 서재에 들어섰다. 그는 그곳에 들어갈 때면 언제나 속이 뒤틀리는 것 같았다. 그것은 벽의 3면을 꽉 메운 책들이 은근하게 뿜어내는 위압감 때문인지도 몰랐다.

프레디 갬버러는 커다란 의자에 거의 드러눕다시피한 자세로 전화를 받고 있었다. 얼굴과 어깨 사이에 놓인 송수화기를 길다란 손가락이 받치고 있었는데 손톱에는 주의 깊게 매니큐어가 칠해져 있었다.

갬버러는 머뭇거리며 문으로 들어서는 키앤티를 흘끗 쳐다보더니 앉으라는 눈짓을 했다. 키앤티는 꽃무늬가 화려하게 수놓인 고풍스런 의자에 조심스럽게 앉아 카포가 통화하는 모습을 멀거니 바라보았다.

「그놈이 뭘 두고 갔다고?」

갬버러는 수화기에 대고 나지막한 소리로 말했다. 그의 턱 근육이 씰룩거렸다.

갬버러가 통화중일 때보다 더 불편한 경우는 없다고 느끼며 키앤티는 두 손을 마주 비볐다. 그저 멍청하게 카포의 입놀림만 지켜보며 자신의 차례를 기다리다 보면 자신도 모르게 짜증이 치밀어 올랐다.

「그런 일이 일어날 수 있다고 생각하나? 그놈들이 모두 최면술에라도 걸렸었단 말인가? 그놈이 내 이름을 함부로 들먹이며 이것저것 주절거리고 있을 동안 멍청하게 손가락만 빨고 있었단 말인가?」

프레디 갬버러는 상대방이 변명하는 걸 들으며 잠깐 키앤티를 바라보았다. 키앤티는 수화기를 들고 쩔쩔 매고 있을 상대방이 누구인지 몹시 궁금했지만 꿀 먹은 벙어리처럼 우두커니 앉아 있었다.

「알았어. 그딴 소리는 더 듣고 싶지 않아. 난 팰드맨의 행동을 이해할 수 없어. 그가 우리를 위해 오랫동안 일해 왔다는 건 알아. 하지만 멍청한 건 멍청하다고 말할 수밖에! 그가 나에게 전화 한 통만 걸었더라면 일이 그렇게 되지는 않았을 거야. 더 얘기할 게 있나, 토미?」

키앤티는 상대방이 토미 덕터란 걸 비로소 알 수 있었다. 그런데 무슨 일이 있었기에 갬버러가 저렇게 불같이 화를 내는지 의아했다. 갬버러는 평소에도 감정 표현을 잘 하지 않는 사람이었다. 그런데 지금은 그의 온몸에서 노여움이 뿜어져 나오고 있었다.

키앤티는 토미 덕터가 카포에게 무슨 이야기를 하고 있는지는 알 수 없었지만 그것이 제발 자신과 상관이 없는 것이기를 간절히 바랐다. 그러나 그는 프레디 갬버러가 토미 덕터에게 내리는 지시를 듣는 순간 그것이 자신과 무관하기는커녕 관계가 있어도 엄청나게 많다는 걸 알고는 불에 덴 듯이 놀라 버렸다.

「토미, 잘 들어. 내가 바라는 건 보란의 목이다. 더 이상의 변명은 듣고 싶지 않아. 지난 일은 어쩔 수 없다고 생각하자. 그러나 만일 앞으로 그런 일이 또다시 벌어진다면 그땐 네놈의 목이라도 내놓아야 할 거다. 어서 애들을 시내에 풀어서 바, 카페 할 것 없이 이잡듯 뒤져. 그리고 지하철, 기차역, 공항, 버스 정류장에도 모두 감시를 붙여 놔. 택시 운전수에게도 알리고. 부족하다고 생각되면 식당의 포크 한 짝까지라도 동원시켜. 어떤 수단을 사용해도 좋아. 그놈만 찾아낸다면.」

갬버러는 숨을 헐떡거리며 지시를 했다. 그의 두 눈엔 분노의 불꽃이 이글거리고 있었다. 그걸 보고 있는 키앤티의 마음속에는 먹구름이 몰려들었다.

「그리고 토미, 보란을 요절내기 전에는 나에게 전화도 하지 마……. 그래, 좋아. 그 말을 잊지 않도록 해!」

갬버러는 수화기를 내려놓고 몸을 일으켜 의자에 바로 앉았다.

「무슨 얘긴지는 자네도 알겠지?」

갬버러가 키앤티에게 말했다.

「지금 심정이 어떤지 충분히 이해할 수 있어요.」

키앤티는 중얼거리며 손가락에 붙인 반창고를 쓰다듬었다.

「아냐, 자넨 모를 거야. 보란이 할렘에 있는 내 은행을 습격했어.」

갬버러는 숨을 몰아쉬었다. 키앤티는 그 말을 듣자 가슴이 얼어붙는 것 같았다.

「세상에! 겁도 없는 놈이로군!」

키앤티는 자신도 모르게 신음을 했다.

「그놈은 돈 자루와 저격수 메달을 바꿔치곤 유유히 사라졌어!」

프레디 갬버러는 원목으로 만들어진 책상을 주먹으로 꽝 내리쳤다. 키앤티는 책상 위에서 분노로 부들부들 떨고 있는 카포의 주먹을 쳐다보며 입술을 깨물었다. 그는 마른 침을 삼킨 후 입을 열었다.

「프레디, 내가 이런 말을 하면 언짢아 할지 모르겠지만……당신과 나 사이는 하루이틀된 그런 관계가 아닙니다. 당신이 내 뒤를 돌봐 주지 않았더라면 어떻게 오늘의 내가 있을 수 있겠습니까?」

「요점만 말하게.」

「좋아요. 당신은 아직 그놈에 대해 제대로 알지 못하고 있는 것 같아요, 프레디. 그놈은 뭐랄까, 사람의 혼을 빼놓는 데 귀신 같은 재주가 있는 놈이란 말입니다. 할렘의 팰드맨과 다른 놈들이 보란에게 당했다고 해서 너무 혼을 내지는 마십시오. 그들도 생각해 보면 불쌍한 사람들이니까. 그놈이 돈을 훔쳐 갔다면 보통 사람들로선 상상도 못 할 엉뚱한 방법을 쓴 게 틀림없어요. 그놈은……」

「자네가 하고자 하는 얘기를 알겠네.」

갬버러는 눈살을 찌푸리며 키앤티의 말을 잘랐다. 키앤티는 고개를 떨구고 신경질적으로 반창고를 문질렀다.

「다쳤나 보군.」

갬버러는 말투를 조금 누그러뜨렸다.

「죽지 않은 걸 다행으로 생각하고 있어요. 그걸 보고하려고 왔는데…….」

키앤티는 내키지 않는 듯 띄엄띄엄 이야기했다.

「뒷처리는 잘했겠지?」

「그거야 내 전문이니까요. 트렁크 속에 있던 엔지니어들은 그럴듯한 장례 절차를 밟아 묻힐 거요. 심술 사나운 경찰 나부랭이에게 꼬투릴 잡히지도 않을 거고. 그래도 이만한 게 얼마나 다행인지 모르오.」

키앤티는 이마에 붙인 반창고를 가볍게 문질렀다.

「그 점에 있어선 나도 마찬가지야. 그놈이 가져간 돈은 5만 달러뿐이거든. 하려고만 했다면 50만 달러는 거뜬히 가져갈 수도 있었을 텐데.」

「내 생각엔 그것이 놈의 작전인 듯싶습니다. 그놈은 본보기를 보여 주려 했던 겁니다. 브롱크스에서도 날 죽일 수 있었지만 살려 둔 점과 할렘에서 놈이 저지른 소행으로 보아 그건 확실할 거요.」

「그렇다면 놈의 의도대로 일이 풀려 나간 셈이군. 솔직히 말해 난 보란이 두렵지는 않아. 하지만 귀찮고 신경 쓰이는 건 사실이야. 그놈은 꼭 날파리 같단 말이야.」

갬버러는 윤이 나는 책상의 가장자리를 손가락으로 톡톡 두드렸다.

「날파리라니오?」

「고단해서 낮잠을 좀 자려고 하면 어디서 나타났는지 날파리

한 마리가 날아와 얼굴 주위를 맴돌며 괴롭히거든.」

「그런 일이라면 나도 당신을 만나기 이전에 이미 겪어 보았소. 당신 말이 옳소. 그놈은 끈덕지게 우리를 물고 늘어지고 있으니까.」

「중요한 회의가 얼마 남지 않았는데 그놈이 조직을 온통 휘젓고 다니는 걸 난 원치 않아.」

「나도 마찬가집니다. 나도 그놈을 두려워하진 않소. 그러나 아무리 솜씨가 좋은 일꾼이라 할지라도 놈이 눈앞에 보여야 죽이든 살리든 할 거 아니오. 오늘 오전만 하더라도 난 그놈의 그림자도 못 보았소. 그런데 놈은 공격을 끝내고 어느 틈엔가 연기처럼 사라졌더란 말이오.」

키앤티는 그때의 일을 떠올리곤 몸을 부르르 떨었다. 갬버러는 그를 조용히 바라보고만 있었다. 키앤티는 카포를 흘끗 쳐다보곤 시선을 손가락의 반창고로 옮겼다. 그는 자조어린 미소를 지으며 다시 입을 열었다.

「미안하오, 프레디. 난 방금 거짓말을 했소. 당신과 나 사이엔 허풍이나 가장이 필요없다고 생각해 왔었는데……. 사실 난 보란이 두렵소. 그놈 생각만 해도, 이름을 입에 올리기만 해도 등골에 소름이 돋아요. 그러나 지레 겁을 먹고 나자빠질 생각은 추호도 없소. 난 두려움의 뿌리를 없애기 위해서라도 그놈의 숨통을 끊어 버리고 말겠소.」

키앤티는 결의에 찬 목소리로 단호하게 말을 맺었다.

「그래, 자네는 해낼 수 있을 거야.」

갬버러는 감정의 움직임을 조금도 드러내지 않으며 담담하게 말했다.

「토미 덕터도 뛰어난 솜씨의 엔지니어요. 나보다 그가 놈을 먼저 잡을지도 모르겠소.」

키앤티는 애매한 미소를 지었다.

「그는 대학을 갓 졸업한 애송이야.」

갬버러는 시덥잖다는 듯한 표정을 지었다.

「그러나 요새 애들은 옛날과는 많이 다르오.」

「앞으로 두 달 간만이라도 그놈이 조용히 있어 주었으면 좋으련만. 만일 그 회의가 엉망이 되는 날에는……」

갬버러는 한숨을 내쉬곤 말을 이었다.

「불과 몇 주일 전에 열린 회의에서 난 보란에게 휴전을 제안하자는 안건에 찬성표를 던졌어. 그런데 보란은 그걸 무시해 버리고 내 영역으로 뛰어들어와 이 난리를 피우고 있다니! 그놈은 왜 두 달 정도도 참아 주지 못하는 거지? 어쩌면 할렘과 이해 관계를 갖고 있는 다른 4명의 보스가 긴급 회의를 요청할지도 모르겠군. 만일 그렇게 되면 난 뭐라고 얘기해야 하느냐고!」

프레디 갬버러는 순식간에 몇 년은 더 나이를 먹은 것 같았다.

무거운 침묵이 잠시 그들 사이에 가로놓였다.

「보란은 다른 곳으로 가기 위해 돈을 훔쳤는지도 모르오, 프레디.」

키앤티는 잔기침을 하며 침묵을 깼다. 그러나 갬버러는 설레설레 고개를 내저었다.

「아니야, 언제나 그렇듯이 이번 일은 놈이 행동을 개시한다는 신호야. 그놈이 자네를 습격한 게 언제였지?」

「1시경이었소.」

「그래, 할렘으로 쳐들어간 건 2시가 조금 넘어서였어. 놈은 언제 어디서 공격을 해올지 모른다고. 세 번째 공격이 어디서 행해질지만 알아도 큰 도움이 될 텐데 말이야. 놈이 공격해 올 때까지 마냥 기다릴 순 없지 않겠어?」

「틀림없어 토미 덕터가 정보를…….」

「그런 애송이가 뭘 안다고!」

카포는 갑자기 버럭 소리를 질렀다. 키앤티는 흠칫 놀라 말을 끊었다.

「앞으로 내 앞에서 토미의 이름을 들먹이지 마, 샘.」

카포의 눈동자에 짙은 불신의 빛이 스쳤다. 그의 목소리는 착 가라앉아 있었으나 표정으로 볼 때 치밀어 오르는 분노를 간신히 삭이고 있는 것 같았다.

「알았소.」

키앤티는 입 속으로 중얼거렸다.

「샘, 우정이란 어떤 것이라고 생각하나?」

갬버러의 말에 키앤티는 입술을 달싹거리며 한동안 머뭇거렸다.

「자신을 믿는 사람에 대해 최대한으로 애정을 쏟고도 후회하지 않는 그런 것이 아닐까요? 그건 바로 당신에 대한 나의 생각이기도 하고요.」

키앤티는 갬버러를 쳐다보았다.

「정말인가?」

갬버러의 얼굴에 야비한 표정이 잠깐 나타났다.

「그렇소.」

「그럼 토미 덕터만 들먹이지 말고 자네가 나서 주겠나? 날 위해서 말일세. 아니, 자네를 위해서라고 해도 크게 틀린 말은 아닐 거야.」

갬버러는 키앤티를 빤히 쳐다보았다. 키앤티는 우물쭈물하며 한동안 대답을 못 한 채 바늘방석에라도 앉은 듯 몇 번이나 자리를 고쳐 앉았다.

「내가 일선에서 물러난 지 오래 되었다는 걸 당신도 아시면서 …….」

「그러나 자네의 그 탁월한 솜씨가 녹슬지 않았다는 것도 알고 있어.」

「그렇지 않소. 지금은 내 솜씨에 대해 자신할 수 없소.」

「청부업자 중의 청부업자, 폭탄의 사나이 샘 키앤티가 너무 겸손하군. 일단 한번 해보겠다는 말은 왜 못 하나?」

갬버러는 은근히 키앤티에게 압력을 넣었다.

「알겠소. 당신이 그렇게까지 말하니 내 대답은 한 가지밖에 없겠군요. 해보겠습니다.」

키앤티는 한숨을 내쉬었다. 그는 의자에서 일어나 부드러운 카펫을 가로질러 문 쪽으로 갔다. 자신이 그곳으로 들어오면서 왜 그렇게 마음이 무거웠는지 이제는 확실히 알 것 같았다. 그곳의 바닥에 깔린 것은 푹신푹신한 카펫이 아니라 소리 없이 흐르는 모래였다. 그것은 자신이 깨닫지도 못하는 사이에 우정이라는 허울을 내세워 그를 죽음의 깊은 구렁텅이로 끌어들이고 있었다.

「그럼 다시 만날 때까지 안녕히 계시오, 프레디.」

키앤티는 문을 나서면서 어두운 표정으로 카포에게 인사말을 건넸다.

「잘 가게. 테레사에게도 안부 전해 주고.」

폭탄의 사나이 샘 키앤티는 침착한 걸음걸이로 거리로 나왔
다. 그는 자신이 죽음의 사자를 바로 그 길 위에서 맞을지도 모
르리라는 생각에 자신도 모르게 몸서리를 치고 있었다.

7
마피아의 성채

겨우 오후 5시가 되었을 뿐인데도 거리엔 벌써 땅거미가 지고 있었다. 언제부터인지 희끗희끗한 눈발이 흩날리고 있었다. 거리를 지나다니는 사람들이 잔뜩 웅크린 채 종종걸음을 쳤다.

그 시각 보란은 활기에 넘쳐 그날의 정찰 활동을 위한 준비를 하고 있었다. 그는 이스트 빌리지에서 오늘 밤의 활동에 필요한 물건들을 샀다.

뒤집어서도 입을 수 있는 바지, 검은 색 방한 조끼, 방한화, 전투용 모자 등과 가늠쇠, 보랏빛 렌즈의 선글라스, 허리에 매달 수 있는 조그만 가죽 주머니 등을 구입했다.

보란은 전투에 필요한 각종 정보가 가득 들어 있는 수첩을 꺼내 소중한 기록들을 다시 한 번 점검한 후 이스트사이드의 유태인 주거 지역으로 갔다. 그곳에는 현찰만 있으면 각종 서류가 다 구비된 자동차를 살 수 있었기 때문이었다.

그는 차체에 이탈리아 국화인 데이지꽃이 요란하게 그려져 있는 폭스바겐 사의 마이크로 버스를 골랐다. 그것은 4년 전에 출고된 것이었지만 몰고다니는 데 지장은 없을 것 같았다.

그런 다음 보란은 곧장 수하물 보관소로 가서 윌리엄 마이어가 보낸 물건들을 찾아 차에 싣고 오늘 밤 정찰할 곳으로 향했다.

점점 눈발이 굵어지고 있었다.

보란이 퀸즈미드타운의 터널로 진입하려는 차량의 대열 속에 끼여 있을 때 터널에서 나오던 공항 버스가 앞차를 추월하려다가 하마터면 보란이 그날 구입한 자동차를 망가뜨려 놓을 뻔했다. 그 공항 버스의 운전수는 급히 핸들을 꺾어 아슬아슬하게 보란의 차를 피하며 옆 차선으로 뛰어들었다. 그 바람에 그 버스의 뒤쪽에서 점잖게 달려오던, 이제 막 공장에서 나온 것 같은 캐딜락이 앞으로 고꾸라질 듯 급정거했다. 뒤따르던 차들도 바퀴가 찢어지는 듯한 마찰음을 내며 브레이크를 밟았다.

보란은 터널 속으로 미끄러지면서 그 버스의 운전수가 교통순경에게 호되게 야단맞는 장면을 상상하며 혼자서 킬킬거렸다.

일단 터널로 들어가자 차들은 속력을 내기 시작했고 잔돈을 준비할 겨를도 없이 보란의 차는 어느새 톨게이트 앞에 서게 되었다.

「잔돈은 미리 준비하십시오.」

톨게이트 징수원은 주머니를 뒤적이는 보란에게 눈살을 찌푸렸다. 뒤에 늘어선 차들이 신경질적으로 클랙슨을 울려댔다.

보란은 롱아일랜드로 향하는 고속도로로 올라갔다. 폭스바겐은 둔중해 보였지만 일단 달리기 시작하자 놀랄 만큼 속력을 내

주었다. 그는 속도계의 바늘이 오른쪽 끝에서 바들바들 경련할 정도까지 액셀러레이터를 밟았다.

보란은 지금 한 성채를 향해 달려가고 있었다. 그곳이 어디쯤 이라는 것은 정확하게 알고 있었지만 한번도 가본 적은 없었다. 그는 정보 노트에 기록된 자료를 머리 속에 떠올렸다.

마피아들은 그 성채를 제2의 가정이라고 부르고 있었다. 그곳 은 카포들이 평소의 세력 다툼이나 부하들의 지휘에 관한 문제 를 말끔히 잊어버리고 몸과 마음을 편히 쉬곤 하는 일종의 휴식 처 같은 곳이었다. 그 성채는 여자 출입 금지 구역이었다. 그리 고 잔심부름을 하는 사람들까지도 무기를 휴대하고 있다고 했 다.

엄청나게 넓은 마당에는 줄에 매달린 꿩이나 울 안에 갇힌 사 슴 등이 있었는데 그 짐승들을 쏘아 맞히거나 지프로 쫓아다니 면서 그날의 운수를 점쳐 보곤 한다는 소문도 있었다. 그곳의 요 리는 맨해튼의 일류 레스토랑에서 초빙한 요리사가 만들고 지하 실에는 프랑스, 이탈리아, 캘리포니아 등지에서 가져온 포도주 가 잔뜩 쌓여 있다는 소리도 들렸다. 뉴욕의 신디케이트를 주물 럭거리는 5대 가문의 카포들은 그곳에서 회의를 하곤 했다. 그 리고 확인된 바는 없지만 동부 출신의 정치가들 중 몇 사람이 그 성채에 초대되어 대접을 받았다는 소문이 나돌고 있었다.

또한 그곳은 자타가 공인하는 난공불락의 요새인만큼 경비도 삼엄할 것이라고 했다.

보란은 제리코에 이르자 롱아일랜드 고속도로를 벗어나 북쪽 으로 뻗은 지방도로로 접어들었다. 오스터 만을 지나면서부터 보란은 주의 깊게 도로 표지판을 쳐다보며 차를 몰았다.

약 두 시간 뒤에 보란은 마침내 목적지에 이르렀다. 그는 즉시 그곳을 살펴볼 준비를 했다.

눈은 그칠 줄 모르고 계속 내리고 있었다. 내리면서 쌓이고 한편으로 녹아 내리는 눈으로 길은 질퍽거렸다. 겨울의 짧은 해는 서산으로 넘어간 지 오래였기 때문에 사방은 먹물 같은 어둠에 둘러싸여 있었다. 그러나 단 한 군데, 그 성채는 크리스마스 이브의 백화점처럼 휘황찬란하게 불이 밝혀져 있었다. 어둠 속에 우뚝 솟은 성채는 신비한 느낌마저 불러일으켰다. 주위가 어두운 것이 보란이 행동하기엔 오히려 유리했다.

눈앞에 보이는 성채를 바깥 세계와 격리시키고 있는 것은 약 6피트 높이의 벽돌담이었는데 담의 윗부분에는 철조망이 버티고 있었으며 약 50피트 간격으로 서치라이트가 설치되어 있었다. 보란은 불빛에 노출되지 않게 주의하면서 빠른 걸음으로 담을 따라 끝까지 가보았다. 그곳의 면적은 10에이커는 넉넉히 될 것 같았다.

다시 차로 돌아온 보란은 쌍안경을 목에 걸고 나뭇잎이 다 떨어져 앙상한 키 큰 나무로 기어 올라갔다. 그는 나뭇가지에 원숭이처럼 걸터앉아서 성채를 살피기 시작했다.

본관은 석조와 목조를 절충한 2층 건물이었는데 2층의 각 방에는 고풍스럽게 단장된 발코니가 달려 있었다. 1층은 한쪽 면전체가 커다란 베란다처럼 꾸며져 있었다. 본관 주위에는 규모가 작은 집들이 몇 채 있었는데 정문에서 그 집들까지의 거리는 약 100야드쯤 될 것 같았다. 정문에서부터 시작된 자갈이 깔린 좁다란 길은 널찍한 주차장 곁을 지나 급커브를 그리면서 집 뒤쪽으로 나 있었다. 그곳의 전체 면적을 놓고 생각해 볼 때 본관 뒤쪽에는 지금 보란이 보고 있는 앞쪽보다 더 넓은 공간이 있을 것 같았다. 그곳에는 옥외 풀장과 가벼운 운동을 할 수 있는 시설이 마련되어 있을 것이라고 보란은 생각했다.

보란은 쌍안경을 내리고 여기까지 온 이유에 대해 곰곰이 생각해 보았다. 그 성채에 대한 소문은 이미 여러 차례 들었었다. 그래서 자신의 눈으로 직접 그곳을 확인해 보고 싶다는 생각을 했었다. 그러나 그것이 자신을 그곳까지 오게 한 진정한 이유는 될 수 없었다.

보란의 가슴 밑바닥에는 마피아에 대한 적개심이 본능처럼 불타오르고 있었다. 그래서 그들이 세상에서 가장 안전한 곳이라고 믿는 그 성채를 풍지박산내 버림으로써 뉴욕의 5대 가문에 대해 자신의 존재와 위력을 알리고 그가 있는 한 범죄는 발붙일 곳이 없다는 걸 인식시키려는 것이 보란이 이 성채를 찾아온 진정한 이유였다.

그러나 현실적으로 생각해 볼 때 5대 가문의 카포가 매번 자리를 같이하는 것은 아니었으므로 그들을 한꺼번에 처치할 수는 없을 것 같았다. 하지만 심리적인 효과를 노린다면 공격을 해서 손해 볼 것은 없다고 판단했다.

겉으로 보기에 그 성채는 별다른 위험이 보이지 않았다. 이따금 불이 켜진 본관의 창문에 그림자가 얼씬거리는 것과 불빛이 닿지 않는 마당 한 모서리를 무엇인가가 지나가는 것을 제외하면 아무런 움직임도 잡아낼 수 없었다. 그러나 보란은 직접 안으로 들어가 보지 않고선 적이 어떤 방어 수단을 갖추어 놓고 있는지 정확한 판단을 내릴 수 없다고 생각했다. 결국 그는 무리한 공격은 하지 않는 것이 좋겠다는 결론을 내렸다. 그러나 안을 살펴 둘 필요는 있었기 때문에 일단 담을 넘기로 작정했다.

그는 나무에서 내려와 차로 되돌아가서는 심야용 전투복을 꺼냈다. 그것은 가볍고 신축성이 있는 검은 색 천으로 만들어진 옷이었는데 한군데 오래 있지만 않는다면 어떠한 추위에도 견딜 수 있을 만큼 보온력이 뛰어난 것이었다. 그는 권총 벨트를 맨 다음 소음기가 부착된 베레타를 집어 넣었다. 마이어에게서 산 경기관총은 목에 메고 탄약 포켓과 수류탄 2개는 허리춤에 찼다.

몇 분 뒤 보란은 뒷담을 넘어 성채 안으로 스며들었다. 얼어붙은 땅 위로 계속 떨어지는 눈 때문에 발 밑은 매우 미끄러웠다. 보란은 자갈길 옆을 따라 눈 쌓인 잔디밭 위를 재빨리 달려갔다.

얼마나 지났을까, 규모가 다소 작은 집들 쪽으로 달려가는 보란의 귓속으로 돌연 심상찮은 소리가 날아들었다. 보란은 그 자리에 우뚝 서서 베레타를 꺼내 들었다. 그는 천천히 한쪽 무릎을 꿇고 앉으며 미간을 모으고 어둠 속을 노려보았다. 상대의 모습을 한순간이라도 먼저 발견하는 쪽이 그만큼 유리했기 때문이다.

뜻밖에도 그것은 짐승의 거친 콧김소리였다. 보란은 반사적으로 땅바닥에 몸을 깔았다. 그와 동시에 어둠 속에서 튀어나온 시커먼 셰퍼드가 보란의 몸 위를 아슬아슬하게 스쳐 지나갔다. 첫 공격에 실패한 셰퍼드가 허연 이빨을 드러내며 다시 그에게 달려드는 순간 보란은 재빨리 베레타를 두 발 쏘았다. 슛, 슛 하는 소리를 내며 베레타가 불을 뿜자 허공으로 치솟았던 셰퍼드는 하얀 눈밭에 피꽃을 그리며 그대로 나동그라져 잠시 사지에 경련을 일으키더니 곧 뻗어 버리고 말았다.

보란은 자신의 주의력이 부족했던 것에 대해 무섭게 자책했다. 지금 이 성채 안에 사람들이 없다는 걸 왜 눈치 채지 못했던 말인가! 그는 자신이 인간보다 훨씬 뛰어난 감각을 갖고 있는 살인견들이 득실거리는 곳에 서 있다는 것을 깨닫고 머리끝이 쭈뼛 섰다. 이곳에 얼마나 많은 숫자의 셰퍼드가 있을지 도대체 짐작조차 할 수 없었다.

마치 보란의 그런 생각에 대답하기라도 하듯 그의 오른쪽 옆에서 또 한 마리의 셰퍼드가 튀어나왔다. 보란은 온몸에 살기가 가득 차 있는 시커먼 악마 같은 놈을 향해 베레타를 내갈겼다. 그러자 거의 보란의 눈앞에까지 뛰어올랐던 그놈은 날카로운 비명을 지르며 한쪽 옆으로 널브러졌다.

보란은 진땀을 흘리며 인간도 그 개와 같은 짐승에 지나지 않을지 모른다고 생각했다. 자신이 살아 남기 위해서 다른 사람을 죽여야만 한다는 건 얼마나 부조리한 일인가? 그러나 지금처럼 목숨이 위협을 받고 있을 때 이성적인 판단을 하기란 거의 불가능하다. 또 한 마리의 셰퍼드를 처치하고 나자 보란은 바짝 조바심이 나서 급히 그곳을 떠났다.

달려가는 그의 마음속으로 죽어 넘어진 그 악마 같은 짐승들에 대한 야릇한 감정이 피어올랐다. 그것은 프레디 갬버러나 샘 키앤티 같은 용서할 수 없는 놈들에 대한 동정심과도 같은 것이었다. 그들도 그가 죽인 셰퍼드들과 마찬가지로 알 수 없는 힘에 의해 인간의 탈을 벗어 던지고 야수로 변한 것 같은 느낌이 들었기 때문이었다. 어쩌면 그건 보란 자신에 대한 연민인지도 몰랐다. 그 역시 운명에 이끌리듯 마피아와의 전투에 뛰어들어 그들의 눈으로 보기엔 야수나 다름없는 행동을 하며 처절한 살육전을 벌이고 있으니까.

그러나 생존이라는 문제를 놓고 볼 때 그 모든 생각은 사치에 불과했다. 만일 지금 또 다른 셰퍼드나 마피아의 앞잡이가 나타난다면 보란은 조금도 주저하지 않고 그들에게 방아쇠를 당길 것이었다.

그가 날카로운 이빨을 드러내 놓고 눈알을 번득이며 덤벼드는 셰퍼드를 설득하려 했다면 그는 벌써 갈기갈기 찢겨 차가운 땅바닥에 나뒹굴었을 것이다. 야수를 설득한다는 것은 불가능한 일이다. 보란은 마피아도 그와 같은 야수에 지나지 않는다고 생각했다. 그 야수와의 싸움에서 살아 남을 수 있는 길은 오직 처치하는 방법뿐이었다.

마피아와 공존하려 했던 사람들도 물론 있었다. 그러나 그런 사람들을 기다리고 있었던 것은 처참한 죽음이었다. 그것을 그들의 방식이라고 인정한다면 보란도 나름대로의 방식으로 그들과 맞설 수밖에 없었다.

보란은 또 셰퍼드가 나타날 것에 대비해서 잠시 걸음을 멈추고 온 신경을 곤두세웠다. 그러나 더 이상의 위험은 느껴지지 않았다. 셰퍼드들이 겁을 먹고 흩어진 모양이었다. 보란은 민첩하게 성채 안을 돌아다니며 성채의 내부 구조에 관한 새로운 사실들을 캐내 머리 속에 담았다.

그만 돌아가기로 작정한 보란은 개들의 시체를 담 너머로 집어 던진 후 가볍게 담을 넘었다. 그는 개들을 눈에 띄지 않게 숨긴 후 차에 올랐다.

히터로 데워진 차 안의 따뜻한 공기가 차디찬 보란의 심신을 정겹게 감싸안았다. 그는 정보 노트에 그 성채의 구조와 방어의 취약점 등을 자세히 기록하곤 시동을 걸었다.

맨해튼으로 돌아가는 차 속에서 보란은 다음번 공격을 위한 전략에 골몰하고 있었다.

8
사랑을 위하여

눈발은 점점더 굵어졌다. 바삐 움직이는 윈도 브러시가 닦아 준 차창으로 보이는 거리는 한산했고 차량의 불빛도 거의 보이 지 않았다.

보란은 인터체인지를 지나면서 갑자기 마음을 바꿔 맨해튼으 로 향하는 길을 버리고 아일랜드 프리웨이로 꺾어 들어 브롱크 스로 가는 길을 택했다. 얼마 후 보란은 샘 키앤티의 사무실 쪽 으로 핸들을 돌리고 있는 자신을 발견했다.

그는 마피아의 성채에서 격앙되었던 감정의 앙금을 말끔히 씻 어 내고 싶었다. 그래서 낮에 그가 공격했던 키앤티의 사무실로 가면 혹시 마음이 풀어질지도 모른다는 무의식적인 생각으로 어 느새 차를 브롱크스로 몰고 왔는지도 모른다.

보란은 '휴먼 엔지니어링' 건물 앞을 그냥 지나쳐 다음 블럭 까지 간 다음 적당하다고 여겨지는 곳에 차를 세워 놓고 키앤티

의 사무실 쪽으로 걸어갔다. 바람에 날린 눈송이들이 전투복만
을 입은 보란에게 아우성치며 달려들었다. 보란은 베레타가 젖
지 않도록 주의하며 걸음을 빨리했다.

보란이 낮에 총알을 퍼부었던 사무실의 창문에는 새 유리가
끼여 있었다. 그때 길 모퉁이를 돌아나오려는 차의 요란한 엔진
소리가 들렸다. 보란은 얼른 담벼락에 붙어 섰다. 엔진소리에 비
해 힘은 별로 좋지 못한 듯 경사진 골목을 힘겹게 올라오는 차의
헤드라이트 불빛이 어둠을 가르며 하얀 눈송이의 난무를 조명했
다.

커다란 캐딜락이 키앤티의 집 맞은편에 있는 키앤티의 사무실
뒤쪽으로 사라져갔다. 아마 차고로 들어간 모양이었다.

보란은 건물들의 그늘을 밟으며 잽싸게 길을 건너 차가 사라
진 쪽으로 다가갔다.

문이 세차게 닫히는 소리가 나고 하필 이런 날에 차를 쓴 키앤
티를 불평하는 사내의 음성이 새어 나왔다. 이어 차고 옆의 쪽문
이 열리더니 트렌치코트를 입은 덩치 큰 사내가 보란의 코 앞에
나타났다. 불끈 힘을 모은 보란의 차돌 같은 주먹이 사내의 뒷덜
미를 내리쳤다. 기습을 당한 사내는 꿍 하는 신음을 내고는 눈길
에 길게 엎어져 버렸다.

「내가 뭐랬나. 눈길은 미끄러우니까 조심해야 한댔잖아?」

키앤티가 쪽문에서 나오며 킬킬거렸다. 그러나 보란과 보란의
손에 쥐어진 베레타를 보는 순간 키앤티의 얼굴에서 웃음과 함
께 핏기가 싹 걷혔다.

「미끄러진 게 아니었군…….」

폭탄의 사나이는 간신히 중얼거렸다.

「미끄러진 걸로 해두는 게 더 나을 텐데?」

조용한 목소리로 보란이 대꾸했다.

그때 차고에서 흘러나온 불빛 속으로 들어서는 세 번째 사람이 있었다. 그 사람의 침착한 눈길과 마주친 보란의 가슴은 덜컥 내려앉았다.

보란의 눈앞에 서 있는 여자는 한때 열렬한 사랑을 나누었던, 그러나 그가 피츠필드에 팽개쳐 두다시피 한 발렌티나였다. 지금 그녀는 중년의 여인이었지만 아름다움은 조금도 변하지 않았으며 오히려 원숙한 미를 뿜어내면서 그에게 조용히 타이르는 듯한 눈길을 보내고 있었다.

그녀가 베레타를 보지 못했을 리는 없었다. 그리고 보란이 어떤 일을 하는 사내라는 것을 누구보다도 잘 알고 있었다. 그러나 그녀는 조금도 동요의 빛을 보이지 않았다. 그런 그녀의 태도에 오히려 보란이 당황하고 있었다.

「이렇게 날씨가 추운데 당신은 내의 같은 것만 걸치고 있군요. 불쌍해라! 사실 난 오늘 코네티컷에 갈 생각이 전혀 없었어요. 날씨도 좋지 않고……. 하지만 샘이 우기는 바람에 코네티컷에 가서 아이들을 만나고 이제 막 돌아오는 길이에요.」

발렌티나는 명랑한 목소리로 말했다.

보란은 차마 그녀를 마주볼 수가 없었다. 그녀는 샘 키앤티 같은 사내에겐 전혀 어울리지 않는, 순결한 영혼과 고결한 인품을 가진 여자였다. 또한 보란에게도 과분한 여자였다. 피츠필드에서 부상을 입었을 때 그녀는 보란을 치료해 주었고 보란을 위해 기도했으며 한 번도 남자의 손이 닿지 않은 소중한 모든 것을 그에게 주었었다. 그리고 사랑을 외면하지 말라고 눈물로 애원했었다.

지금 자신의 눈앞에 서서 밍크 목도리를 만지작거리고 있는 그 여자가 키앤티를 위해 얼마나 기도하고 눈물을 흘릴지는 알 수 없는 일이었다.

「집 안으로 들어가요, 테레사.」

키앤티가 굳은 얼굴로 그녀에게 말했다. 그러나 그녀는 보란 에게서 눈을 뗄 줄 몰랐다. 보란으로서는 아무런 감정도 드러내 지 않는 그녀의 자기 통제 능력이 놀라울 따름이었다.

「당신도 친구분과 함께 집으로 들어가요, 샘. 친구분은 몹시 추운 것 같은데 따뜻한 차라도 한잔 대접해야 하지 않겠어요?」

「그것 좋은 생각이군. 먼저 들어가서 차 끓일 물을 올려 놓아 요. 곧 들어갈 테니까.」

그제야 보란은 발렌티나의, 아니 테레사 키앤티의 얼굴을 바 로 쳐다보았다. 그러나 그는 중년으로 들어선 여자의 얼굴을 보 고 있는 것이 아니었다. 그는 바이킹의 용기와 천사의 마음을 가 진 사랑스러운 발렌티나를 보고 있었다. 보란은 그녀를 키앤티 의 아내로 보고 싶지 않았다. 그것은 그가 부딪치지 않으려고 애 써 왔던, 그가 치르고 있는 전투의 다른 얼굴이기도 했다. 사형 집행인으로서의 보란은 남편을 잃고 울부짖는 아내의 모습 따위 는 상상하고 싶지도 않았다.

「따뜻한 것이 유난히 그리워지는 날이로군요, 키앤티 부인.」

보란은 침착한 얼굴로 서 있는 조그만 여자를 향해 말했다. 순 간 그녀의 눈이 반짝 빛나는 듯하더니 길바닥에 엎어져 있는 보 디 가드를 흘끗 쳐다보곤 보란에게 목례를 보낸 다음 길 건너편 에 있는 집 쪽으로 걸음을 옮겼다.

「잠깐만 기다려 주시오, 보란. 집사람이 보이지 않을 때까지만
…….」

샘 키앤티는 한숨을 내쉬며 중얼거렸다.

「부인에겐 미안하게 생각하오, 키앤티.」

보란은 냉정하게 말했다.

「당신에게 한 가지 부탁할 게 있는데……. 어디 딴 데로 가서
날 처치해 줄 순 없겠소, 보란? 집사람에게 내가 죽어 넘어지는
꼴을 보이고 싶지 않소.」

키앤티는 완전히 포기한 듯한 표정이었다.

눈은 이제 함박눈이 되어 펑펑 쏟아지고 있었다. 두 사람 사이
에 잠깐 침묵이 흘렀다. 보란은 세상 끝에 서 있는 것 같은 마피
아의 보스를 뚫어져라 쳐다보며 꼼짝도 않고 서 있었고 키앤티
는 보란의 손에 들린 베레타와 보란의 얼굴을 번갈아 쳐다보고
있었다. 보란이 쥐고 있는 총 위에도 눈이 쌓이고 있었다. 그렇
게 서 있다간 두 사람 모두 눈사람이 될 것 같았다.

「총을 갖고 있소?」

보란이 입을 열었다.

「왼쪽 허리춤에 있소.」

「그럼 왼쪽 손을 펴보인 다음 엄지와 검지만 사용해서 총을 빼
시오.」

키앤티가 시키는 대로 하자 보란은 다시 입을 열었다.

「멀리 던지시오.」

키앤티는 38구경 스냅노즈를 등 뒤로 휙 던졌다.

「당신은 이제 은퇴할 때가 되었다고 생각지 않소, 키앤티?」

보란은 청부업자 중의 청부업자에게 말했다. 눈이 온다고 해

서 사형 집행을 연기할 보란은 아니었다. 그러나 그는 그의 차디찬 가슴 밑바닥을 스치고 지나가는 그 무엇을 느끼고 있었다.

「나도 그렇게 생각하오, 보란.」

그때 키앤티의 저택에서 불이 켜졌다. 그리고 두 손으로 가슴을 누르고 서 있는 테레사의 그림자가 창으로 비쳐 나왔다. 그 여자는 창문에 바짝 붙어 서서 보란과 남편이 서 있는 곳을 바라보고 있었다.

「당신이 지금 나와 같은 위치에 섰다면 아무런 망설임도 없이 방아쇠를 당겼겠지.」

보란이 말했다.

「당신은 아니오?」

키앤티는 절망적인 목소리로 쥐어짜듯 말했다.

「당신에게도 기회를 주고 싶군. 그러나 이번 한 번뿐이오. 오늘 이후로 다시 당신과 만나게 된다면 그땐 사정 보지 않을 거요.」

보란은 냉혹한 어투로 조용히 말했다.

키앤티는 그 말의 의미를 이해하느라고 한동안 머리를 굴려야 했다. 그는 보란이 농담을 하는 것은 아닌가 하고 의심하는 눈치였다.

「당신답지 않은 일인데…….」

키앤티는 간신히 중얼거렸다.

「난 당신 아내를 위해 당신을 한 번만 더 살려 두는 거요.」

보란의 목소리는 여전히 냉정하고 침착했으나 마음의 동요를 완전히 숨길 순 없었다.

키앤티는 침을 꿀꺽 삼키며 보란을 쳐다보다가 휘적휘적 길을 건너갔다. 그는 뒤도 돌아보지 않고 단숨에 층계를 올라가 집 안으로 뛰어들었고 잠시 후 굳게 포옹을 하는 남녀의 실루엣이 창문에 나타났다.

보란은 쓰디쓴 미소를 지으며 마이크로 버스를 향해 걸음을 옮겼다. 아무도 밟지 않은, 소담하게 쌓인 눈을 밟으며 발렌티나가 전해 준 사랑에 보답하기 위해 한 번쯤 관용을 베풀었다고 해서 상황이 크게 달라질 것은 없다고 생각했다. 그러나 왠지 입맛이 썼으며 화근을 만든 것이나 아닌가 하는 우려의 마음을 결코 감출 수가 없었다.

이스트사이드의 아파트 차고에 차를 세운 보란은 새로 산 재킷을 입고 선글라스를 콧등에 걸친 다음 마이크로 버스에서 뛰어내렸다.

「여긴 전용 차고인데요.」

경비실에 앉아 있던 젊은 사내가 천천히 보란에게 다가오며 퉁명스럽게 말했다.

「난 볼일이 있어 왔소.」

「새벽 1시에 말입니까?」

「새벽 1시라고 볼일을 못 본다는 건 말도 안 되지.」

보란은 빙글빙글 웃으며 사내를 쳐다보았다.

「누구를 찾아오셨다고 했죠?」

사내는 주눅이 든 목소리로 말했다. 그는 왜 자신이 보랏빛 선글라스를 낀 사내에게 기를 펴지 못하는지 의아스러웠다.

「린들리.」

보란은 간단하게 대꾸했다.

사내는 마이크로 버스에 울긋불긋하게 그려져 있는 데이지 꽃

무늬가 지긋지긋하다는 표정을 지으며 경비실로 돌아가 노트를
펼쳤다.

「어디서 왔다고 전할까요?」

사내는 인터폰을 집어 들었다.

「'사형 상회'에서 왔다고 하면 알 거요.」

보란은 킬킬거리며 어리둥절해 하는 사내를 바라보았다.

「으시시하군요.」

사내도 어색한 미소를 보였다.

「당신은 마음에 들지 않는 모양이지만, 어쩌겠소? 그게 내 가
게 이름인걸.」

사내는 인터폰에 대고 짤막하게 얘기를 한 다음 보란에게 들
어가도 좋다는 손짓을 했다.

2분 30초 후, 보란은 미녀들의 방문 앞에 서서 요란하게 벨을
울려대고 있었다.

마지못한 듯 문이 조금 열리더니 폴라 린들리의 얼굴이 나타
났다. 그녀는 속이 환히 비치는 핑크빛 네글리제만 걸치고 있었
는데 차림새가 달라진 보란을 보곤 당혹한 표정을 지었다.

보란은 빙그레 웃으며 선글라스를 벗었다. 그 순간 폴라는 보
란의 팔을 붙잡더니 방 안으로 그를 끌어당기고는 현관문의 빗
장을 모두 채웠다.

「얼마나 걱정했는지 몰라요!」

폴라는 흥분을 가누지 못하고 헐떡거렸다.

「난 오랫동안 있을 수가 없소. 당신들이 잘 있는지 확인하러
왔을 뿐이오.」

「거짓말 말아요. 우리 소식을 알고 싶었다면 당신이 직접 오지

않고서도 얼마든지 알 수 있다고요.」

폴라는 뾰로통한 얼굴을 하고 쏘아붙였다. 보란이 어깨를 으쓱하자 그녀는 다시 말을 이었다.

「당신은 은혜도 모르는 사람이에요, 보란. 우리가 밤잠도 못 자고 당신을 그렇게 간호해 주었는데 한마디 말도 없이 사라지다니……! 그리고 불쑥 나타나선 한다는 소리가……!」

보란은 그녀가 얼마나 그를 염려하고 있었는지 충분히 알 것 같았다. 그가 그녀를 살며시 끌어당기자 폴라는 보란의 목을 두 팔로 꼭 껴안았다.

보란은 얇은 네글리제를 통해 전해지는 그녀의 체온을 충분히 느낄 수 있었다. 보란이 그녀의 등을 쓰다듬던 손을 탄탄한 엉덩이에 올려 놓자 그녀는 가쁘게 숨을 몰아쉬었다.

갑자기 폴라는 보란에게서 몸을 떼더니 눈썹을 치켜올렸다.

「에비는 당신 때문에 완전히 정신이 나가 버렸어요. 그앤 당신을 찾으러 나갔는데 아직 돌아오지 않고 있어요.」

폴라는 손바닥을 마주 비비며 입술을 깨물었다.

「아니, 그런 철없는 짓을!」

「그애로선 그럴 수밖에 없었다고요.」

폴라는 보란에게 원망의 눈길을 보냈다.

「좀 자세히 얘기해 봐요, 폴라.」

보란은 진지한 얼굴이 되었다.

「우리가 가게에서 돌아와 보니 카펫 위에 핏자국이 있더군요. 그래서 우린 당신이 격투를 하다가 납치된 줄 알았어요. 경찰이 당신을 데려간 건 아니라고 생각했죠. 만일 그랬다면 우리가 돌아올 때까지 경찰이 이곳을 지키고 있었을 테니까요. 에비는 울

고 불고 야단을 하더니 옷도 제대로 차려입지 않고 밖으로 나갔
어요. 우린 모두 당신이 끌려간 걸로 생각했고 에비는 그게 자기
책임이라고 했어요. 당신도 알고 있겠지만 그앤 너무 잘 떠드는
게 흠이에요. 눈치를 보니까 누구에겐가 당신이 여기 있다는 걸
말한 것 같았어요.」

「누구한테 말했다는 거요?」

보란의 목소리가 조금 긴장된 듯했다.

「그앤 요즘 정치 활동을 하는 젊은이들과 어울리고 있어요. 어
제 낮에도 그 젊은이들 중 두 명과 점심을 같이 했나 봐요. 에비
의 얘기로 그 두 사람은 급진파라고 했어요. 에비는 당신의 문제
를 처리하는 데 그 젊은이들이 적격자라고 판단을 하고 당신 얘
기를 그들에게 했던 것 같아요.」

폴라는 안절부절못하며 떨리는 목소리로 얘기했다.

「쓸데없는 짓을 했군.」

보란의 눈빛이 깊어졌다.

「하지만 나쁜 뜻이 있었던 건 아니었을 거예요. 아무튼 어제
저녁에 나간 애가 아직도 돌아오지 않으니 걱정이 되어 죽을 지
경이에요.」

「나간 이후로 한 번도 연락이 없었소?」

「딱 한 번 전화가 왔어요. 그 젊은이들이 말을 퍼뜨렸나를
확인하려 하는데 연락이 안 된다고……..」

폴라는 곧 눈물을 쏟을 듯한 표정을 지었다.

「그런데 레이첼은?」

「이곳으로 돌아와 핏자국을 본 후부터 명상에 잠겨 있어요. 아
직도 꼼짝도 않고 바닥에 앉아 있는걸요.」

「에비가 밖에서 밤을 새운 일이 이제껏 한 번도 없었소?」

보란은 팔짱을 끼고 생각에 잠긴 얼굴로 폴라를 바라보며 물었다.

「아니에요. 그앤 워낙 제멋대로니까요. 하지만 나갈 때 심상치가 않았기 때문에 자꾸 불길한 생각만 들고……. 난 걱정이 되어 미칠 것만 같아요.」

폴라는 소파에 털썩 주저앉아 멀거니 보란을 보고 있다가 무슨 생각을 했는지 머리를 세차게 흔들었다. 그녀는 심호흡을 하더니 자리에서 일어섰다.

「에비 때문에 내가 당신 생각을 미처 하지 못했군요. 사라졌던 사람은 당신인데 말이에요. 배 고프지 않아요? 먹을 걸 준비하겠어요.」

폴라가 주방으로 가려 하자 보란은 그녀를 막았다.

「아니오, 난 정말 시간이 없소. 곧 가봐야 하오. 여기 들른 이유는 내 가방도 찾고 내가 무사하다는 걸 알리기 위해서였소.」

「그럼 완전히 우리 곁을 떠날 생각이로군요.」

폴라의 눈에 슬픔이 출렁거렸다.

「이것이 영원한 이별은 아니니까 너무 슬퍼하지 마오. 내 가방을 갖다 주겠소? 그리고 내가 나간 다음 레이첼에게도 안부를 전해 주시오. 당신은 눈치가 빠르니까 내가 그녀에게 무슨 말을 하고 싶은지 알 거요.」

폴라는 고개를 끄덕이고는 잠자리 날개 같은 옷자락을 나풀거리며 거실을 가로질러 방으로 들어갔다.

그녀의 뒷모습을 보면서 보란은 여자들을 만나면서 위험에 빠질까 걱정하는 남자가 세상에 몇이나 될까 하는 생각에 쓰게 입맛을 다셨다.

「작별의 키스 정도는 해주시겠죠?」

폴라가 보란에게 가방을 건네 주면서 말했다.

보란은 가방을 바닥에 내려놓고 부드러운 그녀의 입술에 자신의 입술을 포갰다. 폴라가 정열적으로 반응을 해오자 보란은 그녀의 허리가 거의 꺾일 정도로 힘차게 포옹을 했다. 뜨거운 숨결을 토해 내던 그녀의 입술이 열리면서 보란의 혀를 받아들였다. 헐떡거리는 심장의 고동소리가 온 방 안에 꽉차는 것 같았다.

보란은 약해지려는 마음을 다잡고 그녀에게서 몸을 뗐다.

「당신의 보디 요법도 훌륭하군.」

보란은 얼른 가방을 집어 들고 복도로 나섰다. 그가 엘리베이터를 타면서 보니 폴라는 그때까지도 문간에 선 채 보란 쪽을 쳐다보고 있었다.

보란은 주차장으로 가서 일부러 소리를 내며 차 문을 열어 젖혔다. 그리고 가방을 차 뒤쪽으로 던져 넣으며 경비원 사내에게 손을 흔들어보였다.

운전석으로 올라간 보란은 담배를 꺼내 입에 물고 라이트를 켠 뒤 천천히 주차장을 빠져 나갔다.

그가 막 윈도 브러시의 작동 버튼을 눌렀을 때 차 앞으로 뛰어드는 희끄무레한 물체가 보였다. 그는 핸들을 거칠게 꺾으며 급히 브레이크를 밟았다. 차는 바퀴가 찢어지는 듯한 마찰음을 내며 차도에 두 팔을 벌리고 서 있는 레이첼 실버의 코 앞에 간신히 멈춰 섰다. 그녀는 굽이 높은 적갈색 부츠와 하얀 맥시 코트 차림이었는데 차가 멎자 재빨리 폭스바겐의 문을 열고 운전석 옆자리로 뛰어들었다.

「나도 같이 가겠어요.」

레이첼은 가쁜 숨을 몰아쉬었다.

「그건 말도 안 돼!」

보란은 엄격한 목소리로 말했다.

「만약 당신이 끝까지 거절한다면 난 소리를 지를 거예요. 난 소리 지르는 것 하나는 자신 있다고요. 사형 집행인이 여기 있다고 악을 쓰면 당신은 아마 몹시 귀찮은 일을 당하게 되겠죠?」

그녀는 투정 부리는 아이 같은 얼굴로 떼를 썼다.

「할 수 없군.」

보란은 한숨을 내쉬며 차를 출발시켰다.

「저……」

레이첼은 뭔가 할 얘기가 있는 듯 입술을 달싹거렸다.

「말해 보시오.」

보란은 다소 무뚝뚝하게 말했다.

「당신이 죽어 있는 걸 봤어요.」

「언제?」

「약 1시간 전이에요. 피투성이가 된 당신을 내려다보며 두 명의 사내가 껄껄 웃고 있었어요.」

레이첼은 걱정스러운 눈길로 보란을 바라보았다.

「그런데 난 보다시피 살아 숨쉬고 있단 말이오.」

보란은 가볍게 대꾸했다.

「그게 얼마나 다행인지 몰라요. 너무 당신 걱정을 하다가 허깨비를 봤나 봐요.」

레이첼이 보란 쪽으로 바짝 다가앉자 코트 앞자락이 조금 벌어졌다. 그녀는 코트 속에 아무 것도 입지 않은 맨몸이었다.

「그런 종류의 허깨비는 나도 종종 보지.」

보란이 중얼거리자 레이첼은 듣기 싫다는 듯 고개를 세차게 흔들었다.

「농담이라도 그런 말은 마세요.」

그녀는 보란의 한쪽 팔을 끌어당겨 자신의 코트 속으로 집어 넣었다. 따뜻하고 매끄러운 살갗의 감촉이 짜릿하게 전해 왔다.

「만약 당신이 꼭 저 세상으로 가야 한다면 날 실컷 사랑하고 난 다음에나 가라고요.」

레이첼은 어리광스럽게 말했다.

「난 벌써 당신에게 사랑을 바친 것 같은데?」

「난 확인하지 못했어요.」

레이첼은 가슴의 계곡 사이에 있던 보란의 손을 빼내 입을 맞추었다.

「레이첼, 당신에게 어울리는 건 나같이 죽음의 그림자를 몰고 다니는 사람이 아니라 미래에 대한 희망으로 가슴이 부풀어 있는 건강한 남자요. 모퉁이를 돌아 다음 블럭에 차를 세울 테니 거기서 내려 아파트로 돌아가도록 해요.」

보란은 담담하게 말했다.

그러나 그녀는 보란에게 쏟아지듯 달려들더니 그의 어깨에 볼을 비비며 말했다.

「싫어요. 그렇겐 할 수 없어요. 난 당신을 원하고 있단 말예요.」

보란은 아무 대꾸도 하지 않았다. 그는 지금 레이첼의 어리광을 받아주며 그녀의 탄력 있는 몸매를 즐길 만한 여유가 없었다. 그의 눈은 아까부터 폭스바겐을 뒤따르는 두 줄기 헤드라이트를 백미러로 지켜보고 있었던 것이다.

「레이첼, 마음을 돌려요. 당신이 좋다고만 하면 당신을 행복하게 해줄 수 있는 남자들이 줄을 서 있잖소?」

보란은 모퉁이를 돌았다. 두 줄기 헤드라이트도 뒤따라 커브를 그렸다.

「당신이 뭐라 해도 난 당신과 같이 갈 거예요.」

「바닥에 엎드려요, 레이첼.」

보란은 그녀를 밀어 내며 조용히 말했다.

「갑자기 왜 그래요?」

「지나친 생각일는지 모르겠지만 당신이 봤다는 그 허깨비가 현실로 나타날지도 모르겠소. 빨리 바닥에 엎드리시오.」

레이첼은 입술을 깨물며 의자 밑에 쪼그리고 앉았다.

보란은 힘껏 액셀러레이터를 밟았고 차는 눈이 쏟아지는 미끄러운 길 위를 마구 달려가기 시작했다.

「사랑해요, 보란.」

레이첼은 굳은 표정으로 핸들을 잡고 있는 보란을 올려다보며 또렷한 목소리로 말했다.

「나도 그렇소, 레이첼.」

보란은 베레타로 손을 가져가며 진지하게 대꾸했다.

보란의 말에는 조금도 거짓이 없었다. 지금 이 순간 그에게 생존을 위한 싸움이 지긋지긋하게 여겨질 뿐이었다. 그리고 평범한 남자들처럼 사랑을 하고 싶었다.

9
짧은 로맨스

보란이 맹렬한 속도로 교차로에 접근하고 있을 때 희끗희끗한 눈발 사이로 불쑥 제설차가 달려들었다. 보란은 재빨리 황색 경고등을 켰으나 이미 너무 때가 늦어 있었다.

제설차와의 거리는 불과 1미터도 되지 않을 듯했다. 보란은 양 손목이 교차될 정도로 황급히 핸들을 꺾었다.

폭스바겐은 뚜껑이 떨어져 나갈 듯 덜컹거리며 도로에서 미끄러져서 방향을 제대로 잡지 못한 채 하수구에 앞바퀴를 처넣고 말았다. 그러나 다행히 충돌만은 면할 수 있었다. 보란은 우선 뒤부터 살펴보았다.

그를 미행하던 차는 약 100야드 뒤쪽에서 조심스럽게 제설차를 피한 다음 계속 달려오고 있었다.

보란은 새파랗게 질려 있는 레이첼에게 밖으로 나오지 말라고 단단히 주의를 준 다음 차에서 뛰어내렸다. 그녀를 안전하게 보

호하려면 가능한 한 폭스바겐에서 멀리 떨어진 곳에서 전투를
벌여야만 했다.

보란은 베레타를 단단히 움켜쥐고 쏟아지는 눈을 맞으며 다가
오는 차를 노려보았다. 그것은 외국제 스포츠 카 같았는데 주로
마피아들이 사용하는 종류의 차는 아니었다. 그러나 상대방이
누구인지 확인하지 못한 상태였으므로 조금도 긴장의 사슬을 늦
출 수 없었다.

보란은 베레타를 들어올려 달려오는 차를 향해 총알을 퍼부었
다. 윈도 브러시가 열심히 눈을 닦아 내고 있던 유리창에 순식간
에 왼쪽에서 오른쪽으로 사선이 그려지며 총알 구멍이 났다.

차는 길 한 가운데서 크게 한 바퀴 돌더니 앞바퀴를 보도 타일
위로 올려 놓고는 멈춰 섰다.

보란은 그쪽으로 뛰어갔다. 그는 차에서 10야드 정도 떨어진
곳에 걸음을 멈추고 팔을 쭉 뻗어 한 손으로 총을 든 손을 받친
자세로 차 쪽을 겨냥했다.

운전석의 차창이 급히 내려지는가 싶더니 차 안에 있던 사내
가 다급하게 외쳤다.

「쏘지 마시오. 우린 당신의 적이 아니오!」

「밖으로 나와! 등을 돌리고 발부터 나오라고.」

차 문이 열리더니 운전수가 조심스럽게 나왔다.

「다리를 벌려. 다른 녀석이 나올 때까지 지붕에 손바닥을 대고
서 있어.」

사내는 보란의 명령에 순순히 따랐다.

조금 뒤에 두 번째 사내가 차에서 내렸고 그도 차의 지붕에 손
을 댄 채 다리를 벌리고 섰다.

보란은 그들에게 다가가 몸을 더듬으며 무기를 가졌는지 살펴보았다.

「됐어. 돌아서도 좋아.」

천천히 등을 돌린 그들은 겁에 질린 듯한 표정을 짓고 있었다. 그 두 사내는 20대 초반의 젊은이들이었다.

「제발 우리가 누군지 말 좀 해줘.」

운전석에 있던 사내가 보란의 어깨 너머를 쳐다보며 말했다. 언제 왔는지 레이첼이 보란 뒤에 서 있었다.

「밖으로 나오지 말랬잖소?」

보란은 신음처럼 중얼거렸다.

「가만 있을 수가 없었어요.」

레이첼은 가늘게 떨리는 목소리로 말했다. 그녀는 눈을 휘둥그렇게 뜨고 보란과 사내들을 번갈아 쳐다보았다.

「이 사람들을 아시오?」

「이름은 잘 생각나지 않지만 에비의 친구들이에요.」

그녀의 말에 보란은 폴라가 얘기한 급진적인 정치 이념을 가진 청년들 생각이 났다.

「나를 미행한 이유가 뭐야?」

「우린 당신을 미행한 게 아닙니다. 당신이 타고 있으리라곤 생각지 못했어요. 우린 레이첼을 미행했던 겁니다.」

「무엇 때문에?」

「레이첼의 뒤를 쫓아다니다 보면……」

운전석에 있던 젊은이는 다른 사내를 흘끗 쳐다보더니 불안한 눈동자를 굴리며 레이첼과 보란을 곁눈질했다.

「빨리 말해 보라고.」

보란이 재촉하자 사내는 침을 꿀꺽 삼키더니 결심한 듯 입을
열었다.

「당신과 접촉하고 싶었기 때문입니다.」

「이유는?」

「당신과 얘기가 통할 것 같아서요.」

그 사내의 곁에 서 있던 이탈리아계로 보이는 살결이 거무스
레한 다른 사내가 끼여 들었다.

「말을 빙빙 돌리지 말고 속 시원히 털어놔.」

보란은 냉정하게 쏘아붙였다.

「우리들은 당신과 연합 전선을 폈으면 합니다.」

「무엇에 대해?」

그 사내가 우물쭈물하며 서 있자 운전석에 있던 금발의 사내
가 대신 대답했다.

「당신처럼 머리가 빨리빨리 돌아가는 사람이 그 정도 눈치도
…….」

「내가 머리를 쓰는 경우는 생존을 위한 전투를 할 때뿐이야.」

보란이 사내의 말을 잘랐다.

「길 한가운데서 얘기할 것 없지 않습니까? 경찰이라도 달려오
는 날엔…….」

「그럼 어떻게 했으면 좋겠나?」

「진지하게 얘기를 나눌 수 있는 장소를 찾아봅시다.」

금발 사내가 말했다.

「우린 에비의 안전에 대해 걱정하고 있습니다.」

다른 사내가 얼굴을 일그러뜨리며 말했다.

「만일 자네들이 조금이라도 이상한 행동을 보인다면 크게 후

회하게 될 거야.」

보란은 치켜 들었던 총을 슬그머니 내렸다. 그러나 베레타를 권총 벨트에 넣진 않았다.

레이첼은 신음을 하더니 보란의 차로 되돌아갔다. 그녀의 모습이 눈보라 속에서 희미해지자 보란은 총을 쑤셔 넣고 사내들 쪽으로 시선을 돌렸다.

「그럼 자네들 소원대로 얘기할 만한 곳을 찾아볼까? 그러나 먼저 내 차를 끌어내야겠어. 자네들 차는 어때? 쓸 만한가?」

「달릴 수야 있겠지만 당신이 앞 유리를 벌집으로 만들어 놓았으니 스타일이 말이 아닙니다. 보험 회사에서 총에 맞아 부서진 차에 대해 보상을 해줄는지 의심스럽습니다.」

보란은 말없이 주머니에 손을 찔러 넣었다. 그는 50달러짜리 지폐 넉 장을 금발의 젊은이에게 건넸다.

「이 정도면 보상을 받지 못하더라도 괜찮겠지?」

금발의 사내는 잠시 당황한 것 같았으나 곧 미소를 띠며 돈을 받아 주머니에 넣었다.

「당신 차가 어떻게 되었다고요?」

사내가 물었다.

「앞바퀴가 하수구에 빠졌어. 셋이서 힘을 쓰면 빼낼 수 있을 거야.」

이탈리아계로 보이는 사내는 스포츠 카 쪽으로 돌아서더니 앞 유리를 손가락으로 문질렀다.

「하마터면 큰일날 뻔했어.」

그 사내는 한숨을 쉬며 중얼거렸다.

「만일 사형 집행인이 마음만 먹었더라면 우리들 목숨을 빼앗는 일쯤 아무 것도 아니었을 거야.」

금발의 사내는 이를 드러내며 웃었다.

「자네 말이 맞아.」

보란이 말했다. 그는 눈보라를 뚫고 폭스바겐 쪽으로 뛰어갔다. 두 사내는 스포츠 카를 보란의 차 옆에 갖다 댔다.

보란은 새침한 얼굴로 앉아 있는 레이첼을 운전석에 앉힌 후 핸들을 어떻게 조작할 것인지에 대해 딱딱한 어조로 일러 주었다. 그리고는 차에서 내려 젊은이들과 합세하여 하수구에 빠진 차를 한참 동안 밀고 당겨서 마침내 차를 한길 쪽으로 돌려 놓을 수 있었다. 보란은 다시 운전석에 앉았고 레이첼은 옆좌석으로 옮겨 갔다.

길은 굉장히 미끄러웠다. 두 대의 차는 거의 기다시피 움직이다가 한참 후에야 철야 영업을 하는 카페테리아를 찾아냈다. 그들은 그곳에서 한 블럭 아래에 차를 세운 후 어깨를 잔뜩 웅크리고 그곳을 향해 천천히 걸어갔다.

그들은 커피와 파이를 들고 조용한 구석자리에 자리를 잡고 앉았다. 세 사내는 오염된 정치며 폭력 조직 그리고 타락한 정치가들에 대해 기탄없이 비판을 하며 의견을 주고받았다. 그리고 입이 가벼워 적을 구별하지 못하고 아무에게나 보란에 대한 비밀을 누설했을지도 모르는 철없는 에비에 대해서도 염려했다. 레이첼은 시종 어두운 얼굴로 침묵을 지키며 그들의 얘기를 듣고만 있었다. 그녀는 보란과 시선이 마주치지 않으려고 애쓰는 것 같았다. 이따금 그와 눈이 마주치게 되면 그녀의 얼굴에는 경멸과 혐오감이 스치고 지나갔다.

보란은 그녀의 마음을 헤아려 보았다. 그녀는 아까 그가 길거

리에서 총을 쏘아댔다는 것에 대해 몹시 실망하고 있는 눈치였
다. 만일 그녀가 보란에게 정이 뚝 떨어져 버렸다면 그것에 감사
해야 할 것이라고 보란은 생각했다. 레이첼에게 바이킹 같은 대
담함은 없었다. 그녀는 발렌티나와 같은 여자가 결코 아니었다.
그녀는 자신이 그랬던 것처럼 상대방 남자에게서 순수한 사랑을
원하고 있었다. 그녀가 앞으로 자신이 원하는 타입의 남자를 찾
을 수 있을지는 의문이었지만 어쨌든 그녀가 행복해지기를 바라
는 것이 그의 솔직한 심정이었다.

한편으로 보란은 레이첼이 불쌍하다는 생각도 들었다. 요즘같
이 험악한 세상에 그녀가 추구하는 이상형의 남자가 과연 얼마
나 있을 것인가 하는 생각이 들었기 때문이었다. 그리스도와 같
은 남자는 좀처럼 세상에 나타나지 않는 법이다. 게다가 그런 남
자가 나타난다 하더라도 그녀가 그 남자를 잡을 기회가 있을는
지도 지극히 의심스러운 일이다.

보란은 깊게 한숨을 내쉬며 그런 생각들을 떨쳐 버렸다. 그의
앞에는 생존을 위한 전투라는 대과제가 있었기 때문이었다. 그
는 지금 마피아와의 전쟁이 새 국면으로 접어들고 있다는 것을
새삼스럽게 느끼고 있었다. 그는 두 젊은이의 전화 번호와 그들
사이에 오고간 얘기의 요점을 정보 노트에 적어 넣었다.

약 1시간 쯤 지난 후 레이첼과 함께 폭스바겐으로 돌아온 보
란은 그녀의 아파트를 향해 차를 몰았다.

그녀를 내려주기 위해 아파트 앞의 도로에 차를 세운 다음 보
란은 조용히 입을 열었다.

「짧은 로맨스였소.」

「용서하세요. 난 내 멋대로 당신을 생각했었어요.」

레이첼은 조그만 목소리로 대답했다.

「이제 현실을 바로 보게 되었단 말이로군. 그럼 지금 당신이 생각하는 난 어떤 사람이오?」

「살인자예요.」

레이첼은 냉정하게 말했다.

「맞았소, 난 살인자요. 그런데 날 쫓아오는 사람들 역시 살인자라면 난 어떻게 해야 하겠소?」

보란은 턱을 앞으로 쑥 내밀고는 무뚝뚝하게 말했다.

「용서하세요, 난…….」

그녀는 몸을 부르르 떨었다.

「잘 가시오, 레이첼. 날 간호하느라 애 많이 쓰셨소.」

「안녕히…….」

그녀는 한숨처럼 중얼거리고는 재빨리 차에서 내렸다.

바삐 길을 건너가는 그녀의 모습을 보며 보란은 어떤 귀한 것이 자신의 인생에서 떨어져 나가는 듯한 기분에 잠겼다. 그러나 다음 순간 그는 자신의 생각을 바로잡았다. 어떤 귀한 것이 하마터면 잘못 자신의 인생으로 흘러들 뻔하다가 비로소 올바른 길을 찾아간 것이라고 말이다.

보란은 시동을 걸고 얼어붙은 길을 달려가기 시작했다. 그는 백미러로 아파트 입구를 살펴보았다. 이미 레이첼의 모습은 보이지 않았다. 어지럽게 흩날리는 눈발만이 시야에 가득할 뿐이었다.

10
정보 분석

　보란은 센트럴파크에서 그리 멀지 않은 사설 주차장에 폭스바겐을 세워 놓고 호텔로 향했다. 그 호텔은 별로 알려지지는 않았지만 방값이 싸고 비교적 깨끗한 편이었다. 보란은 전에도 그곳에 방을 하나 잡은 적이 있었다. 그는 난로를 앞에 놓고 꾸벅꾸벅 졸고 있는 프론터의 앞을 지나 3층으로 올라갔다.

　방 문을 열자 따뜻한 공기가 얼굴에 닿았고 보란은 그 따뜻함이 마음에 들었다. 그는 침대에 걸터앉아 오늘 새로 수확한 정보들을 음미해 보았다.

　자신의 차를 미행했던 두 사내는 그레그 맥아더와 스티브 팰지어라는, 콜롬비아 대학원생들이었다. 그들은 정치 활동을 하는 데에는 캠퍼스보다는 시의 공회당이 훨씬 더 효과적이라고 판단하고 그 생각을 실천에 옮기기 위해 CIG(도시 공동 투쟁 연맹)라는, 규율이 그다지 엄하지 않은 단체를 만들었다. 그들은 그 단체의 이름으로 몇몇 악덕 기업가들을 혼내 준 적도 있었다. 또 그들은 노동자와 학생들 사이의 이해를 깊게 해주는 공동 기반을 마련하기 위해 노조 회관, 건축 현장, 그 밖의 노동자 기구를 순회해 왔다.

그들의 활동은 처음에는 별로 두드러진 성과를 거두지 못했다. 그래서 그들은 정치 교육을 목적으로 한 프로그램을 개발해서 캠페인 교실을 만들었다. 그곳에서 가르치는 것은 배우나마나 한 죽은 지식이 아니라 자본가의 부패와 수탈 행위, 정치 권력의 남용 등에 관한 생생한 사실들의 폭로였다. 그들은 누구나 다 알고 있는 일반적인 통계 숫자나 문제를 제기하는 것에 그치지 않고 의심이 가는 인물들을 용감하게 지적하고 비판하였다. 그 때문에 그들은 위험한 존재라고 낙인이 찍히게 되었고 협박과 폭행을 당하는 사태까지 발생하기에 이르렀다. 지난주에는 그들의 집회 장소 중 두 군데가 폭탄 세례를 받았다.

언뜻 보기에는 자본가들이 주동이 되어 CIG에 대한 적대적인 행위가 이루어지는 것 같았으나 CIG에서는 결코 그렇게 판단하지 않았다. 그들은 조직적인 범죄 단체가 그짓을 저질렀다고 생각했으며 움직일 수 없는 증거도 확보하고 있었다. 그들은 CIG 내부에 적의 스파이가 잠입해 있으리라는 가정을 전혀 부인할 수 없다고 했다.

맥아더와 팰지어는 어떤 식으로든 도움을 받고 싶다고 보란에게 털어놓았다. 그리고 그들은 현재 보란이 에비 클리포트와 전혀 무관한 사이도 아니며 또 그녀가 어떤 위험에 빠져 있을지도 모르는 상황이었기 때문에 그가 CIG를 도와 줄 가능성이 상당히 크다고 생각하고 있었다.

　에비가 직면하고 있는 위험이 어떤 것인지에 대해 보란은 알아내지 못했다. 그들은 에비가 적임에 분명한 사람들에게 보란에 대한 얘기를 지껄이지 않았나 염려하고 있었다. 보란이 생각하기에 맥아더와 팰지어는 에비가 어떤 상황에 처해 있는지 알고 있는 것 같았다. 만일 그렇지 않다면 그들의 투쟁에 보란을 끌어들이려고 연극을 하고 있는 것이리라.

　어느 쪽이 진실이든 보란은 에비에 대한 불안이 완전히 없어질 때까지는 최악의 사태를 각오해야 한다고 생각했다.

　에비의 문제말고도 보란에겐 또 한 가지 두려움이 있었다. 그것은 아파트에 있는 나머지 두 미녀에 대한 것이었다. 그녀들에게도 언제 마피아의 마수가 뻗칠지 알 수 없었기 때문이었다. 만에 하나, 마피아들이 보란을 잡기 위해 그 미녀들을 이용한다면 상상하기 어려운 끔찍한 일이 벌어질 게 분명했다. 그는 불길한 생각을 떨쳐 버리려는 듯 고개를 세차게 내저었다.

　오전 3시가 가까워지고 있었다. 따뜻한 방에 들어온 탓인지 근육의 긴장이 풀리고 어깨가 쑤시며 다리가 저려 왔다. 어제부터 오늘 새벽까지의 싸움으로 아직 완치되지 않은 그의 몸은 더욱 피로를 느끼는 것 같았다.

　보란은 그녀들을 위해 가능한 한 빨리 자신의 그림자를 미녀들에게서 몰아내야 한다고 생각했다. 마음 같아서는 그 아파트로 뛰어가 기관총을 들고 그녀들의 방 문 앞에서 보초라도 서고 싶었다. 그러나 자신이 있는 곳엔 항상 생명의 위험이 도사리고 있었고 자신이 그녀들과 접촉을 계속한다는 건 마피아의 검은 손길을 자초하는 것을 의미했기 때문에 보란은 허튼 생각은 하지 않기로 다짐했다.

보란은 퉁기듯 침대에서 일어나 복도로 나갔다. 희미한 전등이 밝혀진 복도 끝에 공중 전화가 보였다. 그는 미녀들의 아파트로 전화를 걸었다. 무려 열일곱 번이나 신호가 가고서야 졸음이 가득 담긴 폴라의 음성이 송수화기 저쪽에서 흘러 나왔다.

「에비는 돌아왔소?」

보란은 대뜸 물었다.

「글쎄요. 난 수면제를 먹고 잠이 들었어요. 지금도 머리 속에 구름이 낀 것처럼 몽롱하군요. 잠깐만 기다리세요. 가보고 올게요.」

폴라는 분명치 않은 발음으로 천천히 얘기했다. 그러나 약 1분쯤 지나서 그녀와 다시 통화가 되었을 때는 폴라의 목소리는 또렷했다.

「아직 안 들어왔군요. 그런데 레이첼이 좀 이상해요. 히스테리를 일으켰는지…….」

「그게 무슨 말이오, 폴라?」

「마치 한꺼번에 부모를 잃어버린 사람처럼 울부짖고 있어요. 그녀와 알게 된 지 3년이나 됐지만 그런 모습은 처음이에요. 당신이 그앨 어떻게 하셨나요?」

「아니, 난 아무 짓도 하지 않았소. 레이첼의 손가락 하나도 건드리지 않았다고.」

보란은 난처해졌다.

「이제야 그애가 우는 이유를 알겠군요. 당신이 아무 짓도 해주지 않아서 우는 거예요. 그건 그렇고 이제 그만 에비의 실종을 경찰에 알리는 게 어떻겠어요?」

「에비가 외박하는 일이 종종 있다고 하지 않았소?」

「네, 그래요.」

「그럼 하룻밤 안 들어왔다고 해서 수선을 떨 필요는 없잖소?」

「그렇긴 하지만…….」

「폴라, 내 말을 잘 들어요.」

보란은 냉정한 목소리로 그녀의 말을 잘랐다.

「말씀하세요.」

「레이첼과 함께 당장 짐을 꾸리도록 해요. 한 3일 정도 호텔에서 지내는 게 좋을 듯싶소. 가능하다면 에비도 당신들과 합류시켰으면 하오.」

폴라는 잠시 동안 잠자코 있다가 무겁게 입을 열었다.

「그럼 우리가 위협을 받고 있다는 말씀인가요?」

「날 발견했던 그 순간부터 당신들에게 위험의 그림자가 드리워진 거요. 지금 당장 그곳을 떠나도록 하시오.」

「알겠어요. 당신 생각이 옳은 것 같군요.」

「생각이 아니라 본능이라고 합시다.」

「그럼 반드시 따라야겠군요. 그런데 레이첼이 내 말을 들을지 모르겠어요.」

「내가 호텔로 옮기라고 한다고 전해 주시오.」

「당신이 직접 와서 얘기하는 게 더 효과적일 텐데요?」

폴라는 나지막하게 웃음을 터뜨렸다.

「그럴 생각이었다면 전화로 말하지 않았을 거요. 난 지금부터 해야 할 일이 있소.」

보란은 무뚝뚝하게 말했다.

「알았어요, 보란. 아무쪼록 조심하세요.」

폴라는 전화를 끊었다.

보란은 송수화기를 들고 한동안 그것을 뚫어지게 쳐다보며 자신에게 안전한 곳은 세상 어디에도 없다는 생각을 했다. 그러곤 깊은 한숨을 내쉬었다.

보란은 주머니를 뒤져 10센트짜리 은화 하나를 꺼내 피츠필드로 요금 선불의 전화를 걸었다.

「전화 거시는 분의 성함이 어떻게 되죠?」

교환원의 억양 없는 목소리가 귓전에 울렸다.

「라만차 중사.」

보란은 쾌활하게 말했다.

신호음이 두 번째 들리자 졸음에 겨운 듯한 목소리가 전선을 타고 흘러 나왔다.

「뉴욕 시의 라만차 중사라는 분한테서 요금 선불로 전화가 걸려 왔는데 연결해 드릴까요?」

교환원이 말했다.

「누구한테서라고?」

「라만차 중사랍니다.」

「아냐, 이 전화론 곤란해. 그 사람에게 전해 주시오. 다른 전화 번호를 알려 줄 테니 그리로 전화하라고 하시오.」

갑자기 잠이 다 달아났는지 레오 터린은 다급하게 말했다.

보란은 싱긋 웃으며 마피아 조직에 잠입해 있는 경찰관인 레오 터린이 한밤의 추위에 이빨을 딱딱 마주치며 이웃의 공중 전화 번호를 적으러 가는 모습을 상상했다. 잠시 후 귀에 익은 목소리가 다시 들렸다.

터린이 전화 번호를 일러 주고 잠시 말문을 닫고 있자 교환원이 보란에게 말했다.

「저쪽 얘기를 들으셨죠?」

「그렇소. 고맙소.」

「지금 그 번호로 연결해 드릴까요?」

「아니오. 나중에 다시 걸겠소. 수고하시오.」

보란은 송수화기를 내려놓았다. 레오 터린의 집으로 전화를 해서는 안 된다는 것은 보란도 알고 있었다. 그러나 보란은 터린과 접촉해야 할 일이 있었고 이제 그 목적을 이룬 셈이었다.

보란은 방으로 돌아와 상처를 살펴보기 위해 윗도리를 벗었다. 새살이 돋아나기 시작한 상처 주위는 무리한 움직임으로 아주 빨갛게 달아올라 있었다.

「빌어먹을!」

보란은 투덜거리며 상처에 연고를 바른 다음 깨끗한 거즈와 반창고를 붙였다. 그러고는 맨살 위에 권총 벨트를 걸치고 셔츠를 입었다.

그는 다시 전화를 걸러 복도로 나갔다.

「전화 요금은 이쪽 부담이오.」

보란의 말이 채 끝나기도 전에 교환원은 번호를 연결시켜 주었다.

「이런 시간에 잠을 깨워 미안하네.」

「괜찮아. 여긴 진눈깨비가 내리고 있어. 공중 전화 부스 안은 영하 69도쯤 될 거야. 그 점만 알아줬음 좋겠네.」

터린이 밝은 목소리로 대꾸했다.

「여긴 폭설이 왔어. 난 그걸 무릅쓰며 화려하게 전투를 벌이고 있지. 전투는 악천후라고 연기되는 법이 없거든.」

보란은 낄낄거렸다.

「자네가 놈들을 화끈하게 혼내 주고 있다는 소식은 여기서도 들을 수 있어. 하지만 조심하게. 자네가 있는 곳은 뉴욕이라고. 뉴욕을 한 방 먹인다는 것은 흡사 하노이에 입성하는 것과 같아.」

「염려해 줘서 고맙네.」

「그런데 용건은?」

「조니 생각이 나서 한 거야.」

보란은 조금 어두워진 목소리로 말했다. 조니는 보란의 유일한 혈육이었고 동시에 최대의 약점이기도 했다.

「그앤 무사하네. 걱정 붙들어 매라고.」

터린은 자신 있게 대답했다.

「학교는 잘 다니나?」

「물론이지. 조니가 다니는 학교는 규율이 몹시 엄한 곳이야. 하지만 그앤 그곳을 마음에 들어하는 것 같아. 나 같으면 하루도 못 참을 지겨운 공부를 그앤 열을 내며 하고 있네.」

「자네 말을 들으니 다소 마음이 놓이는군. 난 늘 그애가 마음에 걸려.」

「보란, 그 문제 때문에 전화한 건 아니겠지? 이런 새벽에 날 찾은 이유가 따로 있을 거야. 뭔가?」

레오 터린은 진지한 목소리로 물었다.

보란은 웃음을 터뜨렸다.

「캐롤은 만나 봤나?」

「며칠 전에 자네 동생을 보러 갔다가 잠깐 만났었지. 걱정 말게, 그녀도 안전해.」

「일엔 재미를 붙였던가?」

「음. 상당히 노력을 기울이고 있더군. 학교에서 가르치는 것과 사무실에서 하는 일 사이에는 차이점이 많잖아? 곧 익숙해지겠지. 그녀는 조니를 볼 때마다 자네 생각을 한다더군. 그리고 조니가 학교를 졸업하면 결혼할 작정이라고 하던데?」

터린은 유쾌하게 얘기했다.

「자네에게 신세를 많이 지고 있는 것 같군, 레오. 정말 고맙네.」

「새삼스럽게 고맙긴……그리고 그 두 사람 일은 아무도 모르게 해두었어. 자네가 염려할 일은 없어.」

「돈이 모자라진 않나?」

「농담 말게, 보란.」

「마침 놈들의 은행을 털어서 주머니 사정이 제법 괜찮다고.」

보란은 다시 솟아 나오는 웃음을 참지 못하고 킬킬거렸다.

「아, 그 소식은 나도 들었어. 주머니 돈이 쌈지 돈이니까 자네가 다 써도 좋아.」

「고맙군그래.」

「혹시 여길 슬쩍 들르려는 속셈 아닌가?」

「그런 건 아니야. 그보다 런던에서의 일은 잘 처리되었나?」

「잘되다마다. 의심 살 만한 일은 털끝만큼도 하지 않았다네. 지금은 조직 내에서 없어서는 안 될 위치를 차지하고 있어.」

터린은 통쾌하게 웃어 젖혔다.

「그것 반가운 말이군.」

보란도 마주 웃었다.

「내 걱정은 말고 자네나 몸조심하게. 아무래도 그쪽에서 머지 않아 엄청난 일이 벌어질 것 같아. 뉴욕의 5대 가문에서 신경을 곤두세우고 있다더군. 그곳은 문자 그대로 악의 도시니까 큰일 당하지 않도록 하게.」

「엄청난 일이라니 어떤 걸 얘기하나?」

「정치에 관련된 거야.」

「하지만 지금은 적당한 계절이 아닌데?」

「정치가 계절 타는 것 봤나?」

「그야 그렇지만. 놈들이 엄청난 일을 꾸민다면…….」

보란은 머리 속에 반짝하고 불이 켜지는 것 같았다.

「뉴욕의 선거일은 언젠가, 보란?」

「딴 데와 같아. 내게 한 가지 생각이 있는데 어쩌면 타이밍이 맞지 않을는지도 모르겠고…….」

「자네에게 도움이 될 만한 정보를 모아 보겠네. 전화 다시 할 텐가? 아니면 그쪽 번호를 가르쳐 주겠나?」

「내가 다시 전화하겠네. 여러 가지로 고맙네, 레오.」

「그런 소린 집어치우라고.」

전화가 끊어지고 윙 하는 신호음이 보란의 귓전에 울렸다. 보란은 미소를 지으며 송수화기를 놓았다.

다시 방으로 돌아온 보란은 옷을 모두 벗고 권총 벨트도 풀어 놓았다. 갑자기 무릎에서 힘이 빠지고 다리가 휘청거렸다.

보란은 손이 닿기 쉬운 장소에 베레타를 놓아 두고 푹신한 침대 위에 드러누웠다. 너무 서둘지 말라고 그는 자신에게 속삭였다. 무리한다는 것은 전투를 치러 내기가 그만큼 어려워진다는 것을 의미했다.

보란은 깃털을 잔뜩 넣은 푹신한 베개를 머리 뒤에 받치고 자신에게 씌워진 굴레에 대해 생각해 보았다. 그러나 전투에 지친 그의 몸은 어느새 깊은 잠의 늪으로 빠져 들고 있었다.

그는 꿈 속에서도 피비린내가 진동하는 현장을 성난 표범처럼 누비고 있었다.

11
검은 왕국

　보란이 에비의 남자 친구들과 카페테리아에 앉아 있던 바로 그 시각에 그곳에서 수마일 가량 떨어진 저택에서 단잠을 자던 프레디 갬버러는 짜증을 내며 잠자리에서 일어나 접견실로 들어서고 있었다.

　「무슨 일이야?」

　「토미 덕터가 바깥에 와 있습니다.」

　야간 경비 담당인 앤젤 팔레오티가 의자에서 일어서며 말했다. 그는 이때까지 갬버러의 침실에 딸린 조그만 접견실에 앉아서 갬버러가 나올 때를 기다리고 있었다.

　앤젤 팔레오티는 올해로 12년째 그 저택의 야간 경비를 담당해 온 사내로 갬버러의 두터운 신임을 얻고 있었다. 앤젤이라는 그의 별명은 '스웨디시 앤젤'이라는 프로레슬러와 얼굴 생김이 비슷하기 때문에 붙여진 것이었으나 실은 팔레오티와 비교한다면 스웨디시 앤젤은 동화 속에서 노니는 왕자와 다름없었다.

갬버러의 아내인 마리아는 앤젤 팔레오티의 얼굴을 볼 때마다 몸서리를 쳤다. 그래서 그녀는 갬버러에게 결코 팔레오티가 침실에 발을 들여놓지 않도록 해달라고 주문했다. 만일 그녀가 침대 위에서 눈을 떴을 때 팔레오티의 얼굴이 눈앞에 보인다면 보따리를 싸들고 집을 나가 버리겠다는 최후 통첩까지도 서슴지 않았다.

여성의 섬세한 감각을 존중할 줄 아는 남자로 자처하는 갬버러는 그 뒤부터 두 사람의 침대를 문에서 뚝 떨어진 벽에 붙여 놓았으며, 밤중에 급한 일이 생길 경우엔 침실 곁에 딸린 접견실에서 기다리도록 하라고 팔레오티에게 엄명했다. 갬버러가 잠옷 차림으로 슬리퍼를 끌며 접견실에 들어올 때까지 팔레오티가 그곳에 우두커니 앉아 있던 것은 그 때문이었다.

「급한 일이 아니면 날이 밝은 후에 오라고 해.」

「토미 덕터는 맥 보란에 관한 정보를 가진 계집애를 데려왔다고 했습니다.」

경비 담당은 우람한 덩치에 어울리지 않게 한껏 목소리를 낮춰 속삭이듯 얘기했다. 갬버러가 대답을 않자 팔레오티는 다시 입을 열었다.

「이리로 오라고 할까요?」

「아냐, 내가 곧 그곳으로 가겠다고 전해.」

「옷을 두둑이 입어야 할 겁니다. 밖에는 지독한 눈보라가 몰아치고 있습니다.」

팔레오티는 발끝으로 카펫 위를 조심조심 걸어 밖으로 나갔다.

침실로 돌아온 갬버러는 벽을 향해 돌아누운 채 곤히 잠들어 있는 아내 쪽을 흘낏 쳐다본 후 옷을 갈아입기 시작했다. 마피아의 황제로 자처하는 프레디 갬버러는 방금 팔레오티가 알려 준 행운에 대해 잠깐 생각해 보았다. 그런 우연이 아니더라도 조만간 그 약삭빠른 놈은 그들이 쳐놓은 그물에 걸려들리라고 예상하고 있었다. 어쨌든 그곳은 그들이 지배하는 왕국이었으니까. 그리고 그 왕국에는 결코 깨뜨릴 수 없는 규율이 있었다.

요즘 들어 프레디 갬버러는 세계사 연구에 여념이 없었다. 특히 그렇게 오랜 세월 동안 유럽 대륙의 태반을 지배해 온 왕족들의 연구에 열을 올리고 있었다. 그는 그 왕족들과 축복받은 그들의 조직, 즉 미국을 주름잡는 마피아 가문들이 아주 많은 공통점을 지니고 있다는 것을 발견해 내곤 내심 놀라움과 흥미를 감추지 못하고 있었다.

그는 그들의 조직을 최초로 구성한 마란차노가 어디에서 그런 영감을 얻었는지 알듯한 단계에까지 와 있었다. 그 노인이야말로 참다운 학식을 갖춘 사람이었으며 럭키 루치아노를 제외하면 마피아들 사이에서 유일한 교양인이라고 갬버러는 생각했다. 또 마란차노 영감이 그런 비참한 최후를 맞이한 것은 정말 뜻밖의 일이라고 마음 아파하기도 했다. 마란차노는 프레디 갬버러 자신과 똑같이 올바른 이념을 지닌 사람이라고 여겨졌기 때문이었다. 갬버러는 항상 마피아 제국을 보다 긴밀하게 통합하고 그 왕국의 황제가 되어야겠다고 생각하고 있었다.

그러나 그 영감이 사용했던 방법을 답습할 뜻은 추호도 없었다. 그때와는 시대가 많이 변해 있었기 때문이었다. 이념과 교양만으로 일선 제국을 다스리기에는 세상이 너무나 영악해져 버렸

던 것이다. 프레디 갬버러는 다행히 일선 전투 요원에서 카포에
이르기까지 35년이라는 오랜 세월을 조직에 몸담고 있었기 때문
에 체험이라는 큰 무기를 보유할 수 있었다.

물론 옛날 방식도 어느 정도 효과가 있는 것은 사실이었다. 그
러나 그 방법이 만병 통치제였던 때는 이미 호랑이 담배 먹던 시
절이었음을 알아야 했다. FBI나 정부의 압력을 받았을 때 조직의
사람들이 왜 꼼짝을 못 하는지 그는 알 수가 없었다. 그들 자신
도 깨끗하지 못한 주제에 거드름을 잔뜩 피우는 배심원들 앞에
서 그저 안절부절못하며 머리를 조아려야만 하는 이유가 뭐란
말인가? 게다가 일부 기업가들은 버젓이 정부의 허가를 받아서
보통 사람들로선 꿈도 꾸어 보지 못할 엄청난 돈을 긁어 모아 떵
떵거리며 군림하고 있지 않은가. 그들이 불량배, 사기꾼들과 다
른 점이 무엇이란 말인가? 그런데도 그들은 한 번도 법률의 단
속 대상이 되어 본 적이 없다.

프레디 갬버러는 더 이상 그런 상태를 견딜 수 없었다. 만약
어떤 놈들이 세상의 단물을 맛보고자 한다면 반드시 마피아 왕
국의 허가를 받아야만 한다고 생각했다. 상원 의원이나 하원 의
원 그리고 워싱턴을 무대로 날뛰는 온갖 뻔뻔한 도둑놈들은 이
왕국의 허가증을 받고 나서 돈벌이에 손을 대야 한다고. 갬버러
는 머지않아 그런 날이 반드시 올 것이라고 확신하고 있었다. 그
때가 오면 비단 뉴욕뿐 아니라 연쇄적인 반응을 일으켜서 미국
전역에 왕국의 힘이 퍼져 나갈 것이다. 그리하여 마침내 세계를
지배하는 왕국이 될 것이다.

갬버러는 욕실로 가서 이를 닦았다. 양치를 하고 나서 거울을
들여다보며 미소 지었다.

「폐하, 이빨에 니코틴이 많이 끼었군요.」

갬버러는 거울에 비친 자신에게 정중하게 고개를 숙여 보였다.

그는 옷장에서 가볍고 포근한 코트를 꺼내 입고 전신이 비치는 거울 앞에 서서 아름다운 은빛으로 변하기 시작하는 머리칼이 흩어지지 않도록 조심스럽게 펠트 모자를 썼다. 그는 군주만이 가질 수 있는 몸가짐을 해야겠다고 생각하며 어깨를 쭉 폈다.

바깥은 눈보라가 심하게 몰아치고 있었다.

앞가슴이 다 풀어헤쳐진 한 여자가 겁에 질린 얼굴로 갬버러의 차 뒷좌석에 웅크리고 있었다. 그녀 옆에는 토미 덕터의 심복인 알 라티오가 앞자락의 풀어진 틈으로 삐져 나온 여자의 젖가슴을 마음대로 주물럭거리며 앉아 있었다. 알 라티오는 갬버러의 모습을 보자 입가에 비굴한 미소를 띠며 자리를 내주었다.

뒷좌석으로 미끄러져 들어간 갬버러는 모자를 벗어 눈을 툭툭 턴 다음 앞자리에 앉아 자랑스러운 표정을 얼굴에 가득 담은 채 뒤를 돌아보고 있는 토미 덕터에게 그것을 넘겨 주었다.

파이 같은 얼굴의 그 여자는 눈을 크게 뜨고 갬버러를 두려운 듯 쳐다보았다.

「날씨가 몹시 추운데 그건 그만 집어 넣지 그래.」

갬버러는 알 라티오에게 희롱당한 귀엽게 생긴 그 여자의 젖꼭지를 집게 손가락으로 톡톡 두드리고는 너털웃음을 터뜨렸다. 그는 무방비 상태로 나와 있는 그녀의 젖가슴을 옷 속으로 쓸어 넣은 다음 단추를 채워 주었다.

「네 엄마가 브래지어를 하라고 말해 주지 않은 모양이로구나. 그렇게 다니다간 시집도 가기 전에 처져 버린다고. 그런데 네 이름은 뭐지?」

그 여자는 오래간만에 부드러운 대접을 받는다는 표정을 지으며 바짝 마른 입술을 달싹거렸다.

「에비…….」

그녀는 거의 들리지도 않는 목소리로 대답했다.

「보란도 널 그렇게 부르나?」

갬버러는 에비를 빤히 쳐다보았다.

에비는 몸을 한 번 부르르 떨 뿐 다른 말은 하지 않았다.

「우리도 에비와 마찬가지로 보란의 신변을 걱정하고 있다고 말해 주었지만 믿지를 않습니다. 뭔가 켕기는 구석이 있는 모양입니다.」

뒤돌아보고 있던 토미 덕터가 의미 있는 눈짓을 해보이며 갬버러에게 말했다.

「너희들이 이 귀여운 아가씨를 함부로 다루었기 때문에 겁을 먹은 거야. 뭣 때문에 젖가슴을 주물럭거린 거야? 아가씨, 내 부하들이 짓궂게 군 걸 이해하라고. 그런데 진짜 이름이 뭔지 가르쳐 주겠어? 어디서 사는지도 말해 봐.」

갬버러는 토미 덕터에게 핀잔을 주고는 에비에게 말을 걸었다. 그러나 그녀는 여전히 침묵만 지키고 있을 뿐이었다.

「두 시간 동안이나 고집을 부리고 있습니다, 카포. 우리가 묻는 말에는 한마디도 대답하지 않았습니다. 좀 모자라는 여자가 아닌가 생각됩니다만…….」

토미 덕터는 말끝을 흐렸다.

「그런 말을 하는 자넨 뭔가? 이른바 심리학을 전공했다는 학사님의 사람 다루는 기술이 그렇게 미숙해서야 쓰겠나.」

갬버러는 비아냥거렸다.

「우둔한 인간에겐 심리학도 아무 쓸모가 없습니다.」

토미 덕터는 어깨를 으쓱했다.

「이애를 바보 취급하지 마.」

갬버러는 매우 자비심이 많은 아저씨같이 말했다. 그는 왠지 토미를 대할 때는 냉정하고 고상한 체하고 싶어졌다. 그 이유가 무엇인지는 자신도 잘 알 수가 없었지만 하여튼 시건방진 애송이를 그대로 놓아둘 수는 없다고 생각했다. 뭔가 본보기를 보여 줘야만 했다.

갬버러는 갑자기 귀여운 아가씨의 뺨을 거세게 후려갈겼다. 에비는 얼굴이 홱 돌아갈 정도로 심한 충격을 받았다. 다음 순간 그녀는 갬버러의 어깨에 기대어 흐느끼기 시작했다.

「이 귀여운 아가씨는 바보가 아니야. 겁에 질렸던 것뿐이라고. 그렇지, 에비?」

「제발 날 보내줘요. 난 당신들에게 할 얘기가 없어요. 난 그저 우쭐해 보고 싶은 마음에 있는 말 없는 말을 다 떠벌렸던 거예요.」

에비는 걷잡을 수 없이 쏟아지는 눈물을 닦을 생각도 하지 않았다.

「지난 2시간 동안 그래도 말 같은 말은 처음 하는 겁니다.」

다시 토미가 끼여 들었다.

「내가 알아서 처리할 테니 입 닫고 있어, 토미.」

갬버러는 눈썹을 치켜올렸다. 그는 에비 쪽으로 고개를 돌리고 다시 입을 열었다.

「네 말을 들으니 널 도와 주고 싶었던 마음이 싹 사라지는구나.」

「제발 더 이상 날 괴롭히지 마세요. 그리고 난 애가 아니라고
요.」

에비는 고통스러운 목소리로 말했다.

「오, 애가 아니라고? 그렇게 조그만 젖가슴을 갖고도 애가 아
니란 말이지? 그럼 발육 부진증에 걸린 어른인 모양이구나.」

갬버러는 기분 나쁜 미소를 지었다.

「좋아요. 당신 마음대로 생각하세요. 당신의 정체가 무엇인지
아는 것보다 상황이 더 나빠지지는 않을 테니까요.」

에비는 등받이에 기대앉으며 미간을 잔뜩 모은 채 눈을 꼭 감
았다.

「내 정체라니? 내가 누구라고 생각하는데?」

에비는 대답하지 않았다.

갬버러는 한동안 그녀를 쏘아보고 있다가 토미에게 시선을 돌
렸다.

「이 인형은 어디서 주웠지?」

「마이크의 방으로 뛰어들어온 걸 붙잡은 겁니다. 11시가 좀 지
난 시각이었습니다.」

「이애가 거긴 무슨 볼일이 있어서 갔을까?」

「마이크는 콜롬비아 대학원생과 같이 방을 쓰고 있는데 이 여
자가 그를 찾아왔더랍니다. 그 학생이 마침 집에 없자 이 여자는
마이크에게 보란에 대한 얘기를 들었냐고 물었다더군요. 마이크
는 즉시 그 사실을 내게 알려 왔습니다. 마이크도 이 여자에 대
해선 잘 알지 못하더군요. 그저 CIG 애들과 어울려 다녔다는 것
과 이름이 에비 클리포트라는 것 정도였습니다. 이 여자는 아직

쓸 만한 얘기는 한마디도 털어놓지 않았습니다.」

토미의 얘기를 들은 갬버러는 깊은 한숨을 내쉬었다. 그는 차 창을 반쯤 내렸다.

「앤젤, 반대쪽 문으로 차에 타!」

앤젤 팔레오티는 갬버러가 앉아 있는 반대쪽 문을 열고 뒷좌석으로 기어들었다. 그는 입 속으로 불만을 중얼거리며 머리와 어깨에 묻은 눈을 털었다.

에비는 갑작스런 한기에 놀란 듯 눈을 번쩍 떴다. 그녀는 양쪽에 앉은 두 사내를 번갈아 쳐다보더니 갬버러 쪽으로 조금 다가 앉았다.

「그애를 무릎 위에 올려 놔, 앤젤.」

카포는 음산하게 웃으며 말했다.

앤젤 팔레오티는 징그럽게 웃으며 가느다란 에비의 허리를 두 손으로 움켜잡고 가볍게 들어올려 자신의 무릎 위에 앉혔다. 그녀의 머리는 차의 천장에 꽉 눌려 버렸다. 그녀는 훌쩍거리기 시작했다.

「그러다간 목이 부러질지도 모르니 좀더 부드럽게 안아 줘.」

앤젤은 에비의 머리를 자신의 목 밑으로 들어가게 했다.

「'소시지 하우스'로 가라고 운전수에게 말해. 서둘 건 없어. 다른 차들도 뒤를 바짝 따르게 해. 날씨가 이렇게 좋지 않은 날은 서로 붙어 있는 게 좋으니까.」

갬버러는 토미에게 명령하고는 에비의 스커트를 걷어 올려 우윳빛 넓적다리를 쓰다듬었다.

갬버러가 탄 차와 그를 경호하는 다른 두 대의 차는 눈이 내리고 있는 식육 포장 공장을 향해 미끄러운 도로를 조심스럽게 달려가기 시작했다.

에비는 불안으로 가득 찬 눈동자를 데굴데굴 굴리며 어찌할 바를 모르고 있었다. 그녀의 모습을 보고 갬버러는 만족한 미소를 지었다.

「재미가 어때, 앤젤?」

「무척 좋은데요.」

덩치가 커다란 사내의 무릎 위에 두 다리가 벌려진 채 올라앉혀진 에비의 모습은 마치 한 마리 비둘기 같았다.

「하지만 그 인형은 재미가 없는 것 같은데? 좀더 편하게 해줘. 같이 즐기라고.」

갬버러는 야비한 얼굴로 태연하게 지껄였다.

「분부대로 하겠습니다, 보스.」

앤젤은 두 손을 바삐 놀리기 시작했다. 에비는 체념한 듯 눈을 꼭 감았다. 그러나 도저히 참을 수 없는 고통 때문에 자신도 모르게 두 눈을 번쩍 떴다. 그녀는 애써 두 다리를 움츠리려 했으나 아무 소용 없는 노릇이 되고 말았다.

「정말 더 이상 못 참겠는데요, 보스? 한창 뜨거워졌습니다.」

앤젤은 발정한 수소처럼 거세게 콧김을 내뿜으며 말했다.

「너무 덤비지 마, 앤젤. 어찌 됐든 그애를 처음 차지하는 건 네가 될 거야.」

에비는 까무러칠 듯 비명을 질러댔다. 그러나 그 소리에 반응을 보이는 사람은 아무도 없었다. 차들은 휘몰아치는 눈보라를 뚫고 '소시지 하우스'로 질주하고 있었다. 앞으로 그 공장에서 벌어질 일은 에비 클리포트와 같이 세상 물정에 어두운 이들은 상상조차도 하지 못할 공포 그 자체였다.

세 대의 자동차는 새벽 2시경에 냉동 플랜트의 구내로 미끄러져 들었다. 거의 넋이 나가 버린 에비는 두 사내에게 질질 끌려가다시피 공장 안으로 들어갔다. 그녀는 울부짖으며 사내들의 손아귀에서 벗어나려고 몸부림을 쳤지만 사내들은 간단하게 그녀를 소시지가 가공되는 커다란 방으로 끌고 들어갔다.

「제발 살려 주세요! 내가 알고 있는 것은 뭐든지 다 털어놓겠어요!」

그러나 악으로만 빚어진 검은 왕국에 그런 하소연이 통할 리 만무였다. 특히 그들의 적이거나 앞으로 적이 될 가능성이 있다고 판단되는 사람들에 대해서는 일말의 동정도 보이지 않는 것이 마피아 왕국의 불문율이 아니었던가. 그 왕국의 고정 관념에 비추어 볼 때 에비 클리포트는 그 두 가지에 다 해당된다고 할 수 있는 위험하기 짝이 없는 인형이었다.

제국은 스스로의 권위를 고수하기 위해서 공포라는 지배 방법을 택하고 있었고 뭔가를 보여 주기 위해서는 역시 그 방법이 최고라고 여기고 있었다.

그들은 비둘기 같은 포로를 칠면조 요리로 둔갑시키기로 결정했다. 그들은 눈물어린 에비의 호소 따위는 들은 척도 않은 채 그녀를 발가벗긴 뒤 식육 가공용 테이블 위로 천장을 향하게 누였다. 그러고는 여자로서 가장 수치스런 자세로 단단히 묶어 놓고 나서야 그녀가 하는 말에 귀를 기울이기 시작했다.

그로부터 약 30분 후, 프레디 갬버러가 매우 만족한 얼굴로 공장을 떠나는 것과 동시에 에비 클리포트는 마피아 제국 졸개들의 살아 있는 노리개가 되었다. 끊임없이 내지르는 그녀의 절규는 바깥에서 휘몰아치는 눈보라보다 더 사람의 가슴을 얼어붙게

만드는 것이었지만 그 비명은 단 한번도 마피아 제국의 높은 성벽을 넘지 못했다.

그 공포의 소시지 공장에 여명이 찾아올 때까지 에비 클리포트의 비명은 계속되었다.

그러나 그 무렵 프레디 갬버러 황제는 그의 사랑스런 황후에게 달콤하게 속삭이고 있었다.

「어서 자요. 걱정할 건 아무 것도 없으니까. 난 눈보라가 어느 정도인지를 알아보려고 잠깐 나갔던 것뿐이야.」

프레디 갬버러 황제가 걱정할 일이란 아무 것도 없었다. 오늘 새벽에는 의외로 많은 수확을 거두었고 아침이 되면 더 많은 좋은 소식들이 그를 찾아올 것을 확신했다. 이제 승리의 왕관을 움켜쥘 날도 멀지 않다고 갬버러는 생각했다. 그 건방진 맥 보란 녀석은 자신의 목이 비틀려질 시간이 닥치고 있다는 것도 모르고 날뛰고 있겠지.

「난 그 보기 싫은 앤젤이 연기처럼 침실에 스며든 줄 알고 깜짝 놀랐어요. 그의 목소리를 들었던 건 꿈이었나 봐요.」

황후는 졸린 듯한 목소리로 중얼거렸다. 그녀는 몸을 한번 뒤채더니 코를 베개에 묻고 다시 중얼거렸다.

「그 생각만 해도 온몸에 소름이 좍 끼친다니까……」

갬버러는 미소를 띠며 그녀의 탄탄한 허리를 끌어안았다.

그녀는 진짜 공포가 어떤 것인지 모르고 있었다. 그녀는 그것을 알 필요조차 없었다. 그러나 황제를 적대시하는 다른 놈들은 공포의 맛이 어떤지 당해 봐야 한다.

모든 일은 계획대로 척척 진행되고 있었다. 이제 갬버러가 할 일이라곤 적당한 시기를 기다리는 것뿐이었다. 오늘은 뉴욕을 지배하고 이어 다음날엔 세계를 무릎 아래 깔고 앉으리라.

카포는 대단히 만족한 웃음을 얼굴 가득히 떠올리다 이내 잠의 미로로 녹아 들었다.

12
칠면조 요리

보란은 침대에서 벌떡 일어났다. 악몽에 시달리며 제대로 수면을 취하지 못한 탓에 머리가 지끈지끈 쑤셨다. 자꾸 속이 뒤틀리며 헛구역질이 치밀어올랐다.

보란은 부석부석한 얼굴을 손바닥으로 몇 차례 문지른 다음 거실로 나갔다. 눈은 이미 그쳐 있었다. 창 밖으로 보이는 모든 사물은 하얀 융단을 뒤집어쓰고 있는 것 같았다. 욕실로 들어간 보란은 샤워를 하며 기분 나쁜 꿈들을 떨쳐 버리려고 했다. 그런 다음 방으로 들어가 앞으로의 전투에 대비하여 옷을 갈아입었다. 먼저 방한용 내의를 입고 검은 색 전투복을 입은 다음 권총 벨트를 어깨에 걸쳤다. 그 위에 짙은 녹색 재킷을 껴입으며 방안을 한번 점검한 후 밖으로 나갔다.

잠이 덜 깬 프론터는 한 손으로 연신 두 눈을 비비며 손바닥만 한 로비를 비로 쓸어 내고 있었다. 일부러 보란이 소리를 내며 계단을 내려갔지만 그는 보란에게 눈길조차 주지 않았다.

보란은 방의 열쇠를 프론트 위에 놓고 호텔 옆에 있는 커피숍으로 갔다. 그는 선 채로 오렌지주스를 한 잔 마시고 커피와 함께 봉지에 든 덴마크 빵을 사서 차를 세워 둔 곳으로 걸어갔다. 차가운 주스로 위를 자극한 후 찬바람을 쐰 탓인지 머리 속이 맑아지면서 한결 기분이 개운해졌다.

보란은 차에 시동을 걸어 한길로 빠져 나오면서 지금 자신이 가려 하는 곳이 어딘지를 생각해 보았다. 딱 꼬집어 얘기할 수는 없었지만 그의 내부에선 어서 떠나라는 소리가 들려 오고 있었다. 그 본능의 목소리는 이미 예전에도 보란이 체험했던 것이었다. 월남의 전선에서 몬타그르족 두 명을 데리고 호지명 루트를 좇아 수색 작업을 벌이다가 탄독 지방 근처에서 야영을 할 때 그를 불러낸 목소리도 바로 지금과 꼭 같은 본능의 소리였다.

그날 밤 맥 보란 중사는 아무런 이유도 없이 가슴이 설레이는 것을 억제하지 못하고 마음을 가라앉히기 위해서 혼자 참호를 빠져 나왔었다.

어둠 속을 무작정 배회하던 보란이 월맹군의 장성급들이 긴급히 소집되어 회의를 하고 있는 장소를 목격하게 된 것은 실로 우연이었다.

그는 그곳이 공산군의 중요 사령부 중 한 곳이라고 판단하고 재빨리 참호로 돌아가 그 사실을 아군에게 알렸다. 때맞춰 날아온 공군기의 맹렬한 포격을 받은 적들은 일시에 박살이 나고 말았다.

폭스바겐을 타고 가는 지금, 보란은 그때와 흡사한 목소리가 자신을 휘어잡고 있는 것을 감지하고 부르르 전신을 떨었다.

그는 맨해튼을 향해 차를 몰고 있었다. 아직 시간이 이른 탓인
지 차들은 그다지 많지 않았다. 도로 사정이 좋지 못했기 때문에
오늘은 자동차를 이용하려는 사람들이 적을 듯싶었다.

보란은 한 손으로는 핸들을 잡고 다른 한 손으로는 덴마크 빵
을 뜯어 먹으며 재설차가 지나간 자국을 따라 나아갔다.

그는 할렘 강을 지나 브롱크스로 접어들었다. 그 길을 계속 따
라간다면 폭탄의 사나이 샘 키앤티의 저택으로 갈 수 있었다. 보
란은 어깨를 으쓱하며 그 길을 따라가 보기로 마음먹었다.

회색빛 하늘은 머리 위로 낮게 드리워져 있었다. 도로변 집들
의 지붕 위와 길에 수북이 쌓인 눈만 아니었더라면 더없이 침울
한 분위기를 빚어 낼 그런 날씨였다. 보란은 키앤티의 저택 뒤쪽
으로 차를 몰았다. 저택에 딸린 차고와 저택의 뒷문 사이에 난
좁은 길 위에 방금 지나간 것 같은 사람의 발자국이 또렷하게 찍
혀 있었다.

보란은 골목 한 쪽에 차를 세우고 베레타를 꺼내 든 다음 차고
로 살며시 다가갔다. 그의 발 밑에서 눈들이 뽀드득거리며 자지
러들었다.

차고 안에 세워진 캐딜락의 트렁크 문은 열려 있었고 그 앞에
서 샘 키앤티가 트렁크 속으로 가방을 집어 넣으려고 애쓰고 있
었다. 그는 고개를 들어 차고의 문간에 서 있는 보란을 보곤 깜
짝 놀라는 표정을 지었다.

「난 또 누구라고! 난 당신이 지금쯤 저 세상에 가 있을 줄 알
았는데?」

「난 아직도 살아 있소.」

「그게 다행인지 불행인지 모르겠소. 어젯밤에 하려고 했던 일

을 마무리짓기 위해 온 거요? 만일 그렇지 않다면 총을 집어 넣
도록 하시오. 썩 보기 좋은 물건은 못 되니까. 난 아무런 무기도
갖고 있지 않소. 부하들도 모두 집으로 돌려 보냈고. 당신을 만
나고 난 후 이 세계에서 손을 떼기로 결심했단 말이오.」

키앤티는 하던 일을 계속하며 담담한 어조로 말했다.

「그걸 실행에 옮기려면 대단한 용기가 필요할 텐데?」

「물론이오. 하지만 워싱턴에 있는 어떤 사람한테 부탁하면 나
같은 결심을 한 사람의 가족들을 안전한 곳에 숨겨 준다고 하더
군. 원한다면 일생 동안 신변 보호도 해준다고 했소. 그는 FBI에
관계되어 있다던데…….」

「당신은 이제야 철이 드는 모양이로군.」

「글쎄? 그것보다 약아빠진 게 아닐까? 당신도 알다시피 이 세
계에서 손을 떼는 길은 단 한 가지뿐이오. 음침한 땅 속으로 들
어가는 것 말이오. 그러나 난 무슨 수를 쓰더라도 살아서 손을
씻고 싶소. 나는 지금 올 데까지 온 것 같은 기분에 사로잡혀 있
소. 당신이 꼭 날 죽이고 싶다면 어서 방아쇠를 당기시오. 살려
달라는 소리는 하지 않았소.」

키앤티는 가방이 트렁크 속에 잘 들어가지 않는지 하나를 바
닥에 내려놓으며 보란을 똑바로 쳐다보았다.

「난 당신을 죽이러 온 게 아니오.」

보란은 베레타를 재킷 속의 권총 벨트에 집어 넣으며 희미한
미소를 지었다.

「그럼 무슨 일로?」

키앤티의 얼굴에 안도의 빛이 스쳤다.

「그저 세상 돌아가는 얘기를 하고 싶었을 뿐이오.」

「안됐지만 난 지금 그렇게 한가하지 못하오. 난 여길 떠날 생각이니까. 예정대로라면 벌써 1시간 전에 떠났어야 했소.」

「어디로 갈 계획이오?」

「일단 코네티컷으로 갔다가 남쪽으로 방향을 돌릴 생각이오. 눈 때문에 도로 사정이 나쁜 게 조금 걱정이 되긴 하지만.」

「그럼 나에게 신경 쓰지 말고 하던 일이나 계속하시오. 내가 거들어 줄까요?」

보란은 키앤티 쪽으로 다가가 차의 트렁크에 가방을 넣는 것을 도와 주었다. 키앤티는 의외라는 눈길로 보란을 바라보았다. 그는 잠시 뭔가를 생각하는 듯하더니 가라앉은 목소리로 입을 열었다.

「보란, 당신은 내가 어떤 인간인지 알고 있소? 난 이제껏 교회라고는 딱 한 번밖에 가보지 않았소? 갓난아기 때 어머니 품에 안겨서 세례를 받기 위해서 말이오. 그런데 테레사의 말을 빌리면 중요한 것은 인간은 어떻게 시작하느냐가 아니라 어떻게 끝내느냐 하는 거라더군요. 내가 이 길로 들어선 지 어언 30년이란 세월이 흘렀소. 하지만 지금의 나는 그때의 나와 전혀 다른 사람으로 바뀌어 버렸소.」

키앤티는 한숨을 내쉬며 말을 끊었다.

보란은 얘기를 계속하라는 뜻으로 고개를 두어 번 끄덕거렸다.

「내가 테레사를 만난 이후로 내 손으로 사람을 죽인 적은 한번도 없었소. 그녀가 내 곁에서 날 지켜보고 있는 한 내 손으로 사람의 목숨을 빼앗는다는 건 있을 수 없는 일이라고 여겼기 때문이오. 난 내가 배짱이 없어졌다고 생각하기도 했소. 그렇지만 자신이 어딘가 미숙하다고 느끼는 사람들이야말로 성장하고 있는 사람들이 아니겠소? 머리 속이 텅 빈 놈들은 늘 자신이 최고라는 착각 속에서 살아간단 말이오. 그러나 그런 놈들도 적절한 기회를 만난다면 진짜 사나이란 어떤 것인지 알게 되겠지. 내 경우에는 테레사로 인하여 새롭게 태어났다고도 할 수 있소. 그녀에게 큰 빚을 지고 있다고나 할까?」

키앤티는 감정이 복잡하게 얽힌 표정을 지었다.

「그건 나도 공감할 수 있는 말이군.」

보란이 중얼거렸다.

「그렇지만 그 후로도 난 장사를 계속했소. 하지 않을 수 없었다는 편이 보다 올바른 표현이겠지. 그리고 자연히 반대하는 놈들을 없애야 하는 경우도 생기게 되었소. 그럴 땐 부하들에게 그 일을 하도록 시켰소. 직접 그런 일을 하는 것과 명령만 내리는 것 사이에는 큰 차이가 있다고 생각했었소.」

「그건 자신에게 솔직하지 못한 일이 아닐까요?」

「당신 말이 맞소, 보란. 하지만 사람들은 누구나 자신에겐 관대하다오. 자신을 속이는 일쯤 아무 것도 아니란 말이오. 만일 내가 그 일을 하지 않는다면 누리고 있는 모든 안락함과 부유함을 다 잃게 되고 생명의 위협까지 받게 될 것은 너무나 당연한 일 아니겠소? 그래서 난 자기 암시라는 방법을 사용해서 내 자신을 속이기로 했소. 이것저것 그럴듯한 구실을 내세워 내가 하고 있는 일을 정당화하곤 했지요. 가끔씩 합법적인 사업을 하고 있는 듯한 착각까지 들 정도로. 그리고 내 사업에서 어둡고 냄새나는 구석들은 될수록 생각지 않으려고 애를 썼소. 그러나 곧 그것으로 모든 일이 해결되지는 않았다는 걸 알게 되었소.」

「그랬을 거요. 언젠간 지나 온 날들을 냉정한 눈으로 되돌아봐야 하는 법이니까.」

「당신이 뉴욕에 나타난 이후 난 지난날 내가 저지른 수많은 일들에 대해 깊이 생각도 해보았고 또 후회도 했소. 허나 이미 때는 늦어 있었소. 어젯밤만큼 나 자신을 저주했던 적은 없었소. 내가 올바른 생각을 갖기 시작한 바로 그 순간에 난 생명의 위협을 받아야 했으니까. 그런데 거세게 밀려오는 후회의 감정을 곱씹고 있을 때 당신은 이렇게 말했소. '당신에게 기회를 주고 싶소'라고. 난 정말 귀신에게 홀린 듯한 기분이었소. 그때야 비로소 창문에 붙어 서서 두 손을 가슴에 모으고 있는 테레사의 모습이 눈에 들어왔소.

난 내 생각에만 빠져 있었기 때문에 날 염려해 주는 사람들은 미처 생각지 못했소. 그리고 내 마음이 얼마나 썩어 있었던가를 다시금 뼈저리게 느꼈단 말이오. 내 말을 당신이 이해할 수 있을지 의심스럽소.」

몹시 추운 날임에도 키앤티는 땀을 뻘뻘 흘렸고 감정이 격해진 듯 얼굴이 벌겋게 상기되었다.

「물론 이해할 수 있소.」

보란은 담담하게 대꾸했다.

키앤티는 낯선 사람을 대하듯 한동안 보란을 물끄러미 바라보더니 한숨을 내쉬며 트렁크의 뚜껑을 소리나게 닫았다.

「프레디 갬버러를 만나려면 어디로 가야 하오?」

보란이 물었다.

「카포와 난 30년 동안이나 알고 지낸 사이요. 그는 내 아이들의 이름을 지어 준 대부(代父)지요. 첫 아이가 태어나던 날은 병원에서 같이 밤을 새기도 했었소. 테레사가 난산이었기 때문에 난 안절부절못하며 병원 복도를 오락가락하고 있었소. 그때 갬버러는 내 손을 쥐며 마음을 가라앉히라고 위로를 해주었소.」

키앤티는 잿빛 하늘을 올려다보았다.

「당신의 사정을 모르는 바는 아니지만 난 갬버러가 있는 곳을 꼭 알아내야만 하오.」

「서두르지 마시오, 보란. 내 말은 아직 끝나지 않았소. 우린 부부 동반으로 종종 여행을 하기도 했소. 물론 아이들도 함께 갔었소. 프레디의 아내인 마리아는 아이를 낳지 못했기 때문에 우리 애들을 무척 귀여워했다오. 우리 애는 자기 자식이나 마찬가지라는 거였소. 난 그들이 보여 준 호의와 우정에 감격했었소. 그때 나에게 있어서 프레디의 존재는 정말 큰 의미를 지니고 있었소.」

「지금은 그렇지 않단 말이오?」

「그는 변한 것 같소. 어쩌면 내가 그를 잘못 판단했던 것인지도 모르오. 어젯밤에 당신은 나의 아내를 위해 날 살려 주겠다고 했소. 테레사와 당신은 아무 상관도 없는 사람들이오. 그런데도 당신은 테레사를 불쌍하게 여겼소. 하지만 이제껏 내가 친구라고 생각한 프레디는 어떠했는가 하는 데 생각이 미치자 갑자기 난 그의 정체를 알게 되었소.」

키앤티는 손수건을 꺼내 얼굴의 땀을 닦아 냈다. 그는 갬버러의 서재에서 있었던 일을 생각하고 있었다.

「계속해 보시오, 키앤티.」

「프래디가 얼마나 냉혹한 사람인지 알고 있소, 보란? 그는 필요하다고 여겨지면 눈 하나 깜박하지 않고 나를 호랑이 입 속으로 처넣을 인물이란 말이오. 아이들의 대부이긴 하지만 그렇다고 상황이 달라질 건 없소. 내 아이들이나 테레사까지도 호랑이 입 속에 처넣고 만족하게 웃을 사람이니까. 그에게 보통 사람들이 가지고 있는 동정이나 따뜻함 같은 것은 눈을 씻고도 찾아볼 수가 없소. 그가 있는 곳을 알고 싶다고 했소? 기꺼이 가르쳐 주겠소. 분명히 말해 두지만 당신이 두려워서 그곳을 알려 주는 게 아니오. 난 오랜 세월 그가 시키는 대로 움직여 왔소. 이 두 손을 피로 물들이며 끔찍스런 일들을 많이 저질렀단 말이오. 하지만 더 이상 그를 위해 내 손을 더럽힐 생각은 없소. 왜 그런 생각을 하게 되었는지는 묻지 마시오. 프레디는 내가 죽어 넘어지는 그 순간까지 내 손을 피로 적시게끔 만들려 하고 있소.」

키앤티는 괴로운 표정을 지으며 두 손을 펴서 눈앞에 들어 올렸다. 그의 손가락이 바들바들 떨리고 있었다.

「그가 잘 다니는 곳이 네 군데라고 알고 있소. 그 가운데 그놈이 지금 있을 만한 곳을 가르쳐 주시오.」

보란은 수첩과 연필을 키앤티에게 내밀었다.

키앤티는 고개를 끄덕이며 그것을 받아들고는 형편없는 악필로 주소를 썼다. 보란은 삐뚤삐뚤한 대문자로 쓰여진 주소를 들여다보며 거리를 머리 속으로 가늠해 보았다.

「보란, 당신에게 빚진 걸 갚는다는 의미로 한 가지 알려 줄 게 있소.」

「말해 보시오.」

「당신에게 아무 의미도 없는 일일는지 모르지만, 프레디가 '칠면조 요리'를 만들었다고 하오.」

보란은 '칠면조 요리'가 무엇을 의미하는지 알고 있었다. 키앤티의 말을 듣는 순간 보란은 어떤 불길한 예감이 가슴을 얼어붙게 하는 것을 느끼며 신경이 올올이 곤두서는 것을 느꼈다.

「누가 당했소?」

황급한 보란의 목소리는 경직되어 있었다.

「글쎄? 확실한 건 모르겠소. 약 2시간쯤 전에 프레디의 부하 중 한 놈이 내게 전화를 했더군. '소시지 하우스'에 칠면조 요리가 있으니 와서 구경하라고. 난 이미 손을 떼기로 결심한 터여서 싫다고 했소. 희생자가 누구인지 알고 싶지도 않았고. 아까 당신이 나타난 걸 보고 적잖이 놀랐었소. 그 칠면조가 걸려든 그물에 당신도 붙잡힌 걸로 생각했었으니까.」

「그 공장은 어디 있소?」

보란이 나지막한 목소리로 물었다. 팽팽한 긴장감이 온몸을 가득 채우며 탄독에서 느꼈던 것과 같은 기분이 되었다. 그제서야 키앤티의 저택으로 차를 몰고 오게끔 한 본능의 의미를 알 것 같았다.

「벌써 늦었소, 보란. 전화가 온 건 2시간 전이었고 누군지 모르지만 그때 이미 요리가 다 되어 있다고 했소.」

「'소시지 하우스'로 가는 길을 가르쳐 주시오.」

보란의 눈 속에서 이글거리는 불꽃을 본 키앤티는 알 수 없는 불안을 느끼며 다시 수첩을 받아들고 몇 자 끄적거렸다. 수첩을 건네받는 보란의 표정을 본 키앤티는 깜짝 놀랐다. 이제껏 그와 얘기를 나누던 따뜻한 마음을 가진 사나이는 이미 그 자리에 없었다. 대신 조금도 감정이 내비치지 않는 얼굴의 키 큰 사나이가 온몸에서 살기를 내뿜으며 수첩을 들여다보고 있었다. 사나이의 주위에는 무덤과 같은 적막이 감돌았다.

보란 앞에 서 있는 키앤티는 갑자기 엄습하는 한기를 느꼈다. 말없이 돌아서는 보란을 그가 불러 세웠다.

「잠깐 만약 프레디의 집을 습격할 생각이라면 155번가에 면한 옆문을 사용하도록 하시오. 차를 세울 때는 앞바퀴를 금속 슬립 장치에 얹어 놓고 헤드라이트를 재빨리 세 번 깜박 거리시오. 그러면 문이 자동으로 열릴 거요. 그리고 그곳은 경비가 삼엄한 편이니 조심해야 할 거요.」

키앤티는 조심스럽게 말했다.

「고맙소. 워싱턴에 무사히 도착하길 빌겠소.」

보란은 무뚝뚝하게 대꾸하고 차로 돌아왔다.

그는 방금 자신이 들은 얘기가 꿈이었기를 기원했다. 자신으로 인한 희생자를 한 명이라도 줄이고 싶은 보란이었다. 보란은 지옥 속을 헤매고 있는 것 같은 암담함을 느꼈다.

맥 보란은 '소시지 하우스'라고 쓰여진 커다란 화살표 앞에 차를 세운 후 무기를 꺼냈다. 소형이지만 성능이 좋은 경기관총을 목에 걸고 재킷은 벗어 의자 위에 던져 놓았다. 기관총의 예비 탄창은 전투복의 포켓에 쑤셔 넣었다 수류탄이 매달린 벨트를 허리에 두른 다음 45구경 자동 권총을 권총 벨트에 집어 넣었다. 그는 칼날 같은 바람을 뚫고 공장 안으로 들어섰다.

공장의 앞마당에는 대형 리무진과 다른 차 한 대가 서 있었으나 사람은 보이지 않았다. 공장은 아직 작업 시간이 되지 않은 듯 조용했다. 그러나 야근을 한 직원들은 몇 명이 남아 있을 것으로 추측됐다.

보란은 냉동된 쇠고기가 자동식 미트 훅에 매달려 있는 길다란 복도 모양의 가공실을 지나 널찍한 방으로 들어섰다. 그곳에는 고기를 토막낼 때 사용하는 커다란 탁자를 비롯하여 각종 가공 기구들이 갖추어져 있었는데 사내 두 명이 천장에 매달린 고깃덩이를 문 쪽으로 운반하며 농담을 주고받고 있었다.

두 사내는 동시에 보란을 발견하곤 얼어붙은 듯 그 자리에 서 버렸다.

보란은 재빨리 사내들에게 기관총을 들이대고 무시무시한 불꽃을 퍼부어댔다. 사내들은 뒤로 주춤주춤 물러서더니 피를 내뿜으며 바닥에 나동그라졌다.

보란은 사내들의 시체를 훌쩍 뛰어넘어 옆방으로 통하는 문을 걷어찼다.

「보란이다!」

그곳에 있던 여섯 명의 사내들은 저마다 무기를 잡기 위해 사방으로 흩어졌다. 보란은 고릴라처럼 생긴 인상이 험악하고 덩치가 큰 사내부터 공격하기로 작정하고 경기관총의 방아쇠에 걸린 집게손가락을 사정없이 잡아당겼다. 사내의 이마에서부터 허리까지 한 줄로 총알 구멍이 나면서 썩은 나무처럼 서서히 두 쪽으로 갈라지더니 누런 뇌수와 검붉은 피를 내쏟으며 고꾸라졌다.

그때 커다란 테이블 밑에 몸을 숨기고 있던 두 명의 사내가 후다닥 뛰쳐나와 냉동실 쪽으로 달려갔다. 보란은 그 두 녀석은 잠깐 젖혀 두기로 했다.

보란은 금속제 가공 기구 뒤로 엉금엉금 기어가는 사내들 쪽으로 시선을 돌렸다. 숨막힐 듯한 정적! 그러나 곧 이어 보란의 경기관총은 무섭게 분노를 토해 냈고 두 명의 사내는 몸을 숨기기도 전에 온몸에 벌집 같은 구멍이 뚫린 채 짓밟힌 지렁이처럼 꿈틀거렸다. 그 중 한 사내는 숨이 아직 끊기지 않아서 동물적인 절규를 토해 냈다.

보란은 여섯 번째 사내에게 돌아섰다. 그 사내는 비교적 앳된 편이었는데 용케도 리볼버를 움켜쥐고 총알을 사방으로 날리고 있었다. 그러나 사내의 눈은 공포에 질려 거의 감겨 있었기 때문에 총알은 엉뚱한 곳으로 날아가 버렸다.

보란은 바닥을 거의 스칠 듯 총알을 퍼부어서 사내의 발목을 잘라 버렸다.

비명을 내지르며 앞으로 쓰러지는 사내의 몸이 채 바닥에 닿기도 전에 보란은 8자 모양으로 경기관총을 갈겨댔고 사내는 약 10피트쯤 뒤로 날아가 널브러졌다.

피바다가 된 방 안을 분노로 번득이는 눈동자로 잠시 돌아본 보란은 경기관총을 목에 걸고 냉동실 쪽으로 달려갔다.

문을 열어 젖힘과 동시에 직감적으로 바닥에 엎드리자 냉동실 안에서 쏟아져 나온 탄환이 보란의 머리 위로 아슬아슬하게 지나갔다. 보란은 허리에 차고 있던 수류탄을 떼내 이빨로 안전핀을 뽑아 휙 던져 넣은 다음 몸을 굴렸다. 공포에 질린 목소리가 터져나오더니 이어 한바탕 폭풍이 방 안을 휩쓸었다. 보란이 엎드려 있는 곳의 바닥까지 흔들릴 지경이었다.

보란은 화약 연기가 자욱한 냉동실 안으로 들어갔다. 벽의 여기저기에 찢어진 살점들이 선혈을 흘리며 덕지덕지 붙어 있었고 정육점의 고깃덩어리와 다름없는 시체들이 발에 채였다.

천장에서 드리워진 철제 갈고리에도 한 녀석이 걸려 있었다. 팔다리가 떨어져 나간 한 사내는 구석에 처박힌 채 울부짖고 있었다.

그러나 그 모든 것들은 보란의 시선을 끌지 못했다. 그는 방 안쪽에 있는 테이블 위에 놓여 있는 희끄무레한 물체에 신경을 곤두세우고 있었다.

처음 그것을 발견했을 때는 커다란 소의 다리쯤으로 여겼었다. 그러나 소다리에 금빛 머리칼이 붙어 있을 리가 없었다. 그것은 바로 갬버러가 만든 '칠면조 요리'였던 것이었다.

보란은 머리털이 쭈뼛 곤두서는 것을 느꼈다. 차가운 얼음덩이가 등골을 훑어내린 듯 온몸의 근육이 굳어지면서 가슴 한가운데로 날카로운 금속이 후벼파는 것 같은 아픔이 스치고 지나갔다.

보란은 확인을 하기 위해서 내키지 않는 걸음으로 테이블로 다가갔다. 생명을 잃은 두 눈이 공허하게 그를 올려다보고 있었다.

에비 클리포드의 눈두덩의 살은 교묘한 솜씨로 도려내져 있었고 얼굴의 혈액은 벌써 딱딱하게 응고된 상태였다.

그녀의 얼굴에 떠오른 고통과 공포와 절망의 표정을 보란은 똑똑히 볼 수 있었다. 그 표정은 보란의 태만에 대한 꾸지람과도 같았다.

에비의 옥수수 같던 이빨은 몽땅 내려앉은 채였고 아름답던 젖가슴은 마구 난도질당해 한낱 고깃덩이에 지나지 않았다. 그것을 보는, 아니 보아야 하는 보란의 목구멍 저 깊은 곳에서 뜨거운 그 무엇이 뭉클거리며 치밀어올랐다.

그녀의 하반신에 가해진 잔악하기 그지없는 행위를 발견한 순간 보란은 거의 미칠 지경이 되어 버리고 말았다.

아무리 살육전에 익숙해져 있는 보란이라 할지라도 에비의 연약한 몸뚱아리에 가해진 잔인무도한 행위를 보는 순간 고개를 돌리지 않을 수 없었다.

보란의 악문 이빨 사이로 고통스런 신음이 새어 나왔다.

돌연 그는 아직도 숨이 끊어지지 않은 사내에게로 미친 듯이 달려가 억지로 입을 벌린 뒤 경기관총의 총구를 물렸다. 사내는 죽음의 공포에 하얗게 질려 거의 넋을 잃고 있었다. 보란은 탄창의 총알이 다 떨어질 때까지 계속 방아쇠를 잡아당겼다.

사내의 머리는 마치 넝마 조각처럼 선혈과 살덩이, 그리고 뼈 가루로 분해되어 사방으로 흩어졌다. 머리가 떨어져 나간 사내의 몸에서 피가 샘물처럼 뿜어 나왔다.

그래도 사그라질 줄 모르는 분노에 보란은 주검만이 가득한 방 안에 대고 시퍼런 기관총의 섬광을 마구 흩뿌리며 상처난 짐승같이 울부짖었다. 그제서야 터져 나갈 것 같던 머리 속이 조금씩 냉정해지며 다소의 이성이 돌아오는 것 같았다.

보란은 방 한쪽에 팽개쳐져 있던 올이 굵은 무명으로 에비의 시체를 감싼 다음 조심스럽게 그것을 폭스바겐의 뒷좌석으로 옮겼다.

운전석에 올라간 보란의 경련하는 뺨 위로 주루룩 뜨거운 눈물이 흘러내렸다. 그는 흐르는 눈물을 닦을 생각도 않은 채 한동안 멍하니 앉아 있었다. 그리고 조금씩 마음을 진정하려고 애쓰기 시작했다.

그때, 보란은 하얀 색 통근 버스가 다가오는 것을 보았다. 차는 커다란 화살표 앞에 멈추어 섰고 이내 작업복 차림의 노동자들이 꾸역꾸역 밀려 나왔다.

보란은 주먹으로 눈물을 씻고 시동을 걸었다. 그 노동자들이 공장 안으로 들어가는 것을 백미러로 쳐다보면서 보란은 잠시 후에 그들이 소시지 재료로밖에 사용될 수 없는 찢어진 시체들을 발견하면 어떤 소동을 일으킬 것인지 상상해 보았다. 그러나 멍청해진 머리 속에서는 아무런 생각도 떠오르지 않았다.

보란은 에비 클리포트와 함께 자신의 일부가 죽어 버렸다고 느꼈다. 지금 그의 마음에 남아 있는 것은 증오와 함께 타오르는 적개심뿐이었다.

그들이 에비에게 저지른 만행을 보란이 어떻게 받아들이고 있는지 똑똑히 보여 주리라! 보란은 어금니를 꽉 깨물었다.

그러고 액셀러레이터를 힘차게 밟으며 눈길을 질주하기 시작했다.

13
궁전 습격

보란은 미끄러운 길을 달려가면서 길 모퉁이에 자리잡고 있는 커다란 저택을 관찰했다. 그것은 20세기 초에 지어진 건물 중 가장 추악한 몰골을 하고 있었다. 건물을 지은 사람은 그것을 설계할 때 빅토리아 풍으로 할 것인지 아니면 고딕 양식을 사용해야 할 것인지 또는 단순히 저속한 취향에 맞게 지을 것인지 골머리를 썩혔던 것 같았다. 그 건물에는 건축가의 고뇌의 흔적이 여기저기 남아 있었다.

예를 들어 그 저택의 돌출창과 사원에서나 사용함직한 스테인드글라스, 네모난 기둥과 작은 탑들, 나무나 돌로 이루어진 각양각색의 지붕들에도 그 흔적은 묻어 있었고 저택의 여기저기에 괴물 같은 모양을 한 조각품들이 널려 있는 것을 보아도 그 고뇌를 짐작할 수 있었다. 그것은 한마디로 말해 건축상의 모든 양식을 한데 버무려 놓아 어떤 사람이든 간에 부분적으로나마 만족

감을 느끼도록 만들어진 것이었다.

그 3층짜리 괴상한 저택은 바로 프레디 갬버리의 궁전이었다. 이스트 할렘 지역에서 태어나 오직 자신의 힘으로 돈을 벌게 된 사내가 그런 개성도 없고 구역질나는 건물에 홀딱 반했다는 건 충분히 있을 수 있는 일이었다.

건물이 세워졌을 당시부터 그곳에선 돈과 권력의 냄새가 물씬 물씬 풍겨 나왔을 것 같았다. 그 저택은 어느 모로 보나 갬버리 같은 류의 인간에게만 꼭 어울리는 것이었다. 그 저택은 전체가 고풍스러운 담으로 둘러싸여 있었는데 담 위쪽에는 무시무시한 철망이 도사리고 있었다. 보도에 면한 정문에 사용된 금속 장식은 언뜻 무게로 따져서 보란이 타고 있는 폭스바겐보다 더 무거울 듯싶었다.

보란은 모퉁이를 돌아 155번가로 간 다음 샘 키앤티가 가르쳐 준 방법을 사용하여 간단하게 안으로 들어갔다. 그가 여유만만하게 폭스바겐을 몰고 집 안으로 미끄러져 들어가다 보니 옷을 잔뜩 껴입은 사내 두 명이 눈 쌓인 정원에서 오락가락하는 것이 보였다. 보란은 그들에게 손을 흔들어 보인 후 계속 안으로 전진했다.

그때 한 사내가 폭스바겐 쪽으로 다가오며 소리쳤다.

「이봐, 잠깐만! 그 자리에 서!」

보란은 차를 세우고 재빨리 차창을 내렸다. 사내의 손은 어느새 권총 벨트로 가 있었다. 할 수 없이 보란은 소음기가 부착된 베레타를 꺼내 방아쇠를 당겼다. 베레타가 감기에 걸려 목이 쉰 아이처럼 한 번 탁한 기침을 내뱉자 보란에게 소리를 지르던 사내는 재킷 속에 넣은 오른손을 미처 꺼내지도 못한 채 앞으로 고꾸라졌다.

또 한 사내가 눈을 헤치며 폭스바겐 쪽으로 다가오고 있는 것을 보며 보란은 차에서 내렸다.

「이게 무슨 짓이야? 차로 밀어 버렸나?」

그 사내는 나동그라진 사내에게 온 신경이 쏠려 있었기 때문에 보란 쪽은 쳐다보지도 않았다.

「아니야.」

보란은 차갑게 대꾸하며 그 사내의 관자놀이에 한 발 먹였다. 사내는 첫번째 희생자 위에 엎어졌다.

바로 그때 세 번째 사내가 저택의 모퉁이를 돌아 나왔다. 그는 보란의 얼굴보다 자신을 향하고 있는 시커먼 총구를 먼저 발견하고 그 자리에 선 채 얼어붙고 말았다. 보란은 정확하게 방아쇠를 두 번 잡아당겼다. 사내는 벼락 맞은 사람처럼 뒤로 퉁겨지더니 털썩 소리를 내며 바닥에 널브러졌다. 새하얀 눈더미에 검붉은 피가 번져 나가기 시작했다.

5초 후, 보란은 저택의 뒷문 앞에 서 있었다. 보란은 언제든지 발사하게끔 경기관총을 단단히 움켜쥔 뒤 문을 열고 안으로 뛰어들었다. 속옷 바람으로 테이블 앞에 앉아 있던 두 사내가 깜짝 놀라며 뒤를 돌아보았다. 보란의 손에 들려 있는 경기관총에서 쏘아져 나온 섬광이 두 사내의 가슴에 바람 구멍을 내버렸다.

욕실 쪽에서 인기척을 느끼고 보란은 총구를 그 쪽으로 돌렸다. 물동이처럼 툭 튀어나온 배를 출렁이며 발가벗은 한 사내가 밖으로 나왔다. 그는 면도를 하다가 나온 듯 입가에는 비누 거품이 잔뜩 묻어 있었다. 보란은 어김없이 시퍼런 경기관총 불꽃을 그에게 선사했고 발가벗은 사내는 총알 구멍으로 분수처럼 피를

뿜으며 뒤로 나자빠졌다.

　보란은 사내들의 시체를 뛰어넘어 집안으로 밀고 들어갔다. 그때 앞치마를 두른 뚱뚱한 사내가 뒷문 쪽이 왜 그렇게 소란하냐며 소리 치고 주방에서 나왔다. 그 사내는 보란의 얼굴이 불쑥 눈앞에 나타나자 두 눈이 빠져 나올 듯 놀라며 주방 안으로 뒷걸음질치다가 무의식중에 손에 들고 있던 토스트 조각을 집어 던졌다. 보란은 고뇌에 찬 얼굴로 베레타를 뽑아 들고 사내를 향해 방아쇠를 당겼다. 사내는 비명을 올리며 아침 식사를 차려놓은 식탁 위로 자빠졌다. 식탁 위에 보기좋게 놓여 있던 스크램블 에그가 사내의 등 밑에서 형편없이 뭉개졌다. 오렌지 주스를 담아 놓은 커다란 유리병이 바닥에 떨어져 박살이 남과 동시에 식탁으로 쓰려졌던 사내는 주스가 질퍽히 괸 타일 바닥에 나동그라져 버렸다.

　분노로 떨고 있는 보란은 반짝거리는 그릇들이 보관된 조그만 방을 지나 어두컴컴한 복도로 나섰다. 복도 끝에서 경비를 서고 있던 사내가 주방에서 나는 시끄러운 소리에 후다닥 달려 나오고 있었다. 그러나 보란을 발견한 순간 그 사내의 동작은 갑자기 슬로 비디오의 영상처럼 느려지더니 마침내 그 자리에서 굳어버리고 말았다. 보란은 싸늘한 시선으로 사내를 쏘아보다가 잇몸을 드러내며 웃었다.

　「보란?」

　사내는 벌벌 떨면서 간신히 입술을 뗐다. 보란은 성큼 다가가 사내를 벽으로 밀어붙인 뒤 베레타로 목덜미를 꽉 누르며 사내의 권총 벨트에 얌전히 들어 있는 32구경 스냅노즈를 뽑아 복도에 팽개쳤다.

「그래. 얼굴 생김새를 보아하니 스무 고개를 좋아할 것 같군. 이 집 안에 있는 총잡이는 몇 명이지?」

「……네 사람입니다.」

사내의 목소리는 모기소리보다도 작았다.

「더 자세히 얘기해.」

보란은 냉랭하게 말하며 사내의 목덜미에 들이댄 베레타를 더욱 세게 눌렀다.

「한 명은 주방에서 갬버러 부인의 아침을 준비하는 중입니다. 그리고 2층 복도 양쪽 끝엔 한 명씩…….」

「3층에는?」

「없습니다. 그곳은 사용하지 않으니까요.」

사내의 얼굴은 언제 보란이 방아쇠를 당길지 몰라 불안과 공포로 거의 흙빛이 되어 있었다.

「얘기하느라 수고했다.」

보란은 부들부들 떠는 사내의 사타구니를 무릎으로 세차게 걸어올렸다. 사내는 비명도 지르지 못하고 입만 딱 벌리더니 앞으로 몸을 숙였다. 보란은 베레타의 손잡이로 사내의 목덜미를 사정없이 내리쳤다. 사내는 의식을 잃고 뻗어 버렸다. 그래도 그는 보란의 자비에 감사를 해야 할 것이었다.

보란은 널찍한 홀로 돌아 나왔다. 두꺼운 나무로 만들어진 현관문이 보였다. 그 현관으로 들어서면 2층으로 올라가는 나선형 계단이었다.

보란은 베레타를 권총 벨트에 집어 넣고 경기관총에 새 탄창을 끼우며 소리 없이 마호가니로 된 계단을 올라갔다. 그의 온몸에서 매서운 살의가 번득이고 있었다.

보란은 만일 2층 복도에 있는 사내들이 아래층에서 벌어진 소란을 눈치 채고 잔뜩 긴장하고 있다면 일이 의외로 어려워질지도 모르겠다고 생각했다. 더구나 양쪽에 한 명씩 지키고 있다면 ……?

그렇다고 그냥 물러설 수도 없는 일이었다. 보란은 경기관총을 가슴에 바짝 끌어안고 소리가 나지 않도록 발끝만을 사용하여 계단을 뛰어올라갔다.

그때 보란의 눈앞에 사람의 그림자가 보였다. 무슨 용건인지는 모르겠으나 경비를 서던 사내 중 한 명이 계단을 내려오다가 보란과 마주친 것이었다. 보란에게는 그것은 큰 다행이었다. 그는 사내에게 경기관총의 총구를 들이대고 무서운 불꽃을 퍼부었다. 사내는 미처 비명도 지르지 못한 채 허공을 끌어 잡다가 앞으로 고꾸라졌다.

사내가 잘 내려가도록 보란이 길을 비켜 주자 구멍이 숭숭 뚫린 시체는 선지를 쏟으며 나선형 계단을 굴러내렸다.

보란은 복도에 한 발을 딛는 것과 동시에 복도 끝에 대고 열십자로 총을 갈겼다. 기관총의 힘찬 연속음에 미약하게 리볼버가 응사했지만 끝내 리볼버가 토해 낸 총알은 보란의 행동을 저지시키지 못했다. 그것은 보란의 공격에 대한 최초이자 마지막 반격이었다. 자욱한 화약 연기가 서서히 걷히자 형편없이 부서진 안락 의자의 파편에 묻혀 있는 피투성이 사내가 보였다. 그 사내는 아직도 리볼버를 손에 쥐고 있었다.

그때 호화스럽게 조각된 문 뒤에서 찢어지는 듯한 여자의 비명이 터져 나왔다. 보란은 그 방의 문을 걷어차고 안으로 뛰어들었다. 그곳은 두꺼운 카펫이 깔려 있는 조그만 방이었는데 침실로 통하는 문이 정면에 보였다. 그 방은 일종의 대기실 같았다. 열려진 문으로 들여다보이는 침실의 바닥에는 페르시아 융단이 깔려 있었고 고풍스러운 가구들이 자리잡고 있었다. 방 한쪽에는 욕실이 보였는데 그곳도 분명 온갖 장식을 다해 놓았을 것이다.

그곳이야말로 복수의 화신이 된 보란이 목표로 하고 있던 곳이었다. 보란은 성큼 안으로 들어갔다.

침대 위에 앉아서 소리를 지르던 여자는 보란을 보자 한눈에 그가 누구인지 알아보았다. 그녀는 멍청하게 입을 벌린 채 하얗게 질려 가고 있었다. 그녀의 한 손에는 신문이 들려 있었고 침대 위의 은쟁반에는 커피포트와 컵이 가지런히 놓여 있었다.

보란은 그 자리에서 굳어 버린 듯 꼼짝도 않고 앉아 있는 여자를 홀낏 쳐다본 후 방 안을 샅샅이 뒤졌다. 그런 다음 앓는 소리를 내는 그 여자에게 총을 들이댔다.

눈썹을 치켜올리고 보란을 쳐다보고 있는 그 여자는 테레사 키앤티와는 전혀 다른 모습이었다. 그녀는 40세 전후로 보였는데 시커먼 총구를 보곤 기겁을 하여 다시 비명을 질러댔다. 보란은 말없이 침대로 다가가 여자의 뺨을 후려쳤다.

「남편은 어디 있나?」

그 목소리는 얼음장 같았다.

「몰라요!」

그녀의 얼굴에 보란의 손자국이 선명하게 찍혀 나왔다.

「모를 리가 있나!」

보란은 침대 위에 놓여 있는 쟁반을 걷어찼다. 커피잔은 진홍색 벽지를 발라놓은 벽에 부딪쳐 박살이 나면서 온 방안에 커피

를 뿌려 놓았다. 보란은 거칠게 그녀가 덮고 있는 홑이불을 걷어
젖혔다.

갬버리의 아내는 얇은 네글리제 위에 우단으로 만든 가운을
걸치고 있었다. 그녀는 매우 뚱뚱했다. 가슴은 오페라의 여가수
처럼 커다랗고 엉덩이는 축 처져 내릴 만큼 살이 많았다. 보란은
그녀를 침대에서 끌어내렸다. 젊었을 때는 그래도 몸매가 괜찮
았는지 야들야들한 구석이 남아 있었다. 갬버러의 아내는 한편
으론 수치스럽고 한편으론 겁에 질려 숨을 헐떡거렸고 그때마다
가운의 앞자락 사이로 커다란 젖가슴이 오르내리는 것이 보였
다.

「난 프레디 갬버러에게 볼 일이 있다. 지금 어디 있는지 빨리
말해!」

보란은 그녀의 얼굴에 자신의 얼굴을 바짝 갖다대고 위협이
서린 목소리로 말했다. 그의 눈동자에는 복수의 불꽃이 새파랗
게 피어 있었다.

「그이는 30분 전에 나갔어요.」

부들부들 떨리는 소리로 간신히 대답하는 그 여자는 결코 발
렌티나도 테레사도 될 수 없는 여자였다. 보란의 눈앞에 있는 그
여자는 자신의 행동이 죄악인 줄 뻔히 알면서도 그것을 받아들
이는, 게다가 그 죄악의 결과로 생기는 재물로써 인생의 향락을
마음껏 누리는 천박한 여자에 지나지 않았다. 보란이 그런 류의
여자를 처음 보는 것은 아니었다. 그러나 테레사와 같은 여자가
어떻게 이 따위 저질스러운 계집과 어울릴 수 있었는지 의심스
러웠다.

「어디로 갔지?」

「몰라요. 하늘에 맹세해도 좋아요!」

보란은 하마터면 웃음을 터뜨릴 뻔했다.

이 기름기가 흐르는 여자의 입에서 하나님이란 말이 나오다니!

오로지 피에 굶주린 짐승 같은 남편의 동물적 욕망을 채워 주며 그가 세상에서 저지르는 온갖 악행에 대한 내조를 할 뿐인 이 여자의 입에서. 갬버러가 자신의 왕국을 유지하고 키우기 위해 어떤 짓을 해왔는지 이 여자는 모르고 있단 말인가?

보란의 표정 없는 얼굴을 쳐다보고 있던 마리아는 그가 무슨 생각을 하는지 눈치 챈 모양이었다. 그녀는 바싹 마른 입술을 혀로 핥더니 간신히 입을 열었다.

「내 말 좀 들어 봐요. 당신은 프레디를 오해하고 있어요. 그이를 내버려둘 순 없나요? 프레디는 사업밖에 모르는 단순한 남자라고요. 말썽을 일으키는 쪽은 당신이잖아요? 그이는 사업상 필요한 일만 할 뿐이에요. 그건 세상의 모든 남자들이 다 하는 것 아닌가요?」

보란은 그녀를 지그시 노려보았다. 어쩌면 그녀는 갬버러가 하고 있는 일의 진상을 모를지도 모른다. 그렇지 않다면 그녀도 샘 키앤티처럼 자기 암시를 하면서 그것을 사실로 받아들이고 있는 것이리라. 그러나 그런 것들이 보란이 하고자 하는 일을 방해할 수는 없었다.

「그럼 당신에게 구경거리를 보여 줄까? 당신의 남편이 사업상 '어쩔 수 없이' 저지른 행동 중 하나야.」

보란은 살찐 그녀의 오른팔을 거칠게 움켜쥐고 침실 밖으로 나가 나선형 계단을 뛰어 내려갔다. 마리아는 겁에 질려 비명을 올렸으나 보란은 들은 척도 하지 않았다. 그의 마음속에 남아 있던 인간적인 동정심은 '소시지 하우스'에서 칠면조 요리를 목격한 순간 모두 말라 버렸던 것이다.

보란은 씩씩거리는 여자의 등을 떼밀며 홀을 지나 주방으로 들어갔다. 여자는 아무렇게나 나뒹구는 사내들의 시체를 보자 소리를 지르며 금세라도 숨이 넘어갈 듯한 표정을 지었다. 보란은 인정사정없이 여자를 끌고 뒷문으로 나갔다.

「이런 꼴로 나갈 순 없어요!」

마리아는 그 다급한 순간에도 수치심은 남아 있었는지 한 손으로 가운의 앞자락을 여몄다.

보란은 그녀를 폭스바겐 쪽으로 끌고 가 문을 열고 차 안으로 밀어넣은 다음 차에 올랐다. 그리고 무명천에 싸인 에비의 시체에 그녀의 얼굴을 들이밀고는 천을 확 벗겼다.

그녀는 눈앞에 드러난 처참한 시체를 보자 미친 사람처럼 날뛰기 시작했다. 그녀는 보란에게 달려들어 주먹으로 마구 보란의 가슴을 두들겨대며 그곳을 빠져 나가려 발악을 했다.

걷잡을 수 없을 정도로 눈물을 쏟던 그녀는 차 안을 데굴데굴 구르다가 갑자기 문을 벌컥 열고는 차에서 뛰어내렸다. 보란도 그녀의 뒤를 따라 내렸다.

보란은 그녀를 다시 주방으로 데리고 가서 물까지 떠주었으나 그녀는 바닥에 주저앉아서 넋을 놓고 씨근덕거리고만 있었다.

「당신 남편이 하고 있는 사업의 정체가 바로 저런 거야. 자, 이제 갬버러가 있는 곳을 말해 보시지.」

「지옥으로나 꺼져 버려!」

그녀는 눈알을 희번득거리며 욕설을 퍼부었다.

「끝까지 얘기하지 않겠다면 차 안에 있는 것을 이리로 끌고 와 당신과 함께 꽁꽁 묶어 놓겠어.」

보란의 말에 그녀는 핏기가 싹 가신 얼굴로 입술을 달싹거렸다.

「어디 있지?」

보란이 대답을 재촉했다.

「꽤나 영리한 양반이군. 어디 한번 내 남편을 찾아봐요. 그땐 당신도 저 지경이 될 테니까. 난 정말 그 양반이 어디 있는지 몰라요. 믿건 말건 마음대로 하라고요. 어느 얼빠진 계집애들과 함께 있을지도 모르겠지만 난 그런 일에 조금도 개의치 않아요. 그이는 사내 중의 사내라고.」

그녀는 입에서 역한 단내를 풍기며 쉰 음성으로 소리를 질렀다.

보란은 구역질이 나올 것 같았다. 그리고 그녀의 말 속에서는 보란이 두려워하고 있는 일을 예고하는 듯한 느낌이 풍겨 나왔다. 그는 또다시 막연한 불안감으로 가슴이 두근거림을 느꼈다.

「소방차를 불러.」

보란은 그곳을 떠날 때가 되었다고 판단하며 마리아 갬버러에게 말했다.

「그건 왜?」

그녀는 흐리멍텅한 눈으로 보란을 올려다보았다.

「잠시 후에 이곳은 불바다가 될 거야. 사형 집행인의 선물이지.」

어느새 보란은 뒷문 밖으로 모습을 감추었다.

　마리아 갬버러는 갑자기 정신이 번쩍 드는지 급히 보란의 뒤를 따라 밖으로 나왔다.

「어쩔 생각이세요?」

　그녀는 악을 썼다. 12월의 한기가 얇은 속옷 속으로 파고들어 그녀의 온몸에는 좁쌀 같은 소름이 돋았다.

　보란은 그녀의 말을 무시한 채 폭스바겐에서 폭약 가루가 든 자루를 끄집어냈다. 그는 마당에 쓰러져 있는 한 사내의 코트를 벗겨 갬버러의 황후에게 던져 주었다.

「그거라도 걸치는 게 좋을 거야.」

　보란은 자루를 들고 다시 집 안으로 들어가 적당한 장소를 골라 폭약 가루를 뿌렸다.

　그가 차로 되돌아왔을 때 마리아 갬버러의 모습은 보이지 않았다. 보란은 차에 올라 시동을 건 다음 마지막으로 집 쪽에 대고 경기관총을 난사했다. 그러고는 전속력으로 그 저택을 벗어나 한길로 접어들었다.

　보란의 공격은 적들이 전혀 예상하지 못했던 것이었고 그가 입은 해는 없었지만 예정 시간보다 몇 분이 지나 있었다. 그리고 경찰이 곧 그곳으로 들이닥칠 것 같았기 때문에 보란은 될 수 있는 한 빨리 그곳을 빠져 나가야 했다.

　한길에서는 총소리를 듣고 몰려나온 사람들이 불길이 치솟기 시작하는 갬버러 저택 쪽을 손가락질하며 떠들어대고 있었다.

　보란이 155번가의 모퉁이를 돌아갈 무렵에 그 저택은 커다란 소리를 내며 시커먼 연기를 하늘로 뿜어 올렸다. 악마의 혓바닥 같은 불길이 저택을 핥아 가며 주변에 쌓였던 눈들을 녹여 버렸다.

보란은 그것으로 다소나마 죄값을 치르게 한 셈이라고 생각하며 입가에 싸늘한 미소를 지었다. 보란은 그들이 보다 더 많이 죄값을 치를 기회를 줄 생각이었다.

보란은 이스트사이드로 방향을 잡았다. 맨해튼에서 날뛰는 놈들의 움직임을 살피기 위해서였다. 갑자기 프레디 갬버러가 꼭 두새벽부터 찾아갔을 여자들에게 생각이 미치자 보란은 정신이 번쩍 들었다.

「그 여자들에게는 손 대지 마라, 갬버러!」

보란은 자신도 모르게 중얼거렸다. 만일 갬버러가 그 여자들에게 어떤 추악한 짓을 저질렀다면 지구의 끝까지라도 쫓아가 갈갈이 찢어 버리고 말겠다고 보란은 다짐했다.

프레디 갬버러는 저 추악한 저택을 삼키고 있는 악마 같은 불길과 마찬가지 인간이다. 그에게서 자비를 찾아내기란 고양이 뱃속에서 사향을 구하는 것과 같은 일이다. 갬버러에게 있는 것이라고는 죽음의 악마가 풍기는 시체의 부패한 냄새뿐이다.

「그 여자들에게 손 대면 안 돼!」

보란은 신음하듯 말했다.

악마들과 맞서 싸우는 보란은 어쩔 수 없이 자신도 악마로 변해 가고 있다는 것을 절감하고 있었다.

14
선전 포고

아침 해가 떠오르자 도로 사정이 좋아졌다. 뉴욕의 거리는 언제 눈이 왔느냐는 듯 활기에 넘쳐 있었다.

보란은 무작정 이스트사이드로 달려가면서 마음을 가라앉히려 애썼다. 그로 인하여 아직 피지도 못한 꽃망울이 뭉개져 버렸다는 생각이 들자 칼로 에이는 듯 가슴이 쓰려 왔다. 그러나 아직은 살아 있는 사람들이 당하고 있는 고통을 해결해야만 했기 때문에 죽은 사람의 생각은 당분간 미루어 둘 수밖에 없었다. 지금 그의 앞에 놓인 과제는 폴라와 레이첼을 안전하게 지키는 일이었다.

갬버러가 아파트를 덮치기 전에 두 여자가 다른 곳으로 피신해 있었으면 하는 생각이 들었으나 그것이 헛된 소망에 불과하다는 건 누구보다도 보란 자신이 잘 알고 있었다. 에비는 갬버러가 알고 싶어하는 것들을 다 털어놓았음에 틀림없었다. 그 끔찍한 고문은 여러 시간에 걸쳐 이루어졌을 테고 그동안 에비는 고통을 멈추기 위해서라면 무슨 짓이든 가리지 않았을 것이다.

보란은 그 짐승 같은 놈들이 사용하는 수법을 환히 알고 있었다. 사람의 급소를 피해 가면서 폭행을 가하면 피해자는 오랫동안 고통에 시달리며 조금씩 죽어 가다가 어느 순간에 이르러 갑자기 목숨을 잃게 된다.

보란은 에비의 시체를 다시금 떠올리고 몸서리를 쳤다. 무엇때문에 그토록 귀엽고 천진한 여자가 공포와 고통의 수렁에 떨어져야만 했는가? 왜 그녀는 그렇게 처참한 최후를 맞이해야만 했는가? 보란은 수십 번도 더 자신에게 물어 보았다. 그러나 그런 생각을 한다고 해서 죽은 사람이 다시 살아 올 수는 없는 법, 살아 있는 사람이 고통스런 죽음을 당하지 않게끔 하는 것이 보란 앞에 놓인 선결 과제였다.

보란은 프레디 갬버러의 행방과 그가 취했을 만한 행동을 생각해 보았다. 그러나 아무 것도 확신할 수 없다는 결론을 얻었을 뿐이었다.

갬버러가 벌써 두 여자를 사로잡았을지 혹은 아직 잡지 못했을지부터가 알 수 없었다. 어쩌면 지극히 가능성이 없는 일이긴 했지만 그녀들을 포로로 삼는 방법을 사용하지 않을 수도 있었다.

보란은 폴라와 마지막으로 통화했을 때 연락할 방법을 확실해 해두지 않고 전화를 끊은 것이 더없이 후회스러웠다. 그때는 지금과 같은 상황이 생길 것이란 생각을 전혀 하지 못했었다.

만일 그 여자들이 호텔로 옮겼다 하더라도 맨해튼에 있는 모든 호텔들을 다 뒤질 수는 없는 노릇이었다. 또한 보란은 그녀들이 즐겨 가는 곳이 어딘지도 몰랐다. 그러나 갬버러는 보란처럼 한 사람으로 된 군대가 아니었다. 막강한 그의 조직을 이용한다면 호텔을 뒤지는 일쯤 그에게는 식은 죽 먹기보다 더 쉬울 터였다.

보란은 한숨을 내쉬었다. 그리고 갬버러가 그 여자들을 수중에 넣어야 할 필요가 있을지 생각하면서 자신이 갬버러의 입장에 놓였다면 과연 어떤 방법을 쓸 것인가 상상해 보았다.

우선 그 여자들에 직접적인 어떤 압력은 넣지 않고 내버려두면서 그녀들의 주변을 철처하게 감시할 것 같았다. 그리고 그 아파트며 '폴라의 뷰티 살롱'에 도청 장치를 하고 아파트와 가게에 드나드는 사람들의 뒤를 일일이 캘 것이다. 그녀의 이웃 사람들에게 은근히 겁을 주어 그녀들에게서 조금이라도 이상한 눈치가 보이면 즉각 신고하도록 만들어 놓고 느긋한 마음으로 보란이 걸려들길 기다리리라.

그 방법이 통하지 않을 때 두 여자를 납치해서 강압적인 방법을 동원해도 늦진 않다. 아름다운 여자들은 조금만 고통을 당해도 쉽게 입을 열 테니까. 더구나 '칠면조 요리'가 되지 않기 위해서라면 못 할 짓이 없을 것이다.

보란은 입을 굳게 다물었다. 적들이 자신에 대해 알고 있는 것 이상으로 보란도 적을 훤히 알고 있었다. 보란은 도움을 준 사람이 궁지에 몰려 있는데도 자신만 살겠다고 모른 체하는 성격이 아니란 것을 놈들은 너무나 잘 알고 있었다. 그 점을 적들은 물론이고 보란 자신도 계산에 넣어야만 했다.

보란은 냉정을 되찾았다. 그는 놈들이 눈에 불을 켜고 노리는 사냥감인 자신이 어떤 전략을 세워야 할지에 대해 생각에 생각을 거듭했다. 앞으로 그가 차를 전투에 사용해야 하는 전술은 무척 복잡하고 어려운 것이 될 것 같았다. 그것은 단순히 쫓고 쫓기는 게임이 아니었다. 자신이 세운 작전이 성공하느냐 못 하느냐는 바로 두 여자의 생사와 직결되기 때문이었다.

보란은 눈을 크게 떴다. 이제 생각만 하고 있을 수는 없었다. 생각에 너무 치우치다 보면 그것을 행동으로 옮길 때 문제가 생기는 법이다. 그들과의 전쟁에서 실수는 곧 죽음을 의미하기 때문에 계획과 행동은 항상 빈틈없이 들어맞아야만 했다. 보란은 패배의 쓴잔을 마시지 않으려면 계획을 철저하게 세워야 한다고 자신에게 중얼거렸다.

드디어 보란은 결정을 내렸다. 그들에게 보란만큼 좋은 사냥감은 있을 수 없었다. 그는 일단 폴라와 레이첼의 납치가 가능하다는 가정 아래 작전을 세우기로 했다.

일단 마음을 정하자 그의 머리 속에서는 그들을 때려부수는 데 사용해야 할 전술들이 끊이지 않고 떠올랐다. 지금 그의 머리 속에 떠오른 생각은 가장 논리가 정연한 것이라 할 수 있었다.

보란은 길을 따라 한참 달리다가 병원의 응급실 앞에 차를 세웠다. 그러고 그는 에비 클리포트의 시체를 구급차 곁에 놓아 두고 재빨리 그곳을 떠났다. 그녀의 싸늘하게 굳은 손바닥 안에는 여러 번 접힌 쪽지가 쥐여 있었다. 보란은 그 쪽지에 그녀가 누구라는 것으로부터 언제 어디서 누구에게 어떤 짓을 당했는지를 상세하게 기록하고 그 아래에 이런 참혹한 살인을 저지른 자에게는 어떤 보답이 주어진다는 것도 잊지 않고 꼼꼼하게 적어 놓았다.

보란은 누군가가 에비를 발견할 때까지 쌍안경으로 계속 그곳을 감시했다. 잠시 후 상상을 넘어선 참혹한 시체를 보고 놀라서 펄펄 뛰는 병원 직원의 모습이 쌍안경의 렌즈를 가득 채웠다. 그 뒤로 정복 경찰관이 에비의 손 안에 든 쪽지를 집어 드는 것을 보고 그는 쌍안경을 거두었다.

그녀의 비참한 최후는 언제까지나 보란의 머리 속에 남아 있을 것이며 그녀가 당한 아픔은 생생한 고통이 되어 보란의 마음을 저리게 할 것이다.

보란은 미녀들의 아파트 쪽으로 폭스바겐을 몰았다. 아파트에 거의 다다랐을 때 그는 뉴욕 시경의 마크가 선명한 순찰차 몇 대가 붉은 경고등을 번쩍이며 서 있는 것을 보았다. 경찰차들은 에비의 손에 쥐어 준 쪽지에 적힌 주소를 보고 달려왔을 것이다. 보란은 마음속으로 뉴욕 경찰의 기동력에 찬사를 보냈다.

보란은 경찰들이 그 아파트뿐 아니라 시내 곳곳에서 삼엄한 경비를 하고 있으리라 짐작했다. 그것은 마피아의 행동 반경이 그만큼 좁아진다는 걸 의미했기 때문에 보란의 입장에서 본다면 한없이 다행스러운 일이었다. 보란은 그의 짐작대로 폴라와 레이첼이 아파트 안에 없을 것이라고 생각했다. 그렇지 않고서야 저렇게 많은 경찰이 아직도 아파트 주위에 몰려 있을 이유가 없었다.

보란은 경찰이 그녀들을 찾아내어 보호 구속이라도 해준다면 마피아의 마수에서 벗어날 수 있을 것이라고 생각하며 혼자서 미소를 지었다.

그는 그 아파트를 그대로 지나쳐 길 모퉁이를 돌자마자 보이는 공중 전화 부스 앞에서 차를 세운 후 미녀들의 방으로 전화를 걸었다.

신호음이 두 번 울리자 전화에 장치된 도청 장치의 테이프가
돌아가는 소리가 났다. 그 소리는 신경을 곤두세우지 않으면 감
지하지 못할 정도였으나 보란의 날카로운 청각은 그 소리를 놓
치지 않았다. 신호음이 세 번째 울리자 한 남자가 조심스럽게 전
화를 받았다.

「여보세요.」

사내의 옆에서 또 다른 사람들이 통화 내용을 한마디라도 놓
치지 않으려고 바짝 긴장하고 있는 모습을 상상하자 보란은 웃
음이 나오려고 했다. 그러나 지금의 상황은 매우 심각한 것이었
다.

「그곳에 있는 경찰의 책임자와 얘기하고 싶소.」

「당신은 누구요?」

「맥 보란이오.」

「잠깐만 기다리시오.」

전화받는 사내의 목소리가 뻣뻣하게 굳어졌고 이어 무엇인가
를 의논하는 듯한 소곤거림이 들렸다. 잠시 후 다른 사내의 목소
리가 송수화기 안에서 울렸다.

「내가 책임자요. 용건을 말해 보시오.」

「여자들이 아직 거기 있소?」

「직접 와서 확인해 보는 게 어떻겠소?」

「그렇게 할 형편이 못 된다는 걸 알면서 농담하자는 거요? 내
가 갈 수 없었기 때문에 당신들이 그곳에 가도록 쪽지를 남겼던
거요. 내 생각으로는 그곳에도 프레디 갬버러의 보이지 않는 감
시의 눈동자가 번득이고 있는 것 같소.」

보란의 말에 상대방은 낮은 신음소리를 냈다. 잠시 말문을 닫

고 있는 것으로 보아 어떤 식으로 대꾸할 것인지 생각하는 듯했
다.

「당신 말은 알아듣겠소. 하지만…….」

사내의 가라앉은 목소리가 들렸다. 보란은 그의 말을 가로막
았다.

「폴라 린들리와 레이첼 실버가 지금 엄청난 곤경에 빠져 있다
는 걸 알아야 하오. 난 법률책에 적혀 있는 죄의 성립 요건에 대
해 얘기하고 싶은 생각은 조금도 없소. 말을 빙빙 돌리지 말고
본론으로 들어갑시다. 그 두 여자는 언제 에비 클리포트와 같은
꼴을 당할지 모른단 말이오.」

보란은 쌀쌀하게 말했다. 상대방은 길게 한숨을 내쉬었다.

「당신 말에도 일리가 있군. 그럼 법적인 문제는 잠깐 접어두기
로 합시다. 당신은 그 참혹한 사건의 배후에 프레디 갬버러가 있
다는 걸 어떻게 알게 되었소? 물적 증거라도 있소? 그리고 당신
이 '소시지 하우스'를 피바다로 만들었다는 걸 인정하겠소?」

「이것 보시오. 내가 할 일이 없어서 전화통에 매달려 있는 줄
아시오? 내가 전화를 함으로써 꼬리를 잡힐 위험이 있다는 것쯤
은 나도 알고 있소.」

보란은 툴툴거렸다.

「좋소. 당신이 원하는 얘길 합시다. 미스 린들리와 미스 실버
가 지금 있는 곳을 아시오?」

「그건 내가 묻고 싶은 말이오. 난 오늘 새벽 3시경에 폴라 린
들리와 통화를 했었소. 그 여자에게 다른 곳으로 옮기는 게 좋을
거라고 충고를 해주었었소. 그 이후로 어떻게 되었는지 모르오.
지금 그곳의 상황을 얘기해 주겠소?」

전화를 받고 있는 경찰관은 다시 한숨을 쉬었다. 경찰에서 찾고 있는 범죄자에게 자신의 입으로 정보를 제공해야 한다는 게 못마땅한 모양이었다.

「썩 아름답지는 못 하오. 집안은 태풍이 휩쓸고 간 것처럼 난장판이 되어 있소. 거실에 꾸리다 만 여행용 가방이 있는 걸로 보아 그 여자들은 납치당한 것 같소. 그렇지 않다면 시간적인 여유가 없다는 걸 깨닫고 허겁지겁 밖으로 나갔거나.」

「호텔을 샅샅이 뒤져 볼 수 있겠소?」

「당신은 수배중이오, 보란. 그런 결정은 경찰에서 하는 거요.」

사내는 어이가 없는 듯했다.

「형식에 너무 얽매이지 마시오. '폴라의 뷰티 살롱'에도 사람을 보내야 할 거요.」

「당신 생각처럼 경찰이 느려 터지지는 않았소. 그곳으로 갔던 차가 방금 돌아왔는데 오늘 '폴라의 뷰티 살롱'은 문을 열지 않았다고 하오.」

「무슨 수를 쓰든 간에 그녀들을 찾아내야만 하오.」

보란은 무뚝뚝하게 얘기하곤 전화를 끊어 버렸다. 그는 경찰들에게도 할 일을 주어야겠다고 생각했다. 그들도 보란만큼이나 마피아가 쓰는 수법에 대해 잘 알고 있었다. 게다가 보란이 그 여자들에게 신경을 쓰고 있다는 걸 안 이상 그를 붙잡기 위해서라도 기를 쓰고 그녀들을 찾을 것이다.

지금으로 봐서는 프레디 갬버러가 단연 유리한 입장이었다. 그러나 보란도 가만히 있을 수만은 없었다. 폭스바겐으로 돌아온 보란은 마피아와의 전쟁의 다음 단계로 들어가야겠다고 마음먹었다.

보란은 정보 노트를 펼쳐 들고 CIG의 맥아더와 펠지어가 제공한 정보를 검토하면서 칼날 같은 바람이 휘몰아치는 수요일 아침에 그가 공격할 장소에 대해 다시 한 번 생각을 정리했다.

보란은 갬버러의 강력한 지지를 받고 있는 세 군데를 골라 숨 돌릴 틈도 주지 않고 연속적으로 공격할 작정이었다. 보란이 그곳을 휩쓸고 지나가면 차가운 겨울바람보다 더 음산한 혹한이 그곳을 가득 채우게 될 것임에 틀림없었다.

첫번째 공격 목표는 거먼트 센터에 있는 '조합 회관'이었다. 정보 노트에 기록된 바로는 그곳은 사회적으로 아무런 활동도 하지 않는 이름뿐인 조합이었다. 그곳에서 하는 일이란 노동자와 경영자 사이에 교묘하게 양다리를 걸치고 양쪽의 단물을 빨아먹는 것이었다. 그리고 그 조합의 실권을 쥐고 있는 사람은 갬버러의 후원을 받고 있다고 했다.

보란은 '조합 회관'을 향해 바람보다 빨리 움직였다. '조합 회관'에 도착하자 그는 급히 엘리베이터를 타고 간부 사무실이 있는 3층으로 올라갔다.

「무슨 일로 오셨죠?」

문간에 앉아 책상에 얼굴을 처박다시피 하고 뭔가를 열심히 쓰고 있던 여직원이 미소 띤 얼굴로 고개를 들었다. 그러나 보란의 무표정한 얼굴과 그의 손에 들려 있는 베레타를 보곤 그만 입을 딱 벌린 채 그대로 얼어붙고 말았다.

보란은 소파에 느긋하게 기대앉아 있던 3명의 중앙 위원들에게 다가가 그들이 미처 몸을 일으키기도 전에 베레타가 내뿜는 뜨거운 선물을 안겨 주었다. 얼이 빠져 있는 여직원에게 저격수의 메달을 던져 준 보란은 재빨리 그곳을 빠져 나왔다. 보란이 엘리베이터를 타고 문을 닫기 위해 버튼을 누를 때쯤에야 정신을 차린 듯 그 여직원이 지르는 비명이 들렸다.

약 20분 뒤 보란은 두 번째 목표로 접근하고 있었다. 이번에 그가 노리는 곳은 슈바이버그 페인 마크 스포츠 회사의 맨해튼 사무실이었다. 그 회사는 재산을 투자할 만한 곳을 찾고 있는 사람들을 위해 알맞는 곳을 소개시켜 준다는 그럴듯한 명분을 내걸고 있었으나 본래의 목적은 갬버러가 불법적으로 벌어 들인 돈을 합법적인 사업에 투자하는 것이었다.

그 회사는 찬 기운을 내뿜으며 쳐들어온 키가 큰 한 사나이에 의해 수요일 오전 11시 22분에 그 활동을 완전히 정지당하고 말았다. 자리를 지키고 있던 경영자 세 명은 군인처럼 머리를 짧게 깎은 그 사나이가 쏜 총에 맞아 그 자리에서 즉사했고 산더미처럼 쌓여 있던 서류들은 불길에 휩싸여 잿더미로 변해 버렸다. 그 엄청난 짓을 눈 깜박할 사이에 해치운 사내는 책상 밑에 기어 들어가 벌벌 떨고 있는 여사무원의 손에 저격수 메달을 쥐여 주고 유유히 사라졌다.

곧이어 맥 보란 중사는 세 번째 목표물을 향해 힘차게 진군했다. 정오가 조금 지난 시각에 보란은 144번 가에 있는 한 호화로운 레스토랑 앞에 와 있었다. 그곳은 부패한 정치가와 뉴욕의 불량배들이 한 통속이 되어 만든 단체인 '어퍼 맨해튼 방위 연맹'의 본거지였다. 그 시각 그곳의 밀실에는 점심을 먹기 위해 연맹의 주요 간부들이 모여 있었다. 그들은 음식이 나오길 기다리며 포커판을 벌이고 있었는데 밀실의 문이 벌컥 열리며 음식 대신 시커먼 수류탄 2개가 테이블 위로 떨어졌다. 쾅! 폭음과 함께 밀실은 폭삭 내려앉았고 '어퍼 맨해튼 방위 연맹'은 도저히 대책을 세우지 못할 정도로 큰 피해를 입었다.

폭발 직전에 한 사나이가 카운터로 다가왔었다.

「이건 보상금이라고 생각하시오.」

그 키가 큰 사나이는 수수께끼 같은 말 한마디를 하고는 어리
둥절해 있는 금발 여자에게 자줏빛 봉투를 내밀었다. 봉투 속에
는 1000달러 가량의 현찰과 저격수 메달이 들어 있었다. 카운터
의 여자가 고개를 들었을 때 그 사나이의 모습은 연기처럼 사라
진 뒤였다.

오후 1시에 보란은 뉴욕의 한 텔리비전 방송국 보도부에 전화
를 걸어 인터뷰에 응하겠다고 했다.

「당장 만납시다!」

흥분을 감추지 못하는 보도 관계자의 목소리는 떨리고 있었
다.

「그렇게 할 순 없소. 전화로 얘기하겠소.」

「그럼 잠깐만 기다리시오. 녹음 준비를 해야겠소.」

잠시 후 보란은 전화기에 대고 에비 클리포트가 당했던, 상상
을 넘어선 잔학한 행위를 자세히 설명한 다음 그녀와 같은 집에
살던 두 미녀가 현재 행방 불명이며 그녀들의 목숨이 얼마나 위
태로운 지경에 놓여 있는지에 대해서 설득력 있게 얘기했다. 보
란은 녹음기가 잘 돌아가고 있는가를 확인한 후 갬버러 가문에
대한 자신의 복수 계획도 밝혔다.

보란의 인터뷰는 약 30분이 지난 뒤부터 전파를 타기 시작했
다. 그 텔리비전 네트워크를 통해 미국 전역에 보란의 얘기가 전
해졌다. 라디오에서는 정규 방송을 중단하고 그의 목소리를 반
복해서 들려주었다.

「난 갬버러 가문을 꼭 파멸로 몰아넣고 말 겁니다. 그 가문에 관련된 모든 사람들, 카포, 보스, 전투원, 그리고 그 가문의 그림자 속에 있는 단체, 기업들의 씨를 말릴 생각입니다. 날 방해할 수 있는 것은 아무 것도 없습니다. 날 매수할 수 있으리란 기대는 하지 않는 게 현명합니다. 어떤 협박도 통하지 않을 것이며 만일 나로 인하여 죄 없는 사람이 희생된다면 그런 짓을 저지른 놈들은 진짜 뜨거운 맛이 어떤 것인지, 죽음의 공포가 어떤 것인지 충분히 알도록 해주겠습니다. 나는 놈들을 잘 알고 있습니다. 이 지구 위에 놈들이 도망갈 구멍은 없습니다. 나는 놈들의 잔인한 행위를 용서하지 않을 것이며 그들을 처형하는 데 있어 조금도 망설이지 않을 것입니다.」

분노에 찬, 그러면서도 냉정함을 잃지 않은 맥 보란의 목소리는 엄청난 파문을 일으켰다.

보란의 목소리는 삽시간에 나라 안을 발칵 뒤집어 놓았다. 뉴욕에서 발행되는 두 개의 일간지는 호외를 찍어 냈고, '소시지 하우스'에서 벌어진 사건이며 갬버러 저택의 화재, 그리고 맨해튼에서 순식간에 일어난 세 건의 사건도 지나칠 정도로 상세히 보도되었다.

거대한 도시 뉴욕은 한 사람으로 된 군대가 또 어떤 일을 벌일 것인지 숨을 죽이며 기다리고 있었다. 사람들의 눈동자에서 광기에 가까운 어떤 욕구가 번득였다.

뉴욕의 분위기를 뒤바꾸어 놓은 맥 보란은 그곳을 쥐고 흔들며 자신들이 마음먹은 것은 무엇이든 이루어 왔던 카포들에게 지난 생활을 돌이켜볼 기회를 주었던 것이다.

15
코사 디 툿티 코사

「나는 경찰과 마피아의 정보를 한꺼번에 접할 수 있으니 편리한 점이 한두 가지가 아니야.」

레오 터린의 목소리가 전화선을 타고 피츠필드에서 뉴욕까지 달려와 보란의 귓전을 울렸다.

「자네 같은 사람을 알고 있으니 나도 그렇게 운이 나쁜 편은 아니군.」

보란은 공중 전화 부스의 유리를 통해 어깨를 잔뜩 웅크린 채 바삐 길을 건너가는 사람을 내다보았다.

「그런데 자네 어지간이 요란스럽게 돌아다니는 모양이야. 이곳 텔리비전에서는 흥분하여 어쩔 줄 모르고 있네. 어디 아픈 건 아닌가? 안 하던 짓을 다하고……」

「글쎄, 그런지도 모르겠어.」

보란은 쓸쓸한 미소를 머금었다.

「자네가 궁금해 하는 얘기를 해주어야겠군. 먼저 당국의 표정이 어떤지 가르쳐 주겠네. 우선 한 가지 물어 보겠는데 뉴욕의 경찰이 몇 명이나 되는지 알고 있나?」

「나보다 자네가 더 잘 알잖나?」

「최신 데이터에 의하면 줄잡아 3만 2000명이나 된다네. 그게 얼마나 엄청난 숫잔지 알겠지? 미국의 작은 시의 인구와 맞먹을 정도네.」

「그런 말에 겁먹을 내가 아니라고.」

「겁주려는 게 아니야. 자네가 헬리콥터 발착장에서 키앤티와 맞닥뜨린 그 순간부터 뉴욕 경찰은 자네가 그곳에 왔다는 걸 알고 있었어. 뉴욕의 경찰들은 하나같이 냉정하기 그지없는 친구들이야. 그곳은 범죄가 쉴 새 없이 터지는 도시니까 그들이 냉혹해지는 건 당연한 일이지. 그리고 어지간한 사건에는 눈도 깜박하지 않는다고. 그들은 사건에 우선 순위를 정해 놓고 있는데 드디어 자네 차례가 온 모양일세. 지금 자넨 빠른 시간 내에 체포해야 할 범죄자들 중 한 명일 거야. 자네가 전화를 걸고 있는 이 순간에도 뉴욕의 경찰들은 자넬 찾아내기 위해 눈알을 번득이고 있단 말일세. 자네를 발견하는 즉시 발포해도 좋다는 비공식 명령까지도 내린 모양이야. 그들은 자네를 미친 개쯤으로 취급하고 있네.」

「그게 나에게 일러 줄 첫번째 정보인가? 그럼 두 번째 정보를 말해 보게.」

보란은 대수롭지 않은 듯한 목소리로 말했다.

「자넨 조금도 걱정하지 않는 것 같군.」

레오 터린이 오히려 걱정스러운 듯 한숨을 내쉬었다.

「하던 얘기나 계속하자고, 레오.」

「프레디 갬버러는 입에 게거품을 물고 부하들을 들들 볶으며 날뛰고 있어. 그럴 만도 하지 않은가? 자네가 갬버러의 궁전에 뛰어들어 경비원들을 작살내 버리고 그의 자랑거리였던 저택에 불까지 질렀으니. 게다가 그의 황후는 아주 혼이 빠진 모양이야. 갬버러로서는 얼굴에 똥칠을 당한 거지.」

「새로운 정보는 없나?」

보란은 다소 쌀쌀하게 물었다.

「성질도 급하군. 자네 내 말대로 하는 게 좋을 거야. 빨리 그 곳을 빠져 나가라고. 타임머신이라도 타고 17세기쯤으로 피해야 할 판이야.」

「좀 진지하게 얘기하세, 레오.」

「난 지금 무척 진지하게 말하고 있어. 맥, 자넨 왜 그렇게 물 불을 못 가리나? 난 오래 전에 자네가 세르지오와 맞붙었을 때 그를 이기려면 온갖 수단과 방법을 다 써야 한다고 생각했었네. 물론 자넨 그를 때려잡았지. 그리고 자네는 마이애미에 뛰어 들었어. 눈뜨고는 볼 수 없는 전투 현장을 보고 나선 난 아무리 맥 보란이라 할지라도 더 이상 무슨 짓을 저지르진 못할 거라고 여겼었네. 그게 자네의 한계점이라고 생각한 거야. 그런데 이번 엔 뉴욕에 나타나 설쳐대고 있으니……. 아무튼 자네가 놀랍기 만 하네. 하지만 언제까지나 운이 좋으리란 보장은 없지 않은 가? 그곳에는 막강한 5대 가문이 버티고 있다고.」

보란은 터린이 하고 싶은 말이 어떤 것인지 충분히 알 수 있었 다. 그는 전화기를 들고 신경질적으로 머리칼을 쥐어뜯고 있을 터린의 모습을 상상하고 있었다.

「내가 뉴욕 경찰과 닮은 점이 많다고 생각지 않나? 손대야 할
곳은 너무 많고 지원병은 없다는 게 차이점이긴 하지만 말이야.
내가 듣고 싶은 얘기가 그런 너절한 게 아니란 걸 자네도 알겠
지? 나의 기습 작전에 마피아들이 어떤 반응을 보이고 있는지
말해 주게.」

「그 친구들은 진저리를 치며 말할 수 없이 동요하고 있다네.
그곳에서 안전하게 빠져 나가는 방법에 대해 별별 얘기가 다 많
다더군. 그런 동요는 전투원들보다 보스들 쪽이 더 심해. 다른
지방에 있는 보스들도 들먹들먹한다고. 그도 그럴 것이…….」

레오 터린은 갑자기 말문을 닫았다.

「계속하게, 레오.」

「괜한 얘기를 지껄였군. 이러다간 이중 스파이 노릇도 못 하겠
는 걸?」

터린은 난처한 듯했다.

「'그도 그럴 것이' 다음은 뭔가? 속 시원히 털어놓으라고.」

「뭐 별로…….」

「자네답지 않군, 레오. 어떤 얘기라도 괜찮네. 난 새로운 사실
을 알고 싶어.」

「알겠네. 난 이중 스파이로선 완전히 낙제야. 왜 자네 같은 친
구에게 걱정거리를 보태는 말을 했을까?」

터린은 길게 한숨을 내쉬었다.

「그만 뜸들이고 얘기하지 그래.」

「그보다 먼저 자네에게 충고를 한마디해야겠는데, 괜찮을까?」

「해보게.」

「자넨 벌써 죽은 사람이나 마찬가지야. 자네 자신도 잘 알겠지

만. 내 말은 육체적인 걸 의미하는 게 아니야.」

터린은 목청을 가다듬었다.

「자네 말이 옳아.」

보란의 목소리가 어두워졌다.

「자네가 죽어 넘어졌다는 게 공식적으로 발표되는 일만 남은 셈이지. 그건 어쩌면 한 달 후, 아니 일 주일 뒤 또는 오늘 밤이 될지도 모르네. 고작 1시간 뒤가 될지도 알 수 없는 노릇이지. 그렇게 위태로운 줄타기를 하면서 도대체 앞으로는 뭘 어떻게 할 셈인가?」

레오의 말투가 신랄해졌다. 보란은 잠시 말문을 닫고 공중 전화 부스의 유리창 너머로 바람 부는 거리를 바라보았다. 마침내 보란이 입을 열었다.

「그건 나도 몰라, 레오. 난 이때껏 죽지 않기 위해 상대를 죽이며 살아왔네. 이 땅에 사는 사람들조차도 마피아가 진짜 존재한다는 사실을 모르지 않나? 난 그 암세포 같은 놈들과 끝장을 볼 때까지 계속 싸워야 한다고 생각하네. 그러면 무지한 세상 사람들도 언젠간 암세포와 같은 무리들이 버젓이 행세하고 있으며 그들 자신이 그 암세포에 먹혀 들어가는 피해자라는 사실을 깨닫게 되겠지. 그런데 왜 하필 지금 그 문제를 들먹거리나, 레오? 죽은 사람이나 다름없는 나에게 갑자기 그런 얘기를 하는 자네의 마음을 헤아릴 수 없군그래.」

「그건 유도 심문이란 거네. 자넨 월남전에 참가했을 때와 마찬가지로 몸으로 부딪치며 싸워 왔네. 그런데 그 싸움에서 이길 수 있는 확률은 최대한으로 생각해도 100만 분의 1 정도야. 객관적인 입장에서 볼 때 최후의 승리자는 누가 될 것 같나?」

터린의 웃음기 머금은 목소리가 보란의 귓전에 울렸다.

「레오, 난 이제껏 승리자가 되겠다는 생각은 한 번도 해보지 않았어. 자네도 알다시피 나에 비한다면 적은 전지전능하다고까지 말할 수 있네. 세계 곳곳에 발을 뻗치지 않은 곳이 없을 정도야. 나도 잘 알고 있다고. 난 신에 대항하여 몸부림치고 있는 건지도 몰라. 인간은 아무리 신의 얼굴에 침을 뱉는다 하더라도 결국은 신의 뜻하는 대로 될 수밖에 없지. 어쩌면 난 해변의 모래 속에서 뒹굴고 있었던 것 같네. 그 모래로 바다를 메워야겠다는 생각은 하지 않고…….」

「지금부터라도 메우는 작업을 하면 되잖겠나?」

「좋은 얘기군.」

보란은 시큰둥하게 대꾸했다.

「자네 혹시 '코사 디 툿티 코사'란 말을 들어보았나?」

레오 터린의 목소리가 갑자기 진지한 빛을 띠었다.

「글쎄? '카포 디 툿티 카포', 보스 중의 보스란 말은 들어 본 적이 있네. 벌써 오래 전에 사용되었던 말이야.」

「그래. 하지만 내가 말하는 '툿티 코사'는 앞으로 쓰일 단어야. 굳이 번역하자면 '모든 것을 초월한 힘'이란 뜻이지.」

「또는 '위대한 것'도 되지.」

「들어 봤나 보군.」

터린은 조금 놀란 것 같았다.

「어깨 너머로 들었던 기억이 있네. 자네가 내게 알려 주려던 정보가 그건가, 레오?」

「그렇네.」

「계속해 보게.」

「그것에 대해서는 나도 확실히는 모르네만 정치와 관련된 것만은 분명해. 오늘 새벽에 자네와 통화했을 때 엄청난 일이 진행 중인 것 같다던 내 말을 기억하고 있겠지? 그게 바로 '툿티 코사'였네. 자네가 뉴욕을 떠나지 않을 생각이라면 그것에 대해 알아봐 줄 수 있겠나?」

「내가 탐정 사무소를 차린 줄 아나, 레오? 난 일개 보병에 지나지 않아.」

보란의 말에 터린은 웃음을 터뜨렸다.

「내 말 들어 보게, 중사. 마피아가 손을 뻗치지 않은 곳이 없다는 건 움직일 수 없는 사실이야. 그들은 하원 의원에서부터 국무 위원, 시장에게까지 영향력을 행사할 수 있어. 주지사라고 해서 예외는 아니야. 어디 그뿐인가? 노동 조합, 레저 산업, 공무원, 정치 단체 등등 돈을 써서 쥐고 흔들 수 있는 모든 장소에는 놈들의 검은 손길이 닿아 있지. 놈들은 세계 곳곳에 동조자를 두고 있는 셈이야. 자네 말대로 그놈들은 대책이 안 서는 암세포야. 하지만 내가 아는 한 그들은 상원 의원이나 백악관에는 아직 손을 뻗치지 못하고 있네. 그리고 이제껏 단 한 번도 미합중국의 대통령이나 최고 재판소 쪽으로 눈을 돌리지 않았네. 또한…….」

「그만하면 알아듣겠네, 레오. 놈들이 그곳으로 눈을 돌린다면 과연 어떻게 될 것이냐는 말 아닌가?」

보란은 터린의 말을 가로막으며 되물었다.

「눈치 한번 빠르군.」

「만일 그들이 온 힘을 다 기울인다면 못 할 일이 없겠지. 그리고 드디어 '코사 디 툿티 코사'의 탄생이라?」

보란은 장난스럽게 얘기하고 있었으나 엄청난 새로운 사실에 내심 놀랐다.

「바로 그거야.」

「FBI에서는 그 일을 알고 있나, 레오?」

「다른 사람들이 알고 있는 정도는 그들도 알고 있을 거야. 나도 중견 간부가 된 뒤부터 무엇인가가 진행중이란 소문을 듣고 있었으니까. 하지만 아직 난 그 계획에 뛰어들 만큼 굵직한 인물은 못 돼. 고작 귀동냥으로 얻어듣거나 지나가는 얘기들을 머리 속으로 종합하고 새겨 볼 뿐이지. FBI라고 하니까 생각나는데 실은 아까 브로놀라하고 얘기를 주고받았네. 자네에 대한 얘기였는데 그는……..」

「잠깐, 레오! 이제야 자네의 속셈을 확실히 알겠군. 뜸을 들이며 날 애태운 건 다 자네의 꿍꿍이속 때문이었지? 왜 진작 브로놀라하고 얘기했단 말을 하지 않았나? 이런 몹쓸 친구 같으니!」

보란이 갑자기 소리를 지르자 레오 터린은 헛기침을 했다.

「들통나 버렸군. 자네 판단대로 처음부터 자네를 그 사건에 끌어들일 생각으로 그 일을 털어놓았네. 어떤가? 좀 알아봐 주지 않겠나?」

「죽은 사람이나 다름없는 보병의 눈에 뭐가 보인다고 그런 부탁을 하나?」

보란은 무뚝뚝하게 말했다.

「그렇기 때문에 부탁하는 거야. 브로놀라의 말을 빌리면 죽음의 그림자를 끌고 다니는 자네야말로 사물을 바로 볼 수 있을 거라 하더군. 내 생각도 그래. 그리고 그는 자네를 지원하고 싶다는 생각을 아직도 갖고 있네. 자네가 원한다면 FBI의 조사 자료를……..」

「그만하게, 레오. 호의는 고맙지만 난 내 나름대로 살아가겠다고 브로놀라에게 전해 주게. 아무튼 '코사 디 툿티 코사'에 대해선 가능한 한 알아보도록 하겠네.」

「제발 부탁하네. 보란, 되도록이면 사람이 많이 모이는 곳은 피하게. 택시 운전사에서 바텐더에 이르기까지 위험하지 않은 구석이라곤 하나도 없네. 조심하게. 곳곳에 널려 있는 마피아의 눈동자가 자네를 찾고 있네.」

「그 밖에 할 말은 없나?」

「지금 얘기한 일은 빠른 시간 안에 결판이 날 것 같네. 그렇기 때문에 마피아들은 바짝 긴장하고 있어. 뉴욕의 다른 가문들이 갬버러에게 불만을 품고 있는 이유도 그 때문이야. 그들은 갬버러가 시기적으로 가장 좋지 못할 때에 자네를 건드렸다고 야단들이지. 갬버러를 포함한 뉴욕의 카포들은 지금 그곳에 없을 걸?」

「평의회 때문인가?」

「그렇지. 이번에 열리는 회의의 분위기는 지극히 미묘한 상태야. 그들은 지금쯤 롱아일랜드에 있는 저택에 모여 있을 걸세.」

「마피아들이 제2의 가정, 또는 '석조 성관'이라고 부르는 성채 말이로군.」

「마피아의 중견 간부인 나보다 자네가 더 속속들이 아는 게 많군그래. 난 오늘 처음 그곳에 대한 얘기를 들었다네.」

「전투를 제대로 해내려면 적을 내 몸같이 알아야 한다고.」

「자네 말이 옳아. 그건 그렇고 선거에 대해서도 알아봤는데 당분간은 잠잠하게 있을 모양이야.」

「내가 찾고 있는 여자들에 대해선 알아낸 게 없나, 레오? 내가 그녀들의 행방을 몹시 궁금해 한다는 걸 알면서도 자넨 그 얘긴 쏙 빼놓고 있군.」

「자네 짐작대로 그 미녀들에 대한 소식이 있긴 하지만 별로 즐거운 얘기는 아니네. 그들은 붙들렸어.」

「역시 그랬군. 지금 어디 있나?」

보란의 표정이 어두워졌다.

「그건 모르겠네. 괜히 이것저것 캐묻다가 꼬리가 잡히는 날에는 이중 스파이 노릇도 끝장 아닌가? 아무튼 그들 수중에 있는 건 확실하네. 내가 들었던 대로 아가씨들의 모습을 얘기할 테니 맞나 확인해 보게. 한 아가씨는 완벽할 정도로 몸매가 훌륭하고 우유에다 벌꿀을 섞은 것 같은 피부라고 했네. 다른 한 여자는 좀더 나이가 들었고 역시 뛰어난 미인이긴 하지만 세상의 쓴맛 단맛을 다 맛본 것 같은 분위기가 풍긴다더군.」

「틀림없어.」

보란은 신음처럼 말했다.

「괜찮은가, 중사?」

「괜찮네. 일이 이쯤 됐으니 자네가 얘기한 툿티 코산지 뭔지에만 매달릴 수가 없겠어. 그것보다 더 급한 일이 있으니까.」

「하지만 그것이나 이것이나 한 뿌리에서 갈라진 것이 아닌가?」

레오 터린이 다급하게 말했다.

「그럴지도 모르지.」

「이젠 그만 끊어야겠네, 중사. 더 이상 전할 얘기는 없네.」

터린은 전화를 끊었다.

「그래, 나도 시간이 없어. 빨리 움직여야 한다고.」

보란은 단조로운 신호음만이 계속 들리는 송수화기에 대고 나지막하게 말했다.

공중 전화 부스에서 나온 보란은 재빨리 폭스바겐으로 돌아갔다.

「이제부터 어디로 가야 한단 말인가? 레이첼과 폴라도 그렇겠지만 나에게도 너무나 시간이 없다.」

보란은 앞 유리창에 비친 자신의 모습을 바라보며 중얼거렸다.

결론적으로 얘기하면 보란은 갬버러의 속셈을 잘못 짚었던 것 같았다. 갬버러가 보란을 의식하고 취할 수 있는 행동은 여러 가지였다. 그 구렁이 같은 놈은 그러한 수단을 한꺼번에 사용해 버렸다. 그는 숲속에 있는 열 마리의 새보다 손 안에 든 한 마리의 새가 더 낫다는 속담을 잘 알고 있는 듯했다. 게다가 갬버러는 두 여자를 납치함으로써 보란에게 큰 타격을 줄 수 있었다.

보란은 사건이 어떻게 돌아가고 있는가를 비로소 알게 되었지만 그것이 지금 그가 부딪혀 있는 일의 승패에 크게 영향을 주진 못한다고 생각했다. 보란의 입장에서 볼 때 갬버러는 결정적인 수를 갖고 있었고 그렇기 때문에 그 게임은 결코 빅게임이 될 수 없었다.

굳이 따지자면 두 여자는 갬버러의 손아귀에 쥐어 있었고 보란은 그녀들을 되찾아오기만 하면 된다는 것으로 단순화된 것이 다른 점이라면 다른 점이었다.

문제는 그렇게 단순하기 짝이 없는 일을 어떤 작전을 써서 해내느냐는 것이었다. 3만 2000명이라는 경찰관들과 최소한으로 생각해도 1000명은 넘을 것 같은 마피아의 전투원들, 마피아의 입김이 닿는 웨이터, 바텐더, 택시 운전사, 정치 깡패, 독단적으로 활동하는 갱들, 그 밖에 또 어떤 무리들이 자신을 노리고 있을지 알 수 없었다. 심지어는 거리에 돌아다니는 개들조차 자신을 감시하는 것 같았다.

보란은 정신이 번쩍 들었다. '개' 라는 단어가 머리 속에 떠오르자 그는 마피아의 성채에서 맞닥뜨렸던 시커먼 셰퍼드를 떠올렸다. 갬버러의 아내인 마리아는 갬버러가 꼭두새벽부터 계집애들과 데이트하러 나갔다고 했었다. 그리고 터린은 뉴욕 가문의 보스들이 지금 그 성채에 모여서 회의를 열고 있다고 했다. 그렇다면 갬버러가 레이첼과 폴라를 그 성채로 끌고 갔을 확률이 매우 높다.

그 성채는 여자들의 출입이 금지되어 있었지만 예외란 언제나 있는 법이다.

뉴욕의 다른 가문 보스들이 그런 중요한 시기에 갬버러가 보란을 건드렸다는 걸 매우 못마땅하게 여기고 있다고 터린은 보란에게 말했었다. 그러나 결과론적인 얘기가 되겠지만 갬버러의 행동에 대해 마피아들은 칭찬을 해줘야 한다. 왜냐하면 갬버러가 두 여자를 잡아 놓고 있다는 사실을 보란이 눈치 채지 못했었다면 지금 이 시간에도 보란은 맨해튼 구석구석을 샅샅이 훑고 다니느라 성채 같은 것은 염두에도 없을 것이다. 그렇게 보란이 헛다리를 짚고 있는 동안 마피아들은 아무 걱정 없이 '코사 디 툿티 코사' 에 대한 계획을 진행할 수 있을 테니까.

한편으로 생각한다면 갬버러는 보란의 행동을 앞질러 생각해서 두 여자를 납치했는지도 모른다. 여자의 출입을 금기 사항으로 못박아 놓은 그 성채에 다른 보스들의 반대를 무릅쓰고 그녀

들을 들여놓음으로써 보란을 무작정 헤매게 하고 귀중한 시간을
낭비하게 하려는 작전이 틀림없다.

「빌어먹을! 그렇게 생각하니 앞뒤 얘기가 꼭 들어맞는군!」

보란은 큰 소리로 투덜거렸다.

프레디 갬버러는 툿티 코산지 뭔지 하는 생각을 해낼 만큼 마
피아 중에서는 머리가 잘 회전되는 사내였다. 지금 보란을 상대
로 펼치고 있는 작전은 카포 중의 카포라고 스스로 일컫고 있는
갬버러라면 충분히 짜낼 수 있는 것이었다.

보란은 이빨을 악다물며 마음속으로 소리쳤다.

프레디 갬버러, 이제 너도 각오를 단단히 하는 게 좋을 거야.
이제부터는 내가 너에게 뭔가를 보여 줄 차례다. 네놈이 앞으로
볼 수 있는 사람은 이제껏 네가 생각해 오던 그런 사람이 아니
다. 갬버러를 비롯한 마피아들은 맥 보란의 분노가 어떤 것인지
똑똑히 알아 둘 필요가 있을 것이다.

16
카운트 다운

보란은 더 이상 폭스바겐을 사용한다면 꼬리를 잡힐 위험이 있다고 판단했다. 그 차는 마리아 갬버러를 비롯하여 여러 사람들의 눈에 띄었기 때문이었다. 차를 바꾸기 위해 보란은 폭스바겐을 빌렸던 이스트사이드에 있는 암거래상으로 갔다.

보란은 폭스바겐을 초록빛 포드 이코노라인으로 교환했다. 그것은 구조와 성능이 뛰어난 밴이었는데 보닛 밑에는 단단한 받침이 붙어 있었다. 보란이 주인에게 20달러를 덤으로 내밀자 그는 차의 양쪽 면에 '에이레 수송 서비스 센터'라는 아름다운 장식 문자를 써넣어 주었다.

이스트사이드를 떠난 보란은 윌리엄 마이어를 찾아가 전투에 사용할 무기들을 골랐다. 황금 같은 시간을 약간 허비하긴 했지만 그대신 제법 쓸 만한 무기들을 손에 넣을 수 있었다. 약 30여 분 동안 무기를 고르는 보란의 등 뒤에서 윌리엄 마이어는 홀러

내리는 안경을 콧등으로 치켜올릴 뿐 침묵을 지키고 있었다.

보란은 새로 산 물건을 밴에 집어 넣고 맥아더와 팰지어를 만나기 위해 센트럴 파크 쪽으로 방향을 잡았다.

CIG의 두 청년과 테이블을 사이에 놓고 앉은 보란은 상세한 얘기는 생략한 채 앞으로 그가 계획하고 있는 전투의 규모에 대해 말했다. 그리고 조직 범죄가 늘어남에 따라 선량한 사람들이 부딪치게 될 여러 가지 문제를 토의했다.

보란은 이번에 그가 치를 전투에서 두 청년의 역할이 '비전투원적인 성질' 의 것임을 다시 한 번 인식시킨 후 주머니에서 지도를 꺼냈다. 보란은 그 지도의 복사판 위에 필요한 사항을 적어 넣은 다음 그것을 맥아더에게 건네 주고 지시를 내렸다. 그들은 서로의 시계 바늘을 맞추었다.

「나도 같이 가겠습니다.」

보란이 자리에서 일어서자 팰지어가 보란에게 매달리듯 말했다.

「미안하지만 그건 안 되겠는걸.」

보란은 냉정한 눈길로 팰지어를 훑어보며 대꾸했다.

「왜 안 됩니까?」

「내가 가는 곳에는 어디나 위험이 도사리고 있어. 자네는 그런 것을 견뎌 내기엔 너무 어리다고.」

보란은 고개를 저었다.

「겉보기로 사람을 판단하지 마십시오. 길고 짧은 건 대봐야 안다고 하지 않습니까? 그리고 내겐 당신과 같이 갈 권리가 있습니다.」

팰지어는 한 걸음도 물러서지 않겠다는 듯 가슴을 쭉 펴며 말했다.

「권리라니?」

「당신은 이탈리아 계가 아니죠?」

「그래. 하지만 내 친구 중에는 이탈리아 계도 몇 명 있지.」

보란은 빙그레 웃었다.

「당신이 맞서고 있는 적도 이탈리아 계 아닙니까?」

펠지어는 꼬집어 얘기했다.

「맞는 말이야.」

보란은 고개를 끄덕였다.

「문제는 바로 그겁니다. 당신 생각에 지금 국내에 있는 이탈리아 계 미국인의 숫자가 얼마나 될 것 같습니까?」

「글쎄? 잘 모르겠는걸.」

「나도 확실한 숫자는 모릅니다만 이탈리아에서 이 나라로 직접 옮겨 온 사람만 해도 600만 명은 됩니다. 거기다가 이탈리아 인들이 대략 몇 명쯤으로 가족 구성이 되는지 계산하면 대략 결론이 나올 것입니다. 우리 이탈리아계 미국인은 이 나라 인구의 상당한 비율을 차지하고 있습니다.」

「그래서?」

보란은 그 청년이 무슨 얘기를 하고 싶은 건지 알 것 같았다. 그러나 직접 얘기를 듣고 싶었다.

「당신은 우리 이탈리아 계 미국인 중에서 범죄 조직과 관련된 숫자는 어느 정도라고 생각하십니까?」

「자넨 쓸데없는 걱정을 하는 것 같아. 조금이라도 현실을 바로 볼 줄 아는 사람이라면 마피아와 관련된 이탈리아 계 미국인은 극소수에 불과하다는 걸 잘 알 거야.」

보란은 앞에 선 사내를 안심시키려는 듯 미소를 지어 보였다.

「그렇지만 사실을 올바로 볼 줄 아는 사람은 생각보다 많지 않습니다. 난 사람들을 만나 내 이름을 밝힐 때마다 내가 마피아와 어떤 연관을 갖고 있다는 의미의 농담을 거의 듣게 되거든요. 울화통 터질 노릇이죠.」

「그건 나도 오래 전부터 느끼고 있던 점이네. 하지만 자네가 일부러 마피아 앞에 나서서 총알받이가 될 필요는 없지 않겠나? 놈들은 쓰레기 같은 존재임에는 틀림없지만 그러나 지극히 위험한 쓰레기라고. 놈들은 하나같이 살인에는 프로급이야. 자네 같은 햇병아리는 상대가 될 수 없어. 자네를 위해서라도 같이 갈 수 없네, 팰지어.」

보란은 잘라 말했다.

「이건 당신뿐 아니라 나의 전투이기도 합니다.」

팰지어는 고집을 부렸다.

「그렇다면 자네에게 주어진 일을 빈틈없이 해내면 돼. 자네는 후방에서 연설을 맡고 난 일선에서 살인을 하고. 됐지?」

보란은 단호하게 대꾸했다.

「하지만 그건 내가 생각한 전투가…….」

「미안하네.」

엄격한 목소리로 이야기하며 팰지어를 쏘아보는 보란의 눈초리는 매서웠다. 그의 태도에 기가 질린 팰지어는 입을 다물고 말았다.

보란은 묵묵히 차에 올라서 시동을 걸었다. 멍청히 서 있는 팰지어의 모습이 백미러 속에서 점점 작아졌다.

보란이 같이 가겠다고 나서는 팰지어를 따돌린 데에는 또 다

른 이유가 있었다. 그는 롱아일랜드에 있는 목표물로 가기 전에
맨해튼에서 한바탕 소동을 일으켜 적의 신경을 분산시킬 작정이
었다. 그런 그의 계획에 풋나기 대학생이 끼여 든다면 그만큼 일
하기가 어려워질 게 분명했다.

보란은 할렘의 비밀 마권 거래소를 급습하여 그날의 매상을
자신의 주머니 속에 챙겨 넣은 후 갬버러의 부하 중 한 명이 경
영하는 맨해튼의 웨스트사이드 클럽을 덮쳤다. 그곳의 경영주인
마니 텔렌셔와 부하 두 명이 그 자리에서 사살당했다.

그런 다음 보란은 파크 애비뉴에 있는 법률 사무소로 뛰어들
어 마피아와 줄이 닿아 있는 몇몇 형사 재판소의 재판관에게 지
불한 사례금 지불 장부를 압수했다.

보란의 포드 이코노라인은 네 번째 목표를 향해 돌진했다. 그
곳은 도심에 자리잡은 건축 공사장이었는데 그가 노리는 사람은
공사장 노동자들에게 돈을 빌려 주고 엄청난 이자를 뜯어먹는
제이크 카라본조였다. '봉급날의 제이크'란 별명이 붙어 있는
험상궂은 사내는 보란과 맞부딪친 순간 두 가지 선물을 받았다.
하나는 보란의 귀여운 베레타에서 발사된 뜨거운 납덩이였고 다
른 하나는 저격수 메달이었다.

자신이 흘린 피웅덩이 속에 널브러져 있는 제이크의 주위로
사람들이 몰려들었다. 보란은 슬그머니 그 자리를 빠져 나갔다.

「제이크 놈, 이제야 끝장이 났구나!」

웅성거리는 사람들 속에서 누군가가 통쾌하다는 듯 웃어 젖히
는 소리가 들렸다.

잠시 후 보란은 지난번에 통화했던 기자에게 다시 전화를 걸
어 그가 방금 끝낸 전투에 대해 자세하게 설명했다.

「이제까지는 연습이었소. 진짜는 지금부터요.」

보란은 억양 없는 목소리로 얘기하곤 전화를 끊었다.

보란이 마피아를 상대로 벌일 전투는 지금부터가 진짜임에 틀림없겠지만 그 무대는 뉴욕이 아니라 롱아일랜드였다.

「하지만 연습이나 진짜 전투나 별 차이가 없을 것 같군.」

보란은 백미러에 비친 자신의 모습을 보며 낮은 소리로 중얼거렸다.

해질 때까지는 30분도 채 남지 않은 시각이었다.

눈앞에 우뚝 선 마피아의 성채를 바라보며 보란은 주위를 살펴보기로 했다. 보란은 천천히 차를 몰아 성채 앞을 지나치며 담장 너머로 솟아오른 감시탑을 유심히 바라보았다. 그 안에서는 권총을 가진 두 사내의 그림자가 비쳤는데 그 사내들말고도 적어도 두 명쯤은 더 있을 것 같았다.

두 사내는 도로 위를 달리는 밴을 쳐다보고 있다가 고개를 돌려 농담을 주고받기 시작했다.

보란은 성채 앞을 통과하여 언덕의 꼭대기까지 올라간 후 차를 세웠다. 그러고는 쌍안경을 눈에 대고 성채 안을 살펴보았다.

살기등등한 시커먼 개들 대신에 무기를 가진 사내들이 마당에서 어슬렁거리는 모습이 보였다. 보란이 짐작했던 대로 마피아들은 그 성채를 사용하지 않을 때만 개들에게 경비를 맡기고 있었던 것이다.

그 살인견들은 먹이를 주는 조련사 외의 인간은 무작정 공격을 하도록 훈련받았음에 틀림없었다. 그러니 성채에서 회의가 있다거나 사람들의 출입이 많을 때에는 개를 풀어 놓지 않는 게 당연했다.

그것은 보란에게 다행스러운 일이었다. 보란은 자기가 죽인 개들의 행방에 대해 조련사가 어떻게 생각하고 있을지 궁금했다. 밤새 내린 눈으로 핏자국이 남김없이 지워졌을 터이니 개들이 보란의 손에 죽음을 당했다는 것은 짐작조차 못 하고 있을 것이었다.

조련사들에게는 영원한 수수께끼로 남을 그 일을 생각하며 보란은 미소를 지었다.

서서히 땅거미가 지기 시작했다.

건물의 여기저기에서 불이 밝혀졌다. 보란이 지금 살피고 있는 안마당에는 톰슨 기관총을 목에 매단 사내들이 두 손을 주머니에 찔러 넣고 어슬렁거리고 있었다. 모두 여섯 명이었는데 살을 에는 듯한 추위 때문에 코 끝이 빨갛게 얼어 있었다. 보란은 그들이 몇 시간 간격으로 교대를 하는지, 얼마나 오랫동안 보초를 서고 있는지 궁금했다.

직접적인 공격을 해오는 적도 없고 그들이 맞서야 하는 적이 구체적으로 어떤 것인지, 어디서 공격을 해올지도 모르는 채 그것을 막아 내기 위한 경계를 한다는 건 무척 지루한 일이었다. 적이 눈에 보이지도 않는데 잠시도 긴장을 풀 수가 없이 정해진 절차대로 경비를 해야 한다는 것은 정신적으로나 육체적으로 정말 피로하기 짝이 없는 노릇이었다. 그리고 피로와 권태가 점점 쌓일수록 자신이 왜 추위에 떨며 그런 일을 해야만 하는지에 대해 의심하는 마음과 불평이 생기게 마련이었다.

보란은 안마당을 오락가락하고 있는 사내들의 마음을 자신의 경험에 비추어 생각해 보면서 의미 있는 미소를 머금었다. 상대해야 할 전투원들의 마음을 읽을 수 있다는 건 아주 중요한 일이었다. 그런 전투는 으레 공격자 편이 유리한 입장이 될 수 있었다. 보란은 다시금 할 수 있는 최선의 노력을 기울이기로 마음먹었다.

보란은 담 안에서 서성거리는 사내들의 움직임과 본관, 별관의 창문을 계속 감시했다. 그런 그의 머리 속에서는 성채에서 벌어지고 있는 일들이 점점 구체적으로 정리되기 시작했다.

어둠은 순식간에 다가왔다. 반대로 성채는 환하게 불이 밝혀져서 염탐하기에 더없이 용이했다.

1층에 있는 커다란 방이 회의를 하는 곳 같았다. 보란은 그 방을 주의 깊게 살폈다. 어두워지면서 기온이 급강하했기 때문에 그 방의 창에는 뽀얗게 김이 서렸다. 김 서린 창을 통하여 보이는 사람들의 윤곽은 선명하지 못했지만 보란의 날카로운 눈초리는 그들 하나하나의 움직임을 좇아 그들이 무엇을 하고 있는지 분명하게 식별할 수 있었다.

그 외에 그냥 지나쳐 버리기 쉬운 사소한 일까지 세밀하게 관찰한 결과 회의를 하는 방에는 적어도 12~15명의 사내들이 있는 것 같았다.

회의에 참석한 사람의 숫자를 12~15명으로 판단한 보란은 고개를 갸웃거렸다. 뉴욕에 있는 카포는 5명밖에 되지 않는다. 그렇다면 카포들 외에 그곳에 앉아 있는 사람들은 어떤 신분의 인물들이란 말인가? 보란은 몹시 궁금했다. 터린도 그에 대해서는 아무런 언급이 없었다.

그러나 그들이 중견 간부들이 아닌 것은 분명했다. 만일 카포 외의 사람들이 중견 간부라면 레오 터린도 분명 그 회의에 참석

했을 것이고 그 사실을 터린이 보란에게 얘기하지 않았을 리 없
었기 때문이었다. 터린의 말대로라면 그 방 안에서는 카포들만
이 모여서 대단히 중요한 문제에 대해 의견을 나누고 있는 게 분
명했다.

보란은 주차장에 늘어서 있는 자동차의 숫자를 헤아려 보았
다. 그리고 이제까지 관찰한 것을 종합하여 성채 안에는 최소한
50~60명의 사람들이 있을 것이라고 판단했다. 그들 중 회의를
하고 있는 사람을 뺀다면 총잡이들의 숫자는 35~45명이라는 계
산이 나온다. 그들의 솜씨는 하나같이 기가 막힐 정도로 능숙할
것이다.

이젠 본관 앞에 있는 세 채의 별관 건물에도 불이 켜졌고 성채
의 안마당을 밝혀 주는 조명등과 담장 위에 설치된 전등도 모두
켜졌다. 야간 경비에 대한 만반의 준비가 끝난 셈이었다.

별관을 살펴보던 보란은 무기고로 판단되는 한 건물을 발견했
다. 그곳에도 불이 켜져 있었기 때문에 창문 너머로 안의 모습이
대충 들여다보였다. 그곳에는 총을 걸쳐 두는 받침대를 비롯하
여 자잘한 스포츠 용구와 사격 연습용 표적들도 함께 들어 있었
다. 무기 상자는 눈에 뜨이지 않았지만 건물의 크기로 보아 아마
상당량이 적재되어 있을 듯싶었다.

보란은 휴게실로 보이는 별관 건물을 찾아냈다. 그곳은 창문
이 컸기 때문에 탐색하기가 비교적 쉬웠다. 그곳에서 움직이고
있는 사내들은 대략 10여 명쯤 될 것 같았다.

그때 휴게실에서 조금 떨어진 별관에 반짝 불이 들어왔다. 보
란은 어둠 속에서 튀어나온 듯한 환한 창문 앞을 스쳐 지나가는
그림자를 발견하고 급히 쌍안경의 렌즈를 조절하여 그 창문에

초점을 맞췄다. 그 그림자는 희미한 여자의 모습이 되어 보란의 시야에 들어왔다. 그녀는 휙 스치듯 지나가 버렸으나 그녀의 우아한 몸놀림은 보란의 눈에 익은 것이었다.

보란은 레이첼 실버를 보호하고 있는 수호 천사를 향해 감사의 미소를 보냈다.

보란은 잠시 동안 더 집 안을 살핀 후 쌍안경을 내렸다. 밤이 점점 깊어짐에 따라 그는 앞으로 자신이 벌일 전투에 대한 긴장으로 온몸이 굳어져 가는 것을 느꼈다.

보란은 미녀들이 별관에 감금되어 있다는 사실을 더할 수 없는 다행이라고 여겼다. 그리고 본관에 그녀들을 숨겨 놓을 수 없었던 프레디 갬버러의 가여운 입장에 약간의 동정을 느꼈다.

카포 중의 카포 갬버러조차도 마피아의 금기 사항을 완전히 무시할 수는 없었던 것이었다.

어둠 속에서 창백한 빛을 발하며 더욱 당당해 보이는 '석조 성관'의 본채는 코사노스트라의 성역이었다. 갬버러가 그의 권리를 철저하게 이용해서 그 성채의 담 안으로 여자들을 끌어들일 수는 있었겠지만 마피아의 성역인 본채에까지는 차마 들여놓을 수 없었으리라.

보란은 추위로 감각이 없어진 두 뺨을 세차게 문질렀다. 그리고 칠흑 같은 어둠의 장막이 주위의 모든 것을 휘감아 버린 속에서 시계를 들여다보며 그를 측면 지원하고 있는 청년들과 시간을 맞추기 위해 마피아의 성채를 향한 공격의 카운트 다운을 시작했다.

보란은 이번 전투야말로 모든 것을 한꺼번에 결론짓게 될 마지막 한판 승부라고 생각하고 있었다.

「각오해라, 갬버러. 죽느냐 살아 남느냐는 문제를 놓고 싸우는 거다. 모두 차지하든지 아니면 아무 것도 갖지 못하든지 둘 중 하나뿐이다.」

어둠 속에 우뚝 서서 마피아의 성채를 지켜보는 보란의 두 눈에서 싸늘한 섬광이 번득였다. 그런 보란의 적의를 아는지 모르는지 밤은 중천의 고비를 향해 숨가쁘게 질주하고 있었다.

17
전투 개시

보란은 밴으로 돌아가 옷을 갈아입었다. 밝은 푸른 색 셔츠에 화려한 무늬의 폭넓은 넥타이를 매고 마피아 전투원들이 즐겨 입는 양복을 입은 다음 헐렁헐렁한 회색 코트를 걸쳤다. 그것은 얼핏 보기에 마피아의 여느 전투원과 조금도 구별할 수 없는 복장이었다.

옷을 갈아입는 게 끝나자 셔츠 속에 감추어 둔 베레타와 시퍼렇게 날이 선 채 케이스에 들어 있는 단검을 손바닥으로 가볍게 두들겨 보고는 리볼버를 허리춤에 쑤셔 넣었다.

마지막으로 코트의 깃을 세우고 낡은 펠트 모자를 깊숙이 눌러 쓴 다음 마대를 어깨에 둘러멨다. 그리고 이탈리안 웨딩송을 흥얼거리며 천천히 정원을 가로질러 성채로 진군해 들어갔다.

「어이!」

약 10피트쯤 옆에 서 있던 마피아의 졸개 한 명이 보란에게 손을 흔들며 아는 체를 했다.

「어이, 수고 많네. 젠장, 이렇게 추워서야 어디 일인들 제대로 하겠나?」

보란은 마주 손을 흔들며 천연덕스럽게 대꾸했다.

「내 생각도 그래.」

그 사내는 발을 동동 구르며 대답했다.

「그래도 어쩔 수 없지 않나? 조금만 더 견디면 될 것 같으니까 마음을 편히 가지라고.」

보란은 모자를 더욱 깊숙이 눌러 썼다.

「정말 그랬으면 좋겠군.」

멀어져 가는 보란의 등 뒤에서 그 사내와 다른 사내들이 주고 받는 얘기소리가 들렸다.

「저 친구가 뭐라고 했지?」

「조금만 더 견디면 된다고 하더군.」

「만약 높은 양반들이 여기서 회의를 했다면 벌써 열 시간 전에 무슨 결말이 났을 텐데 저 안에 있는 사람들은 신통찮은 인물들 인가 봐.」

굵직한 목소리가 툴툴거렸다.

「쓸데없는 소리는 하지 않는 게 신상에 좋아.」

다른 사내가 신중하게 대꾸했다.

보란은 여유 있는 걸음새로 본관의 뒤쪽으로 돌아갔다. 그가 주방으로 통하는 뒷문으로 다가가자 한 사내의 그림자가 창에 어른거렸다. 보란이 문을 열자 그 사내는 움찔하더니 한쪽으로 비켜 섰다.

「여기서 뭘 하고 있는 거야?」

보란은 문 밖에 선 채 위협조로 말했다.

「발가락에 감각이 없어서 불 좀 쬐고 있었어. 방금 들어왔다
고.」

사내는 코트 앞자락을 여미며 어색한 미소를 흘렸다.

「혼자만 따뜻하게 하고 있지 말고 밖에 있는 친구들한테 커피
라도 갖다 주지 그래. 저 상태로 내버려두었다간 창자 속에 있는
똥덩어리까지 얼어붙어 버리겠어.」

보란은 여전히 딱딱한 말투로 얘기했다.

「알았어. 사실은 나도 그러려고 했어.」

사내는 뒷머리를 긁었다.

「커피에 술을 조금 섞어 주면 더 좋을 거야.」

「하지만 보스는…….」

「보스의 명령이 뭐 그렇게 중요해? 따뜻한 집 안에 있는 보스
가 밖에서 개처럼 덜덜 떨고 있는 우리들의 심정을 알기나 해!」

「좋아.」

사내는 공범자 같은 미소를 지었다.

「그리고 뭐 먹을 거라도 좀 가져다 주라고.」

보란이 서 있는 곳은 불빛이 닿지 않았지만 그는 코트 깃을 바
짝 세웠다.

「저녁 먹은 지 1시간밖에 안 됐는데 또 먹을 걸 주란 말야?」

「먹은 지 10분밖에 안 됐으면 어때? 맹숭맹숭하게 커피만 마
시는 것보다 아무 거라도 씹는 게 있으면 좋잖아?」

「그건 그래. 그런데 뭘 가져다 주지?」

「뭐든 알아서 하라고. 일일이 내가 다 일러 줘야 하나? 혹시
자네 내가 시키지 않으면 아무 것도 못 하는 멍청인 아니겠지?」

보란은 경멸조로 말하곤 혀를 끌끌 찼다.

사내가 불만스러운 듯 입 속으로 투덜거리며 주방 쪽으로 몸을 돌리자 보란은 문을 닫고 건물 구석 쪽으로 걸음을 옮겼다.

보란은 웃음이 나오려는 걸 간신히 참고 있었다. 밖에서 떨고 있는 전투원들의 뱃속으로 술을 섞은 더운 커피와 맛있는 과자가 들어가게 되면 긴장이 풀릴 것은 너무나 당연한 일이었다.

보란은 캄캄한 뒤켵에 있는 자가 발전기 쪽으로 갔다. 그곳은 지난번에 그가 성채를 살펴볼 때 충분히 조사해 두었었다. 그는 어깨에 멘 마대를 얼어붙은 땅바닥 위에 조심스럽게 내려놓고 진흙 모양으로 된 폭약을 꺼냈다. 이어서 발전기 주위에 꼼꼼하게 폭약을 바른 다음 그 속에 시한 폭파 장치를 부착했다.

본관을 한 바퀴 돌아 현관 쪽으로 나온 보란은 현관문 옆에 의자를 갖다놓고 앉아 있는 보초에게 다가갔다.

「잘 지키라고.」

보란은 전등을 등지고 서서 말을 걸었다.

「겨울은 역시 마이애미에서 보내는 게 제일이야!」

사내는 의자에서 일어서며 기지개를 켜더니 킬킬거렸다.

「의자에 앉은 채 보초를 서는 걸 갬버러가 보았다면 자넨 영원히 마이애미로 쫓겨날지도 몰라.」

보란은 짐짓 위엄을 부렸다.

「프레디 갬버러 따위를 내가 두려워할 줄 아나? 자넨 그가 무서운가 보지? 하지만 난 그의 부하가 아니라고. 나의 보스인 오기는 갬버러 같은 돌대가리가 아니란 말이야.」

그 사내가 말하는 오기는 얼마 전까지만 해도 뉴욕에서 가장 세력이 막강했던 오기 마리넬로를 일컫는 것이었다. 보란은 그대로 한번 부딪쳐 보기로 했다.

「그래도 이번 회의가 끝날 때까지는 프레디 갬버러의 눈 밖에 벗어날 일은 하지 않는 게 좋을걸? 여기서야 갬버러가 최고 아닌가?」

「그건 자네 말이 옳아.」

사내는 얼굴을 잔뜩 찡그리며 헛기침을 하더니 마당 한쪽에 침을 뱉었다.

「참, 뒤쪽에 있는 주방으로 가보게. 아까 거기 있는 놈한테 밖에 있는 사람들에게 술을 섞은 커피를 가져다 주라고 일렀는데 아직 안 가져온 걸 보니 자네가 여기 있다는 걸 모르는 모양이야. 늦기 전에 가서 자네 몫을 찾으라고.」

사내는 보란이 누구인지를 확인하려는 듯 그의 얼굴을 뚫어져라 쳐다보았다. 하지만 코트 깃을 높이 세운데다 모자를 푹 눌러 쓰고 전등을 등지고 서 있는 보란의 얼굴을 알아보기는 힘든 일이었다.

마피아의 전투원끼리는 서로 의심하지 않고 쓸데없는 질문은 하지 않는다는 불문율이 있었기 때문에 사내는 보란에게 가장 기초적인 질문조차 하지 않았다. 그 사내는 잠시 고개를 갸우뚱거리다가 보란에게 말했다.

「그럼 나 대신 여기서 보초 좀 서줄 텐가?」

「빨리 돌아오겠다고 약속한다면 그렇게 하지.」

보란은 짐짓 내키지 않는 투로 말했다.

「알았어. 그렇게 하지.」

사내는 빠른 걸음으로 본관의 모퉁이를 돌아 사라져 버렸다. 보란은 마피아의 전투원이 모퉁이로 사라지길 기다렸다가 포치로 올라서서 이중 구조로 된 현관문을 자세히 살폈다.

　문은 구식 금고처럼 양쪽으로 열리게 되어 있었고 자물쇠 부분도 투박한 반면 아주 튼튼하게 만들어져 있었다. 양쪽 문에 붙여진 돌쩌귀는 캐딜락을 붙들어 매놓고 끌어도 꼼짝하지 않을 만큼 단단해 보였다.

　보란은 즉시 작업을 시작했다. 진흙 폭탄을 돌쩌귀 주위에 잔뜩 발라 놓고 옆 기둥에도 폭약을 발랐다. 일이 끝나자 보란은 보초 노릇은 그만 해도 되겠다고 생각하고 슬그머니 현관을 떠났다. 뒷걱정은 할 필요도 없었다. 보란은 원래부터 꾸어다 놓은 보릿자루처럼 한군데 서 있는 걸 별로 좋아하지 않았다.

　보란은 무기고로 사용하는 별채 쪽으로 소리 없이 다가가 창문에 바짝 붙어서서 잠시 동안 건물 안을 살폈다. 아무도 없다는 판단이 서자 보란은 물이 스며들듯 무기고 안으로 들어갔다.

　온갖 종류의 화약과 탄약 상자들이 거의 천장에 닿을 정도로 쌓여 있었고 선반 위에는 화기들이 얹혀 있었다. 그리고 그 무기들은 함부로 움직이지 못하게 자물쇠가 채워져 있었다. 보란이 그것을 건드릴 필요는 없었다. 곧 폭파시켜 버릴 것이기 때문이었다. 보란은 폭탄 상자 바깥쪽에 폭약을 잔뜩 발라 놓은 후 무기고에서 빠져 나왔다.

　보란이 미녀들이 갇혀 있는 별관으로 가기 위해 뒤꼍으로 돌아가 보니 전투원 세 명이 모여 앉아 커피와 과자를 우물거리며 잡담을 나누고 있었다. 보란은 조용히 그들 쪽으로 다가가 불빛을 등지고 섰다. 그의 얼굴에 짙은 그림자가 드리워졌다.

　「다들 제몫은 챙겨 들었군.」

　보란의 목소리는 유쾌했다.

「아, 그러고 보니 당신이 우리를 위해 그토록 신경을 써주었군.」

그들 중 한 명이 반가운 목소리로 말했다.

「당신은 정말 잔 정이 많은 사람이야. 우린 우리가 여기서 경비를 하고 있다는 사실을 아무도 모르는 줄 알고 자못 섭섭했었다고.」

입에 과자를 가득 넣은 한 사내가 말했다.

「그런 걱정은 하지 않아도 돼. 자네들이 어디에 있는지 환히 알고 있는 사람이 있으니까.」

보란은 의미심장하게 대꾸했다.

「뜨거운 커피가 속에 들어가니 온몸이 다 녹아 내리는 것 같아.」

「자넨 녹아 내리고 싶어 몸살을 하고 있는 모양이야.」

보란이 빙그레 웃으며 대꾸하자 세 명의 사내는 웃음을 터뜨렸다.

「녹는다는 얘기가 나왔으니 하는 말인데 정말 환장하게 먹고 싶은 게 있단 말이야.」

세 사내들 중 호리호리한 검은 머리의 사내가 얼굴 가득 웃음을 머금은 채 말했다.

「뭔데?」

「왜 있잖아? 갬버러가 데려온 계집애들 말야. 자네도 봤겠지? 끝내 주게 생겼더군.」

검은 머리의 사내는 여자들이 있는 건물 쪽을 손가락질하며 아깝다는 듯이 쩝쩝 입맛을 다셨다.

「그 여자들에겐 신경 쓰지 않는 게 좋을 거야.」

보란이 나지막한 소리로 말했다.

「그건 나도 알아. 프레디 갬버러가 몹시 아끼는 것 같더군. 그러니 일개 전투원인 내가 안달을 해보았자 국물도 없을 게 뻔하지 뭐. 사람 아주 환장할 노릇이지.」

사내들은 다시 웃음을 터뜨렸다.

「미스터 갬버러는 맥 보란과 재미난 게임을 즐기기 위해 그 여자들을 붙잡아 두고 있다더군.」

다른 사내가 김이 오르는 커피잔을 손 안에서 돌리며 말했다.

「그런데 소식 들었나?」

검은 머리의 사내가 목소리를 한껏 낮추며 사내들을 둘러보았다.

「무슨 소식?」

보란은 능청스럽게 물었다.

「조금 전에 토니가 라디오 뉴스를 들었다는데 보란 녀석은 아직도 뉴욕에서 헤매고 다니는 모양이야. 맨해튼에서 '봉급날의 제이크'와 마니의 부하 몇 놈이 깨졌다더군.」

「그럼 추위를 오락삼아 이곳에 있는 게 한 시간이라도 목숨을 버는 건지도 모르겠군.」

「누가 알아? 그 미치광이 같은 놈이 언제 이곳으로 들이닥칠지.」

보란은 모자를 더욱 눌러 쓰며 한마디 거들었다.

「재수 없는 소리 하지 마. 아무리 맥 보란이 난놈이라 해도 함부로 이 성채를 넘보진 못할 거야.」

「미스터 갬버러도 그 계집들을 빨리 보란에게 넘겨 주면 좋을 텐데.」

한 사내가 얼굴을 찡그리며 말했다.

「물론 맛을 보고 난 후에 말이야.」

검은 머리의 사내가 대꾸하며 킬킬거리자 다른 사내들도 따라 웃었다.

「내가 온 건 그 때문이야.」

보란이 말했다.

「맛을 보려고?」

「아냐. 맛을 보라면 사양하진 않겠지만, 그 여자들이 어떻게 하고 있는지 살펴보고 오라더군.」

「우리가 빈틈없이 지키고 있으니까 염려 말라고 전해.」

「직접 확인을 해야지.」

보란은 천천히 몸을 돌려 미녀들이 갇혀 있는 별관 쪽으로 다가갔다. 창문에는 커튼이 반쯤 쳐져 있었으나 안을 살펴보는 데 어려움은 없었다.

그곳은 가구도 별로 없는, 마피아의 전투원들이 흔히 사용하는 커다란 방이었다. 방 한가운데는 카드용 테이블이 차지하고 있었고 한쪽에는 큼직한 싸구려 소파와 의자가 몇 개 있었다. 창과 마주 보이는 곳은 욕실인 것 같았다.

보란은 숨을 들이쉬었다.

두 팔로 얼굴을 가린 폴라가 소파 위에 드러누워 있었다. 그녀는 울고 있는지 풍만한 젖가슴이 심하게 출렁거렸다. 보란은 이빨을 악물고 잠시 그녀를 쳐다보다가 레이첼을 찾기 위해 다른 쪽 창문으로 가보았다.

레이첼은 방구석에 책상다리를 하고 앉아 명상에 잠긴 듯 눈을 감고 있었다. 긴 속눈썹이 그늘을 드리우고 있는 그녀의 얼굴은 창백했으나 다친 데는 없어 보였다. 그녀는 올이 굵은 골덴 바지와 몸에 꼭 끼는 스웨터 차림이었다.

두 사람 다 비교적 차분하다는 게 우선 안심이 되었다. 보란은 안도의 한숨을 내쉬며 다시 세 사내가 있는 쪽으로 다가가 손을 흔들어 보이고는 앞으로 계속 걸어갔다.

본관 뒤쪽의 구석진 곳에서 또 다른 두 사내가 커피를 마시며 서 있었다.

「어지간히 먹고 그만 치우는 게 어때?」

보란이 비아냥거리는 투로 말했다.

「이 아까운 걸 버릴 순 없잖아?」

한 사내가 투덜거리며 대꾸했다.

「그럼 남의 눈에 띄지 않는 곳으로 가서 다 먹어 치운 후에 돌아오면 될 것 아냐?」

보란은 딱딱한 목소리로 핀잔을 주었다.

두 사내는 서로 얼굴을 마주보더니 말없이 모퉁이 쪽으로 걸어가 어둠 속으로 사라졌다. 보란은 마피아의 전투원들이 자신을 상대하려면 아직도 훈련을 많이 받아야겠다고 생각하며 혼자 미소를 지었다.

보란은 곧장 베란다로 올라가 발소리를 죽이며 회의실 창가로 다가갔다. 창문에 드리워진 커튼의 틈서리로 은은한 불빛이 새어 나왔다. 안에서 얘기를 나누고 있는 사내들의 말소리는 똑똑히 알아들을 수 없었지만 보란은 크게 신경 쓰지 않았다. 그는 정면의 벽을 몽땅 날려 버릴 수 있을 정도의 폭약을 창틀에 발랐다.

그때 유리창 바로 앞에 앉아 있는 듯한 한 사내가 말하는 소리가 들렸다.

「……이 취급에 특별히 세심한 주의를 기울여야 할 겁니다. 이 점은 여러분도 잘 알아두어야 합니다.」

보란은 그 사내의 말에 고개를 끄덕였다. 마피아가 하는 일은 언제나 '세심한 주의'를 기울여 행해졌으며 그 점은 보란의 경우도 마찬가지였다. 문제는 누가 더 주의를 기울여 작업을 하느냐였다. 보란은 발라 놓은 폭약에 시한 장치를 부착시켜 놓고는 소리 없이 그곳을 벗어났다.

앞으로 그에게 남은 시간은 2분밖에 없었다. 그 안에 미녀들을 데리고 그 성채를 빠져 나가야만 했다.

보란은 서둘러 여자들을 지키고 있는 세 사내들 쪽으로 돌아갔다. 자꾸만 시계 쪽으로 향하는 마음을 간신히 억누르고 그는 침착하게 사내들에게 말을 건넸다.

「이젠 그만 먹으라고.」

「커피가 아직 좀 남았어.」

검은 머리의 사내는 보온병을 흔들어 보였다.

「그래, 이제야 겨우 발가락이 녹았는걸?」

다른 한 사내가 맞장구를 쳤다.

「자네 덕분에 얼어 죽는 걸 간신히 면했어. 그런데 자네 이름이……?」

「프랭키.」

보란은 아무렇지도 않은 얼굴로 대꾸했다.

「아, 그런가? 만일 미스터 갬버러가 부하들을 그렇게 자상하게 돌봐 준다면 난 그의 밑으로 가고 싶군, 프랭키.」

「갬버러는 그런 인물이 못 돼!」

다른 사내가 잘라 말했다.

「그런데 당신은 한 번도 본 적이 없는걸, 프랭키?」

검은 머리의 사내는 보란의 정체를 알아내야겠다는 듯 제법 눈을 반짝거리며 그를 쏘아보았다.

보란은 찬기운이 등골을 훑고 내려가는 것을 느꼈다. 일이 너무 쉽게 풀려 나가는 데에만 정신이 팔려 잠시 위험을 잊고 있었던 것이었다. 보란은 자동 폭파 시간을 좀더 앞당겨 놓았어야 했다고 후회하며 막바지에 이르러 부딪친 이 난관을 어떻게 뚫을지 생각했다. 그때 보란의 옆에 서 있던 사내가 끼여 들었다.

「그게 무슨 상관이야? 안면이 없다면 어서 친구가 되는 게 좋지 않을까? 보아하니 프랭키는 대단히 자상한 친구 같은데?」

그 사내는 짐짓 비아냥거리는 투로 말했다.

「자네가 내 부하라면 다시는 그 따위 소리를 못 하도록 만들어 버렸을 거야.」

보란은 그 사내를 무서운 눈으로 노려보며 검은 머리의 사내를 외면했다. 그러나 검은 머리의 사내는 끈덕지게 보란을 물고 늘어졌다.

「이봐, 당신은 어디 소속이야? 어디서 뛰다가 왔냐고?」

「그만 입 닫지 못하겠어? 자넬 위해 충고하겠는데 같은 전투원끼리라도 할 말과 못 할 말이 있는 거야!」

보란은 벌컥 화를 내며 강압적인 목소리로 쏘아붙였다. 보란이 뻣뻣한 태도를 보이자 검은 머리의 사내는 내심 주춤하는 듯했다. 그 모습을 보고 보란은 그 사내가 허풍만 떠는 얼간이라고 생각했다.

「형님뻘이라면 어디에 소속돼 있더라도 얼굴 정도는 다 안다고.」

사내는 한풀꺾인 목소리로 마지막 남은 자존심을 세우려 했다.

「형님뻘이 아니면 모른단 말인가? 자네 눈에는 내가 애송이로 보이는 모양이군. 어디서 함부로 텃세를 하는 거야?」

보란은 얼굴을 험악하게 일그러뜨리고 차가운 목소리로 대꾸했다. 이제 전세는 자신에게 유리하게 바뀌어졌다고 보란은 판단했다.

「아니, 뭐. 그런 게 아니고…….」

네 사내는 팽팽한 긴장이 감도는 가운데 침묵을 지키며 서 있었다. 보란은 슬쩍 시계를 들여다보며 이쯤에서 연극을 마쳐야겠다고 생각했다.

「커피가 남았으면 빨리 마셔 버리라고. 언제까지나 노닥거리고 있을 생각은 아니겠지?」

보란은 목소리를 조금 누그러뜨렸다.

「물론이야. 자네 덕에 몸이 많이 풀렸어. 고맙네, 프랭키.」

세 사내들 중 비교적 말수가 적었던 사내가 헛기침을 하며 말했다.

바로 그때 소총의 총성 같은 폭발음이 싸늘한 밤공기 속으로 울려 퍼졌다. 동시에 본관 건물 뒤쪽에서 스파크가 일어나더니 성채의 전등이 일시에 꺼졌다. 주위는 삽시간에 어둠의 바다로 침몰해 버린 듯 캄캄해졌다.

보란 곁에 서 있던 사내들은 신음을 내며 허둥거렸다. 손에서 미끄러진 커피잔이 바닥에 떨어져 산산조각나는 소리가 어둠의 일각을 흔들어 놓았다.

「조심하라고!」

「무슨 일이지?」

검은 머리의 사내는 찢어지는 듯한 소리로 외쳤다.

「발전기가 고장난 모양이야.」

보란은 시간이 꼭 들어맞은 것에 대해 환호성이라도 지르고 싶었지만 착 가라앉은 음성으로 대꾸했다.

그 순간 본관 정면의 현관에서 벼락이 내리치는 것 같은 굉음이 일더니 눈이 시릴 정도의 섬광이 잠시 동안 어둠을 갈라 놓았다. 그러고 미처 그 소리와 빛의 원인을 생각해 보기도 전에 온 세상이 무너져 내리는 듯한 엄청난 소리를 내며 본관이 허물어지기 시작했다. 그 충격이 얼마나 강했는지 보란이 서 있는 곳까지 울렁거릴 지경이었다.

「습격이다!」

갑자기 보란이 소리쳤다.

「뭣들 하고 있어? 빨리 저쪽으로 가보자고!」

보란은 다시 소리치며 멍청히 서 있는 사내들을 무너져 내린 본관 쪽으로 몰았다.

「하지만 우린 저 계집애들을…….」

한 사내가 우물거렸다.

「계집애들은 내게 맡겨! 빨리 본관으로 가서 보스들을 구해 내라고! 빨리!」

보란은 악을 쓰며 사내들을 재촉했다. 사내들은 불타 오르는 본관을 쳐다보다가 톰슨 기관총을 단단히 움켜쥔 후 그쪽으로 줄달음치기 시작했다.

본관의 안팎에서 펼쳐지는 광경은 한마디로 아수라장이었다.

여기저기서 비명이 터져 나오고 치솟아 오른 불길은 하늘을 삼켜 버릴 듯 널름거렸다. 악다구니를 하며 이리저리 뛰어다니는 사내들의 그림자가 뭉게뭉게 피어오르는 연기 속에서 갈피를 잡지 못하고 있었다.

「모두 본관으로 가라! 빨리 보스들을 구해야 해! 본관으로 모두 모이라고!」

보란은 허둥대는 마피아의 전투원들에게 있는 힘을 다해 소리질렀다.

「물, 물을 가져와!」

쉰 목소리의 사내가 소리쳤다.

보란은 혼란을 틈타 레이첼과 폴라가 있는 별관으로 스며 들어갔다. 본관을 삼켜 버린 불길은 점점 거세어졌고 언제 그녀들이 있는 곳까지 번질지 알 수 없는 상황이었다.

어둠 속에서 서로 꼭 붙어 있는 두 여자를 찾아내어 덥석 손목을 잡자 깜짝 놀란 여자들은 보란에게 마구 주먹질을 해대며 발버둥을 쳤다. 발전기가 폭파되면서 전기가 나갔기 때문에 그들은 보란의 모습을 볼 수 없었다.

「지금은 보디 요법을 할 때가 아니오. 어서 이곳을 빠져 나가야 한단 말이오.」

보란은 침착하게 말했다.

「당신이었군요!」

폴라는 보란의 음성을 확인하자 온몸의 기운이 다 풀려 버린 듯 주저앉고 말았다.

「당신이 오실 줄 알았어요. 나는 믿고 있었다고요!」

레이첼은 보란의 목에 매달리며 울음을 터뜨렸다.

18
외팔이 황제

밤은 점점더 걷잡을 수 없는 혼란의 소용돌이 속으로 휘말려들고 있었다. 거세게 솟아오르는 불길에 휩싸인 본채 주위에서 어찌할 바를 모르는 사내들이 어지럽게 날뛰고 있었다.

보란은 불빛에 손목시계를 비춰 시간을 확인해 보았다.

「뛸 수 있겠소?」

「염려 마세요!」

두 여자는 입을 모아 대답했다.

보란은 미녀들의 손을 잡고 성채를 에워싸고 있는 벽돌담을 향해 달렸다. 약 25야드 앞쪽에서 희끄무레하게 담이 보이자 보란은 꽁꽁 얼어붙은 땅바닥에 납작 엎드렸다.

바로 그때 밤의 장막을 찢으며 새로운 폭발음이 두 번 울림과 동시에 그들의 눈앞에 있던 벽돌담이 잠깐 흔들리는 듯하더니 요란한 소리를 내며 허물어졌다. 자욱한 먼지가 걷히자 담에 트

력 한 대가 통과할 수 있을 만한 크기의 구멍이 뚫린 것이 보였
다.

콰쾅! 또 한 번의 폭음과 함께 '석조 성관' 옆에 있던 한 별관
의 지붕이 산산조각나면서 하늘로 솟아올랐다. 무기고가 폭발한
것이었다. 이어 고막을 찢는 듯한 폭음이 연속적으로 밤의 대기
를 진동시켰다. 마피아들이 악머구리처럼 소리를 질러대며 우왕
좌왕하는 모습은 도깨비 집에 불이 난 것과 흡사했다.

보란과 두 여자는 널름거리는 불길을 뒤로 하고 뚫린 구멍을
통해 구원의 어둠 속으로 스며들었다. 보란은 차가 세워져 있는
곳까지 여자들을 데려간 후 앞쪽을 가리키며 말했다.

「절대 뒤돌아보지 말고 이 길을 따라 곧장 가시오. 교차로에
이르면 두 사내가 당신들을 기다리고 있을 거요.」

「당신은요?」

폴라가 떨리는 목소리로 말했다.

「난 아직 할 일이 남아 있소. 뒤에서 당신들을 엄호할 테니 빨
리 가시오.」

보란은 여자들을 재촉했다.

레이첼은 촉촉히 젖은 눈을 들어 보란을 쳐다보더니 폴라의
손을 잡았고 폴라는 보란을 향해 간신히 웃어 보인 다음 입을 야
무지게 꼭 다물었다. 마침내 두 여자는 있는 힘을 다해 어둠 속
을 달려갔다.

보란은 미녀들이 시야에서 사라지자 잽싸게 운전석에 올라 라
이트를 끈 채 방금 그들이 통과한 담구멍 쪽으로 접근해 갔다.
구멍 앞에 이르자 그는 차를 세우고 전투 준비를 시작했다. 우선
차의 옆문을 열고 헐렁한 회색 코트를 벗어 던져 넣은 후 45구경

기관총을 목에 거는 한편 허물어진 담장의 파편 위에 무기들을 내려놓았다.

담 너머에서는 여전히 걷잡을 수 없는 불길이 혓바닥을 날름거리고 있었다. 그 혼란한 가운데 마피아 전투원들 한 패가 허물어진 담장 쪽으로 달려오는 것이 보였다. 언제 왔는지 오른쪽 담을 따라 또 두 사내가 나타났다. 보란은 먼저 두 사내를 향해 짧게 기관총을 쏘았다. 사내들이 땅바닥에 나뒹굴자 보란은 구멍 속으로 뛰어들어 앞쪽에서 달려오는 적들과 대치했다. '석조 성관'을 휘감고 있는 진홍빛 불빛에 적들의 모습은 너무나 선명하게 노출되고 있었다.

보란은 한쪽 무릎을 꿇고 앉아 산탄총을 움켜쥐고 잽싸게 단거리로 사정거리를 조준한 후 적들이 접근해 오기를 기다렸다. 드디어 사정거리 안에 마피아가 들어오자 보란은 제1탄을 발사했다. 묵직한 소리가 나는가 싶더니 맨 앞에서 용감하게 돌진해 오던 사내의 몸이 산산히 부서져서 온 사방으로 튀어올랐다. 보란은 제2탄, 제3탄을 연달아 쏘아댔다. 시퍼런 불꽃이 터져 나올 때마다 사내들의 몸뚱이는 풍지박산이 났다.

사내들은 일시에 주춤하더니 눈에 띄게 움직임이 둔해졌다. 잠시 후 그들은 죽어 가는 소리를 내는 동료를 짊어지고는 황급히 오던 길을 되돌아갔다. 도망치는 놈들을 쫓을 생각은 없었다.

그때 수라장이 된 정원 한쪽에서 한 떼의 사내들이 레이첼과 폴라가 갇혀 있던 별관을 향해 뛰어가는 모습이 보였다. 보란은 산탄총을 내려놓고 바주카포에 장전을 한 다음 어깨에 둘러메고 꼼꼼하게 조준을 했다.

슈웃! 하는 날카로운 소리를 내며 무시무시한 탄알이 그 별관을 향해 날아갔다. 포탄이 발사되면서 보란의 어깨에 전해진 진통의 여운이 채 가시기도 전에 그 건물은 폭삭 내려앉고 말았다. 불기둥이 치솟기 시작한 그곳에서 생명의 그림자라곤 눈 씻고 봐도 없었다.

보란은 눈길을 돌려 불길에 휩싸인 채 간신히 서 있는 본관을 쳐다보았다. 그는 바주카포를 정조준하고 연거푸 두 발을 쏘았다.

음산한 휘파람소리를 내며 날아간 포탄은 본관에 차례로 들이박혔다. 돌과 나무로 된 건물은 둔중한 소리를 내며 크게 한 번 기우뚱거리다가 맥없이 허물어져 내렸다.

그 주위에서 날뛰던 사내들의 움직임은 그런대로 차츰 질서를 찾아가고 있었다. 그들은 무조건 우왕좌왕하는 것이 아니라 살길을 찾고 있는 것 같았다. 그리고 보란이 공격을 퍼붓고 있는 위치를 알아낸 듯싶었다. 보란의 공격에 맞서는 자동 화기의 시퍼런 불꽃이 보란 쪽으로 점점 다가들고 있었다. 보란은 그쯤 해두고 그곳을 빠져 나가야겠다고 생각하며 다시 시계를 들여다보았다.

보란은 바주카포를 바닥에 내려놓고 다시 산탄총을 집어 들어 마피아의 전투원들을 향해 방아쇠를 당겼다. 그러나 이번에는 놈들도 물러서지 않고 잠시 주춤하다간 다시 보란에게 다가들었다. 보란은 계속 총을 쏘면서 몇 초 간격으로 맥아더와 팰지어가 두 미녀를 기다리고 있는 교차로 쪽으로 눈길을 보냈다. 잠시 후 교차로의 하늘 위로 길게 꼬리를 끌며 불꽃이 날아올랐다가 어둠 속으로 잦아들었다. 보란은 안도의 한숨을 내쉬었다. 그 불꽃은 여자들이 무사히 교차로에 도달했다는 신호탄이었다.

보란은 이제 전투를 일단락지어야겠다고 작정했다. 그는 산탄총을 한바탕 맹렬히 쏘아대고는 무기들을 거두어 차에 실었다. 그러고 운전석에 앉자마자 힘차게 액셀러레이터를 밟아 다음으로 예정된 전투 장소를 향해 내달렸다.

프레디 갬버러는 와이셔츠의 소맷자락을 팔굽까지 걷어올린 채 맨발로 마당에 서서 비틀거리고 있었다.

「빌어먹을!」

그는 시커멓게 연기에 그을은 얼굴을 셔츠로 문지르며 마구 욕설을 퍼부어댔다.

생각해 볼 필요도 없이 그건 분명 보란이란 놈의 짓이었다. 처음엔 뭔가가 튀는 소리가 나더니 다음 순간 휘황찬란한 상데리아가 꺼져 버렸고 눈앞은 먹물을 뿌린 듯 암흑 속에 잠겼다. 그 어둠에 미처 눈이 익기도 전에 본관 정면에서 벼락 치는 소리가 나더니 지진을 만난 것처럼 방 안이 마구 흔들렸다.

그리고 정신을 가다듬으려 애쓰고 있는데 다시 엄청난 폭음과 함께 본관 정면이 날아가 버렸고 갬버러는 거센 폭풍 때문에 방 구석에 날아가 거꾸로 처박혔다.

간신히 그가 눈을 뜨고 주위를 둘러보았을 때 회의실은 거센 불길에 휩싸여 있었다. 몸을 일으키려 하자 오른쪽 팔이 떨어져 나가는 것같이 아팠다. 그러나 팔이 부러졌다는 걸 깨달은 것은 정신없이 그곳을 빠져 나와 찬바람을 쐬고 난 뒤였다.

누가 자신을 밖으로 끌어냈는지 갬버러는 기억해 낼 수 없었다. 그는 속으로 보란이란 녀석이 어떻게 그런 식의 공격을 할 수 있었는지 의문과 함께 공포심에 휩싸였다. 갬버러는 자신의 팔이 부러졌다는 것도 모른 채 소리를 질렀다.

「상원 의원들을 구해라! 빨리!」

「상원 의원들 따위에는 신경 쓰지 말라고! 그 친구들은 지옥으로 떠난 지 오래 되었어. 우리와 피로써 맹세한 그 상원 의원님네들은 이젠 아무 짝에도 쓸모없는 고깃덩어리가 됐다고!」

갬버러를 불길 속에서 끄집어내 준 사내가 거칠게 소리쳤다.

갬버러는 피투성이가 된 채 자신의 눈앞에서 오락가락하는 사내를 멍청히 쳐다보며 그가 누구인지 기억해 내려고 열심히 머리를 굴렸다.

그는 오기 마리넬로였다. 그는 이마에서 흘러내리는 핏줄기 따위는 안중에도 없는 듯 꽥꽥 소리를 지르며 부하들에게 명령하고 있었다.

누군가가 물을 가져오라고 소리 치는 걸 듣자 갬버러는 웃음이 나올 지경이었다. 그 지옥 같은 불더미에 물 몇 양동이를 끼얹는 건 코끼리에게 비스켓을 던져 주는 것과 다름없는 일이었다.

「물 같은 소리 집어치워! 그보다 어서 상원 의원들을 구하라고! 그들을 우리 쪽으로 끌어들이는 데 얼마나 밑천이 많이 들었는지 알기나 해? 그들이 살아 남아야만 우리가 들인 공이 빛을 보게 된다고! 어서 상원 의원들을 건져 내!」

갬버러는 있는 힘을 다해 목소리를 높였다.

「건져 내고 말고 할 것이 저 안에는 남아 있지 않습니다. 보스도, 피의 맹세를 한 상원 의원들도 모두 목숨을 잃었습니다. 우리 보스와 미스터 갬버러에게는 하나님의 가호가 있었음에 틀림없습니다. 저곳에서 살아난 사람은 당신들 둘뿐이니까요.」

오기 마리넬로의 부하 중 한 놈이 눈알을 회번득거리며 갬버러에게 말했다.

철철 흐르는 피를 소매로 닦으며 부하들을 통제하기 위해 날뛰는 오기 마리넬로를 쳐다보며 갬버러는 이 모든 것이 끔찍한 악몽이라고 생각했다. 갬버러의 온몸에 소름이 돋았다. 그 아름다운 성채가, 감히 아무도 공격할 수 없다고 믿었던 이 요새가, 안락 바로 그 자체였던 궁전이 그렇게 허무하게 무너져 내렸다는 것을 확인하며 갬버러는 마침내 웩웩 헛구역질을 했다.

그렇게 힘들여 끌어들였던 상원 의원들이 머리가 날아간 시체로 변해 버리다니! 그뿐만이 아니었다. 수난은 결코 그것으로 끝나지 않을 것 같았다. 폭발은 여기저기서 끊임없이 일어나고 있었다.

「담이 허물어졌다!」

한 사내가 외쳤다.

「부기고가 날아갔다!」

사내들의 발소리가 갬버러의 주변을 어지럽혔다.

「대체 그 미치광이 녀석은 어디서 공격을 하고 있는 거야? 제기랄!」

프레디 갬버러는 점점더 혼란스러워지는 주위를 둘러보며 누구에게랄 것도 없이 욕설을 퍼부었다. 순간 추위와 너무도 끔찍한 광경에 덜덜 떨며 맨발로 서 있던 갬버러의 머리 속으로 여자들 생각이 번쩍 스쳤다.

「그래, 그 계집애들을 이용해야지. 이봐, 별관으로 가서 그 계집애들을 이리로 끌고 와! 그놈의 눈에 잘 띄는 곳에 계집애들을 발가벗겨 놓고 난도질을 해야겠다!」

갬버러가 입에 게거품을 물고 소리 질렀다.

「미스터 갬버러, 제발 진정하십시오. 부상이 아주 심하십니다.」

부하 한 명이 근심스럽게 말했다.

「미스터 갬버러, 그 여자들은 벌써 보란이 빼돌렸습니다.」

다른 사내가 그 옆에서 조심스레 대꾸했다.

「그럴 리가! 빨리 그곳으로 가봐! 네가 확인하고 오란 말이야.」

갬버러의 벌겋게 충혈된 눈알은 금방이라도 튀어나올 것만 같았다.

전투원들은 갑자기 똑같은 생각을 해낸 듯 서로의 얼굴을 마주보았다.

「그래, 프랭키 그놈이야. 난 처음부터 그놈이 수상하다고 생각했었어.」

검은 머리의 사내가 혼잣말처럼 중얼거렸다. 그가 별관을 향해 뛰어가기 시작하자 몇 명의 사내가 그 뒤를 따랐다.

「저 담장에 어떻게 해서 구멍이 뚫렸나 알아보고 와. 보란 녀석이 한두 명쯤 더 데리고 왔을지도 모르니 담 바깥쪽도 살펴보고!」

오기 마리넬로는 쉰 목소리로 부하들에게 명령했다.

프레디 갬버러는 울화통이 터져 죽을 지경이었다. 생각 같아선 고생 끝에 겨우 끌어들인 상원 의원들의 죽음에는 털끝만큼도 신경을 쓰지 않고 보란을 잡기 위해 날뛰고 있는 마리넬로의 멱살을 움켜쥐고 매대기를 치고 싶었다.

그러나 오기 마리넬로는 마리넬로대로 갬버러를 경멸하고 있었다. 그는 갬버러에게 동료인 로코, 필립, 조니 서틴의 죽음을 어떻게 생각하느냐고 묻고 싶었다. 그리고 그들의 죽음을 상원 의원들의 죽음만큼 애석해 하는지에 대해서도 따져 보고 싶었다.

누군가가 상처를 싸매려 한다는 걸 알아채고 갬버러는 새삼스럽게 심한 통증을 느꼈다.

프레디 갬버러는 지금 눈앞에 벌어진 현실을 도저히 믿고 싶지 않았다. 그렇다. 이것은 악몽이다, 악몽이다!

갑자기 총소리가 대기를 흔들어 놓았다. 갬버러는 비로소 이제껏 총소리를 듣지 못했다는 게 이상하다고 생각했다. 부하들이 바로 자신의 코 앞에서 서리맞은 낙엽처럼 우수수 쓰러졌다. 중화기 소리에 섞여 또다시 폭음이 일었다.

「무슨 소리야? 무슨 일이냐고?」

「모르겠습니다, 미스터 갬버러.」

「그걸 대답이라고 하는 거야?」

「뭔가 쏘아대는 소리 같은데…… 혹시 유도 미사일 비슷한 건지도 모르죠. 제발 그대로 계십시오, 미스터 갬버러. 붕대가 다 풀려 나갈 것 같습니다.」

그때 오기 마리넬로가 다가와 부하에게 말했다.

「리크, 가서 놈을 없애 버려. 아직도 죽지 않고 있는 걸 보니 꽤나 끈질긴 놈이로군.」

「하지만 그건 자살 행위입니다. 이건 시내에서 흔히 하던 총격전과는 다릅니다. 놈은 군대를 끌고 왔을지도 모릅니다.」

마리넬로의 부하는 순식간에 백지장처럼 얼굴이 하얘졌다.

「그럼 그 군대까지 처치해 버리면 될 것 아냐! 이대로 당할 수만은 없지 않아? 빨리 몇 놈 끌고 담 있는 데로 가봐!」

마리넬로는 얼굴을 험하게 일그러뜨리고 악을 썼다.

「그 계집애들을 끌고 가, 알았지?」

마지못해 달려가는 사내의 뒤에 대고 갬버러도 소리를 질렀
다.

「멍청하긴, 그 계집애들은 잊어버리는 게 좋아.」

오기 마리넬로는 싸늘한 시선으로 갬버러를 내려다보았다.

마리넬로가 프레디 갬버러에게 감히 그런 식으로 얘기할 수
있다는 것은 몹시 괘씸한 일이었지만 갬버러는 아무 말도 못 하
고 멀거니 바라보고만 있다가 겨우 한마디했다.

「그럼 놈이 정말 그 계집애들을 빼돌렸단 말인가?」

갬버러는 땅바닥에 털썩 주저앉았다.

마리넬로는 측은하다는 표정을 짓고 갬버러를 굽어보았다. 갬
버러의 눈에는 그의 얼굴이 뿌연 공모양으로 보일 뿐이었다.

「이봐요, 프레디. 당신은 지금 심하게 부상을 당했다고. 그 팔
은 잘라 내야 할 것 같아. 그대로 어깨에 붙어 있다 해도 아무 짝
에도 쓸모가 없을 거야. 그러니까 목숨이 아까우면 제발 입 다물
고 가만히 있으라고. 그렇지 않으면 팔뿐 아니라 다른 것도 잃을
지 모르니까. 다 당신을 염려해서 하는 말이야.」

마리넬로는 목소리를 누그러뜨리고 참을성 많은 선생님 같은
태도로 갬버러를 타일렀다.

프레디 갬버러는 그 말에 조금도 위로를 받을 수 없었다.

팔을 잘라 내다니? 세계의 어디를 가보아도 외팔이 황제는 없
지 않은가? 아아, 이건 흉칙한 꿈임에 틀림없어.

갬버러는 자신을 위로하려 애썼다. 그는 자신도 모르게 비실

비실 웃고 있었다. 그러나 그것은 웃는 것이 아니라 얼굴을 일그
러뜨리는 것일 뿐이었다.

「이봐, 샘. 날 좀 도와 주게. 내가 이 무서운 꿈에서 깨어날 수
있도록 해달란 말이야.」

갬버러는 불현듯 옛친구가 생각난 듯 입 속으로 폭탄의 사나
이 샘 키앤티의 이름을 불렀다. 그러자 키앤티의 목소리가 분명
하게 들렸다.

「좋고말고요. 친구가 궁지에 빠졌을 땐 도와 줘야지요. 우정이
란 그런 것 아니겠소?」

「그래, 샘. 제발 이리로 달려와 날 구해 주게.」

갬버러는 자신을 내려다보고 있는 오기 마리넬로의 얼굴을 풀
어진 눈동자로 물끄러미 쳐다보며 계속 알아듣지 못할 말을 웅
얼거렸다.

19
마지막 선물

더 이상 새로운 공격이 없자 마피아들은 보란이 물러간 것으로 판단했다. 살아 남은 사람들은 침묵을 지키며 불길에 휩싸인 본관을 쳐다보고 있다가 폐허가 된 '석조 성관'을 한시바삐 떠나야겠다고 작정하고 각자의 차에 올랐다. 그들이 탄 차는 집 안에 드리워져 있는 적갈색 그림자 위를 미끄러져 정문을 향해 다가갔다. 그곳을 지키고 있던 두 사내가 버튼을 눌러 문을 여는 동안 차들은 한 줄로 늘어서서 잠깐 멈춰 있었다. 그 사내들이 문을 열고 급히 차에 올라타자 요란한 엔진소리와 함께 차량의 대열은 움직이기 시작했다.

마피아들은 대담하게도 헤드라이트를 모두 켠 채 정문을 빠져 나갔다. 열 대의 커다란 리무진은 불빛을 받지 않더라도 번들번들 윤이 났다. 그들은 불길을 피해 어둠 속으로 나서고 있었으나 그들 앞에 펼쳐진 어둠이 얼마나 무서운 보란의 분노를 담고 있는지 알지 못했다.

보란은 폭삭 내려앉은 성채의 담장에서부터 약 4분의 1마일쯤 떨어진 곳에 엎드려 리무진의 움직임을 낱낱이 주시하고 있었다. 그가 있는 곳은 도로를 환히 내려다볼 수 있는 골짜기에서 솟아오른 언덕받이였다. 그는 바주카포의 사정거리를 다시 계산하고 남은 포탄의 수를 헤아려 보았다.

「어서 오너라, 마피아의 개들아! 골짜기로 들어서는 순간 지옥문이 활짝 열려 있는 것을 보게 될 테니까.」

보란은 싸늘한 목소리로 중얼거렸다.

생각 같아서는 놈들을 골짜기에 모두 쓸어 넣고 불벼락을 주고 싶었다. 그러나 그것은 불가능했다.

울퉁불퉁한 골짜기의 길을 달릴 때 차들은 속도를 줄일 것이 틀림없었으므로 보란은 그때를 노려 공격하기로 마음먹었다. 범퍼와 범퍼가 서로 맞닿을 정도로 차들이 가까이 접근했을 때가 좋을 것 같았다.

보란이 마피아들에게 마지막 선물을 주기 위해 여러 가지 생각을 하고 있을 때 번쩍이는 리무진들이 야간 열차처럼 꼬리에 꼬리를 물고 골짜기로 몰려들기 시작했다. 보란은 얼어붙은 바위 위에서 공격하기 쉬운 자세로 고쳐 앉았다.

드디어 맨 앞의 차를 향해 보란의 바주카포는 무서운 섬광을 내뿜었다. 눈길을 조심스럽게 미끄러져 오던 그 차는 단 1밀리미터의 오차도 없이 날아간 포탄에 풍지박산이 되어 버렸다.

날카로운 소리를 내며 날아간 두 번째 포탄은 놀라서 급정거를 한 두 번째 차를 묵사발로 만들어 놓았다. 다른 차들도 바퀴가 찢어지는 듯한 소리를 내며 앞으로 쏟아질 듯 멈춰섰다. 뒤쪽

에서 골짜기로 들어서던 리무진들은 앞 차를 들이받으며 간신히
멈추어 섰고 어떤 차는 급히 핸들을 꺾다가 그대로 뒤집혀서 얼
어붙은 골짜기의 바위와 충돌했다.

찌그러진 차들의 문이 열리고 사내들이 허위적거리며 밖으로
나왔다. 보란은 입술을 굳게 다문 채 계속 포탄을 날렸다. 불기
둥이 치솟아 올라 삽시간에 골짜기의 어둠을 몰아냈다. 사내들
은 반격할 생각도 하지 못한 채 제 살 길을 찾아 아우성이었다.

그것은 지옥의 불길 속에서 헤매는 악귀들이었다. 보란은 바
쁘게 바주카포에 포탄을 집어 넣고 목표물을 쏘아대며 자신의
가슴에 차갑게 응어리져 있는 감정이 녹아 없어지기를 바랐다.

「레오, 여긴 순수하기 이를 데 없는 전투의 현장이야. 자넨 날
죽은 몸이나 다름없다고 했지만 그래도 이 정도의 일은 할 수 있
네.」

보란은 고향 피츠필드에 있는 친구에게 전해지지 않을 메시지
를 중얼거렸다.

보란의 어깨 위에 놓인 바주카포에서는 묵직한 소리를 내며
계속 포탄이 뿜어졌고 그때마다 골짜기에서는 무서운 불꽃과 끔
찍한 비명이 울려 나왔다.

보란은 지금 인간을 향해 죽음의 선물을 주고 있는 것이 아니
었다. 인간의 더러운 마음에 붙어서 그들의 욕심과 그들이 행사
할 수 있는 부의 상징처럼 되어 있는 자동차들, 인간의 두뇌와
섬세한 기술이 합쳐져서 만들어진 그 번쩍이는 자동차들을 처치
하고 있는 것이었다. 그 호화로운 차들이야말로 인간을 타락시
키는 악의 덩어리였다. 그는 풍뎅이처럼 생긴 커다란 리무진을
향해 적의에 찬 이빨을 허옇게 드러냈다.

그때 지난번 그가 성채를 살펴보기 위해 담을 넘었을 때 눈알을 희번득거리며 달려들던 셰퍼드들의 모습이 언뜻 보란의 머리 속을 스쳐갔다. 그 악마의 화신과도 같은 개들은 생명체의 숨통을 끊어 놓는 일 외에는 아무 것도 할 줄 모른다. 그러나 그 단세포적인 두뇌 구조 때문에 셰퍼드들은 순수한 전투를 수행할 수 있는 것이다.

지금 차가운 밤공기를 가르며 골짜기로 포탄을 퍼붓고 있는 보란의 머리 속도 말갛게 비어 있었다. 마피아는 악이고 악은 이 세상에서 없어져야 했다. 그런 이유 때문에 보란은 그들을 죽이고 있을 뿐이었다. 하늘은 그런 보란의 행위를 어쩌면 달갑게 생각지 않을지도 모른다.

그러나 보란이 확실히 말할 수 있는 것은 지금 그가 하고 있는 공격은 지극히 순수한 전투 그 자체라는 것이었다. 그리고 그의 공격은 단 하나의 실수도 없이 목표물에 정확하게 닐아갔고 속이 후련하게 적들을 쳐부셔 버렸다. 아마 한둘쯤 운좋게 살아 남는 사람이 있을지도 모른다. 그러나 보란은 거기까지 신경을 쓰고 싶지는 않았다.

보란은 살을 에이는 듯한 추위 속에 우뚝 서 있었지만 조금도 추위를 느낄 수 없었다.

「갬버러, 이게 너의 '영광된 일'에 대한 나의 대답이다.」

키가 큰 사내는 골짜기를 내려다보며 중얼거렸다. 이제 위태롭기는 하나 당분간은 평화가 찾아올 것이다.

보란은 바주카포를 그 자리에 내버려둔 채 비탈을 내려가 숨겨놓았던 초록빛 포드에 올랐다. 잠시 후 마피아에 대항하는 한 사람으로 된 군대는 힘차게 진군하기 시작했다.　　　　(계속)